Titre original : *Harry Potter and the Philosopher's Stone*
Édition originale publiée par Bloomsbury Publishing Plc, Londres, 1997

J. K. Rowling

Harry Potter™

À L'ÉCOLE DES SORCIERS

Traduit de l'anglais
par Jean-François Ménard

GALLIMARD JEUNESSE

Pour Jessica, qui adore les histoires,
Pour Anne, qui les adorait aussi
et pour Di, qui a été la première à entendre celle-ci.

1

LE SURVIVANT

Mr et Mrs Dursley, qui habitaient au 4, Privet Drive, avaient toujours affirmé avec la plus grande fierté qu'ils étaient parfaitement normaux, merci pour eux. Jamais quiconque n'aurait imaginé qu'ils puissent se trouver impliqués dans quoi que ce soit d'étrange ou de mystérieux. Ils n'avaient pas de temps à perdre avec des sornettes.

Mr Dursley dirigeait la Grunnings, une entreprise qui fabriquait des perceuses. C'était un homme grand et massif, qui n'avait pratiquement pas de cou, mais possédait en revanche une moustache de belle taille. Mrs Dursley, quant à elle, était mince et blonde et disposait d'un cou deux fois plus long que la moyenne, ce qui lui était fort utile pour espionner ses voisins en regardant par-dessus les clôtures des jardins. Les Dursley avaient un petit garçon prénommé Dudley et c'était à leurs yeux le plus bel enfant du monde.

Les Dursley avaient tout ce qu'ils voulaient. La seule chose indésirable qu'ils possédaient, c'était un secret dont ils craignaient plus que tout qu'on le découvre un jour. Si jamais quiconque venait à entendre parler des Potter, ils étaient convaincus qu'ils ne s'en remettraient pas. Mrs Potter était la sœur de Mrs Dursley, mais toutes deux ne s'étaient plus revues depuis des années. En fait, Mrs Dursley faisait comme si elle était fille unique, car sa sœur et son bon à rien de mari étaient aussi éloignés que possible de tout ce qui faisait un Dursley. Les Dursley tremblaient d'épouvante à la pensée de ce que diraient les voisins si par malheur les Potter se montraient dans leur rue. Ils savaient que les Potter, eux aussi, avaient un petit garçon, mais ils ne l'avaient jamais vu. Son existence constituait une raison supplémentaire de tenir les Potter à distance : il n'était pas question que le petit Dudley se mette à fréquenter un enfant comme celui-là.

Lorsque Mr et Mrs Dursley s'éveillèrent, au matin du mardi où commence cette histoire, il faisait gris et triste et rien dans le ciel nuageux ne laissait prévoir que des choses étranges et mystérieuses allaient bientôt se produire dans tout le pays. Mr Dursley fredonnait un air en nouant sa cravate la plus sinistre pour aller travailler et Mrs Dursley racontait d'un ton badin les derniers potins du quartier en s'efforçant d'installer sur sa chaise de bébé le jeune Dudley qui braillait de toute la force de ses poumons.

Aucun d'eux ne remarqua la grosse chouette hulotte au plumage mordoré qui voleta devant la fenêtre.

À huit heures et demie, Mr Dursley prit son attaché-case, déposa un baiser sur la joue de Mrs Dursley et essaya d'embrasser Dudley, mais sans succès, car celui-ci était en proie à une petite crise de colère et s'appliquait à jeter contre les murs de la pièce le contenu de son assiette de céréales.

—Sacré petit bonhomme, gloussa Mr Dursley en quittant la maison.

Il monta dans sa voiture et recula le long de l'allée qui menait à sa maison.

Ce fut au coin de la rue qu'il remarqua pour la première fois un détail insolite : un chat qui lisait une carte routière. Pendant un instant, Mr Dursley ne comprit pas très bien ce qu'il venait de voir. Il tourna alors la tête pour regarder une deuxième fois. Il y avait bien un chat tigré, assis au coin de Privet Drive, mais pas la moindre trace de carte routière. Qu'est-ce qui avait bien pu lui passer par la tête ? Il avait dû se laisser abuser par un reflet du soleil sur le trottoir. Mr Dursley cligna des yeux et regarda fixement le chat. Celui-ci soutint son regard. Tandis qu'il tournait le coin de la rue et s'engageait sur la route, Mr Dursley continua d'observer le chat dans son rétroviseur. L'animal était en train de lire la plaque qui indiquait « Privet Drive » – mais non, voyons, il ne lisait pas, il *regardait* la plaque. Les chats sont incapables de lire des cartes ou des écriteaux. Mr Dursley se ressaisit et chassa le chat tigré de son esprit. Durant le trajet qui le menait vers la ville, il concentra ses pensées sur la grosse commande de perceuses qu'il espérait obtenir ce jour-là.

Mais lorsqu'il parvint aux abords de la ville quelque chose d'autre chassa les perceuses de sa tête. Assis au milieu des habituels embouteillages du matin, il fut bien forcé de remarquer la présence de plusieurs passants vêtus d'une étrange façon : ils portaient des capes. Mr Dursley ne supportait pas les gens qui s'habillaient d'une manière extravagante – les jeunes avaient parfois de ces accoutrements ! Il pensa qu'il s'agissait d'une nouvelle mode particulièrement stupide. Il pianota sur le volant de sa voiture et son regard rencontra un groupe de ces olibrius qui se chuchotaient des choses à l'oreille d'un air surexcité. Mr Dursley s'irrita en voyant que deux d'entre eux n'étaient pas jeunes du tout. Cet homme, là-bas, était sûrement plus âgé que lui, ce qui ne l'empêchait pas de porter une cape vert émeraude ! Quelle impudence ! Mr Dursley pensa alors qu'il devait y avoir une animation de rue – ces gens étaient probablement là pour collecter de l'argent au profit d'une œuvre quelconque. Ce ne pouvait être que ça. La file des voitures se remit en mouvement et quelques minutes plus tard, Mr Dursley se rangea dans le parking de la Grunnings. Les perceuses avaient repris leur place dans ses pensées.

Dans son bureau du neuvième étage, Mr Dursley s'asseyait

toujours dos à la fenêtre. S'il en avait été autrement, il aurait sans doute eu un peu plus de mal que d'habitude à se concentrer sur ses perceuses, ce matin-là. Il ne vit pas les hiboux qui volaient à tire-d'aile en plein jour. Mais en bas, dans la rue, les passants, eux, les voyaient bel et bien. Bouche bée, ils pointaient le doigt vers le ciel, tandis que les rapaces filaient au-dessus de leur tête. La plupart d'entre eux n'avaient jamais vu de hibou, même la nuit. Mr Dursley, cependant, ne remarqua rien d'anormal et aucun hibou ne vint troubler sa matinée. Il réprimanda vertement une demi-douzaine de ses employés, passa plusieurs coups de fil importants et poussa quelques hurlements supplémentaires. Il se sentit d'excellente humeur jusqu'à l'heure du déjeuner où il songea qu'il serait bon de se dégourdir un peu les jambes. Il traversa alors la rue pour aller s'acheter quelque chose à manger chez le boulanger d'en face.

Les passants vêtus de capes lui étaient complètement sortis de la tête, mais lorsqu'il en vit à nouveau quelques-uns à proximité de la boulangerie, il passa devant eux en leur lançant un regard courroucé. Il ignorait pourquoi, mais ils le mettaient mal à l'aise. Ceux-là aussi chuchotaient d'un air surexcité et il ne vit pas la moindre boîte destinée à récolter de l'argent. Quand il sortit de la boutique avec un gros beignet enveloppé dans un sac, il entendit quelques mots de leur conversation.

— Les Potter, c'est ça, c'est ce que j'ai entendu dire…

— Oui, leur fils, Harry…

Mr Dursley s'immobilisa, envahi par une peur soudaine. Il tourna la tête vers les gens qui chuchotaient comme s'il s'apprêtait à leur dire quelque chose, mais il se ravisa.

Il traversa la rue en toute hâte, se dépêcha de remonter dans son bureau, ordonna d'un ton sec à sa secrétaire de ne pas le déranger, saisit son téléphone et avait presque fini de composer le numéro de sa maison lorsqu'il changea d'avis. Il reposa le combiné et se caressa la moustache. Il réfléchissait… non, décidément, il était idiot. Potter n'était pas un nom si rare. On pouvait être sûr qu'un grand nombre de Potter avaient un fils prénommé Harry. Et quand il y repensait, il n'était même pas certain que son neveu se prénomme véritablement Harry. Il n'avait même jamais vu cet enfant. Après tout, il s'appelait peut-être Harvey. Ou Harold. Il était inutile d'inquiéter Mrs Dursley pour si peu. Toute allusion à sa sœur la mettait dans un tel état ! Et il ne pouvait pas lui en vouloir. Si lui-même avait eu une sœur comme celle-là… mais enfin quand même, tous ces gens vêtus de capes…

Cet après-midi-là, il lui fut beaucoup plus difficile de se concentrer sur ses perceuses et lorsqu'il quitta les bureaux à cinq heures, il était encore si préoccupé qu'il heurta quelqu'un juste devant la porte.

— Navré, grommela-t-il au vieil homme minuscule qu'il avait manqué de faire tomber.

Il se passa quelques secondes avant que Mr Dursley se rende compte que l'homme portait une cape violette. Le fait d'avoir été presque renversé ne semblait pas avoir affecté son humeur. Au contraire, son visage se fendit d'un large sourire tandis qu'il répondait d'une petite voix perçante qui lui attira le regard des passants :

— Ne soyez pas navré, mon cher Monsieur. Rien aujourd'hui ne saurait me mettre en colère. Réjouissez-vous, puisque Vous-Savez-Qui a enfin disparu. Même les Moldus comme vous devraient fêter cet heureux, très heureux jour !

Le vieil homme prit alors Mr Dursley par la taille et le serra contre lui avant de poursuivre son chemin.

Mr Dursley resta cloué sur place. Quelqu'un qu'il n'avait jamais vu venait de le prendre dans ses bras. Et l'avait appelé « Moldu », ce qui n'avait aucun sens. Il en était tout retourné et se dépêcha de remonter dans sa voiture. Il prit alors le chemin de sa maison en espérant qu'il avait été victime de son imagination. C'était bien la première fois qu'il espérait une chose pareille, car il détestait tout ce qui avait trait à l'imagination.

Lorsqu'il s'engagea dans l'allée du numéro 4 de sa rue, la première chose qu'il vit – et qui n'améliora pas son humeur – ce fut le chat tigré qu'il avait déjà remarqué le matin même. À présent, l'animal était assis sur le mur de son jardin. Il était sûr qu'il s'agissait bien du même chat. Il reconnaissait les dessins de son pelage autour des yeux.

– Allez, ouste ! s'exclama Mr Dursley.

Le chat ne bougea pas. Il se contenta de le regarder d'un air sévère. Mr Dursley se demanda si c'était un comportement normal pour un chat. Essayant de reprendre contenance, il entra dans sa maison, toujours décidé à ne rien révéler à sa femme.

Mrs Dursley avait passé une journée agréable et parfaitement normale. Au cours du dîner, elle lui raconta tous les problèmes que la voisine d'à côté avait avec sa fille et lui signala également que Dudley avait appris un nouveau mot : « Veux pas ! ». Mr Dursley s'efforça de se conduire le plus normalement du monde et après que Dudley eut été mis au lit, il entra juste à temps dans le salon pour voir la fin du journal télévisé :

– D'après des témoignages venus de diverses régions, il semblerait que les hiboux se soient comportés d'une bien étrange manière au cours de la journée, dit le présentateur. Normalement, les hiboux sont des rapaces nocturnes qui attendent la nuit pour chasser leurs proies. Il est rare d'en voir en plein jour. Or, aujourd'hui, des centaines de témoins ont vu ces oiseaux voler un peu partout depuis le lever du soleil. Les experts interrogés ont été incapables d'expliquer les raisons de ce changement de comportement pour le moins étonnant. Voilà qui est bien mystérieux, conclut le présentateur en s'autorisant un sourire. Et maintenant, voici venue l'heure de la météo, avec les prévisions de Jim McGuffin. Alors, Jim, est-ce qu'on doit s'attendre à d'autres chutes de hiboux au cours de la nuit prochaine ?

– Ça, je serais bien incapable de vous le dire, Ted, répondit l'homme de la météo, mais sachez en tout cas que les hiboux n'ont pas été les seuls à se comporter d'une étrange manière. Des téléspectateurs qui habitent dans des régions aussi éloignées les unes des autres que le Kent, le Yorkshire et la côte est de l'Écosse m'ont téléphoné pour me dire qu'au lieu des averses que j'avais prévues pour aujourd'hui, ils ont vu de véritables pluies d'étoiles filantes ! Peut-être s'agissait-il des feux de joie de la nuit du 5 novembre, bien que ce ne soit pas encore la saison. Quoi qu'il en soit, vous pouvez être sûrs que le temps de la nuit prochaine sera très humide.

Mr Dursley se figea dans son fauteuil. Des pluies d'étoiles filantes sur tout le pays ? Des hiboux qui volent en plein jour ? Des gens bizarres vêtus de capes ? Et ces murmures, ces murmures sur les Potter..

Mrs Dursley entra dans le salon avec deux tasses de thé. Décidément, il y avait quelque chose qui n'allait pas. Il fallait lui en parler. Mr Dursley, un peu nerveux, s'éclaircit la gorge.

– Euh… Pétunia, ma chérie, dit-il, tu n'as pas eu de nouvelles de ta sœur récemment ?

Comme il s'y attendait, son épouse parut choquée et furieuse. Elle faisait toujours semblant de ne pas avoir de sœur.

– Non, répondit-elle sèchement. Pourquoi ?

– Ils ont dit un truc bizarre à la télé, grommela Mr Dursley. Des histoires de hiboux… d'étoiles filantes… et il y avait tout un tas de gens qui avaient un drôle d'air aujourd'hui.

– Et alors ? lança Mrs Dursley.

– Rien, je me disais que.. peut-être… ça avait quelque chose à voir avec… sa bande…

Mrs Dursley retroussait les lèvres en buvant son thé à petites gorgées. Son mari se demanda s'il allait oser lui raconter qu'il avait entendu prononcer le nom de « Potter ». Il préféra s'en abstenir. D'un air aussi détaché que possible, il dit :

– Leur fils… Il a à peu près le même âge que Dudley, non ?

– J'imagine, répliqua Mrs Dursley avec raideur.

– Comment s'appelle-t-il, déjà ? Howard, c'est ça ?

– Harry. Un nom très ordinaire, très désagréable, si tu veux mon avis.

– Ah oui, répondit Mr Dursley en sentant son cœur s'arrêter. Oui, je suis d'accord avec toi.

Il ne dit pas un mot de plus à ce sujet tandis qu'ils montaient l'escalier pour aller se coucher. Pendant que Mrs Dursley était dans la salle de bains, Mr Dursley se glissa vers la fenêtre de la chambre et jeta un coup d'œil dans le jardin. Le chat était toujours là. Il regardait dans la rue comme s'il attendait quelqu'un.

Mr Dursley imaginait-il des choses ? Tout cela avait-il un lien avec les Potter ? Si c'était le cas… S'il s'avérait qu'ils étaient parents avec des… Non, il ne pourrait jamais le supporter.

Les Dursley se mirent au lit. Mrs Dursley s'endormit très vite mais son mari resta éveillé, retournant dans sa tête les événements de la journée. La seule pensée qui le consola avant de sombrer enfin dans le sommeil, ce fut que même si les Potter avaient vraiment quelque chose à voir avec ce qui s'était passé, il n'y avait aucune raison pour que lui et sa femme en subissent les conséquences. Les Potter savaient parfaitement ce que Pétunia et lui pensaient des gens de leur espèce… Et il ne voyait pas comment tous deux pourraient être mêlés à ces histoires. Il bâilla et se retourna. Rien de tout cela ne pouvait les affecter.

Et il avait grand tort de penser ainsi.

Tandis que Mr Dursley se laissait emporter dans un sommeil quelque peu agité, le chat sur le mur, lui, ne montrait aucun signe de somnolence. Il restait assis, immobile comme une statue, fixant de ses yeux grands ouverts le coin de Privet Drive. Il n'eut pas la moindre réaction lorsqu'une portière de voiture claqua dans la rue voisine, ni quand deux hiboux passèrent au-dessus de sa tête. Il était presque minuit quand il bougea enfin.

Un homme apparut à l'angle de la rue que le chat avait observé pendant tout ce temps. Il apparut si soudainement et dans un tel silence qu'il semblait avoir jailli du sol. La queue du chat frémit, ses yeux se rétrécirent.

On n'avait encore jamais vu dans Privet Drive quelque chose qui ressemblât à cet homme. Il était grand, mince et très vieux, à en juger par la couleur argentée de ses cheveux et de sa barbe qui lui descendaient jusqu'à la taille. Il était vêtu d'une longue robe, d'une cape violette qui balayait le sol et chaussé de bottes à hauts talons munies de boucles. Ses yeux bleus et brillants étincelaient derrière des lunettes en demi-lune et son long nez crochu donnait l'impression d'avoir été cassé au moins deux fois. Cet homme s'appelait Albus Dumbledore.

Albus Dumbledore n'avait pas l'air de se rendre compte qu'il venait d'arriver dans une rue où tout en lui, depuis son nom jusqu'à ses bottes, ne pouvait être qu'indésirable. Il était occupé à chercher quelque chose dans sa longue cape, mais sembla s'apercevoir qu'il était observé, car il leva brusquement les yeux vers le chat qui avait toujours le regard fixé sur lui à l'autre bout de la rue. Pour une raison quelconque, la vue du chat parut l'amuser. Il eut un petit rire et marmonna :

– J'aurais dû m'en douter.

Il avait trouvé ce qu'il cherchait dans une poche intérieure. Apparemment, il s'agissait d'un briquet en argent. Il en releva le capuchon, le tendit au-dessus de sa tête et l'alluma. Le réverbère le plus proche s'éteignit alors avec un petit claquement. L'homme alluma à nouveau le briquet – le réverbère suivant s'éteignit à son tour. Douze fois, il actionna ainsi l'Éteignoir jusqu'à ce qu'il ne reste plus aucune lumière dans la rue, à part deux points minuscules qui brillaient au loin : c'étaient les yeux du chat, toujours fixés sur lui. Quiconque aurait regardé par une fenêtre en cet instant, même Mrs Dursley et ses petits yeux de fouine, aurait été incapable de voir le moindre détail de ce qui se passait dans la rue. Dumbledore rangea son Éteignoir dans la poche de sa cape et marcha en direction du numéro 4. Lorsqu'il y fut parvenu, il s'assit sur le muret, à côté du chat. Il ne lui accorda pas un regard, mais après un moment de silence, il lui parla :

—C'est amusant de vous voir ici, professeur McGonagall, dit-il.

Il tourna la tête pour adresser un sourire au chat tigré, mais celui-ci avait disparu. Dumbledore souriait à présent à une femme d'allure sévère avec des lunettes carrées qui avaient exactement la même forme que les motifs autour des yeux du chat. Elle aussi portait une cape, d'un vert émeraude. Ses cheveux étaient tirés en un chignon serré et elle avait l'air singulièrement agacée.

—Comment avez-vous su que c'était moi ? demanda-t-elle.

—Mon cher professeur, je n'ai jamais vu un chat se tenir d'une manière aussi raide.

—Vous aussi, vous seriez un peu raide si vous restiez assis toute une journée sur un mur de briques, répondit le professeur McGonagall.

—Toute la journée ? Alors que vous auriez pu célébrer l'événement avec les autres ? En venant ici, j'ai dû voir une bonne douzaine de fêtes et de banquets.

Le professeur McGonagall renifla d'un air courroucé.

—Oui, oui, je sais, tout le monde fait la fête, dit-elle avec agacement. On aurait pu penser qu'ils seraient plus prudents, mais non, pas du tout ! Même les Moldus ont remarqué qu'il se passait quelque chose. Ils en ont parlé aux nouvelles.

Elle montra d'un signe de tête la fenêtre du salon des Dursley, plongé dans l'obscurité.

—Je l'ai entendu moi-même. Ils ont signalé des vols de hiboux... des pluies d'étoiles filantes... Les Moldus ne sont pas complètement idiots. Il était inévitable qu'ils s'en aperçoivent. Des étoiles filantes dans le Kent ! Je parie que c'est encore un coup de Dedalus Diggle. Il n'a jamais eu beaucoup de jugeote.

— On ne peut pas leur en vouloir, dit Dumbledore avec douceur. Nous n'avons pas eu grand-chose à célébrer depuis onze ans.

— Je sais, répliqua le professeur McGonagall d'un ton sévère, mais ce n'est pas une raison pour perdre la tête. Tous ces gens ont été d'une imprudence folle. Se promener dans les rues en plein jour, à s'échanger les dernières nouvelles sans même prendre la précaution de s'habiller comme des Moldus !

Elle lança un regard oblique et perçant à Dumbledore, comme si elle espérait qu'il allait dire quelque chose, mais il garda le silence.

— Nous serions dans de beaux draps, reprit-elle alors, si le jour où Vous-Savez-Qui semble enfin avoir disparu, les Moldus s'apercevaient de notre existence. J'imagine qu'il a vraiment disparu, n'est-ce pas, Dumbledore ?

— Il semble qu'il en soit ainsi, en effet, assura Dumbledore. Et nous avons tout lieu de nous en féliciter. Que diriez-vous d'un esquimau au citron ?

— Un quoi ?

— Un esquimau au citron. C'est une friandise que fabriquent les Moldus et je dois dire que c'est plutôt bon.

— Merci, pas pour moi, répondit froidement le professeur McGonagall qui semblait estimer que le moment n'était pas venu de manger des glaces au citron. Je vous disais donc que même si Vous-Savez-Qui est vraiment parti…

— Mon cher professeur, quelqu'un d'aussi raisonnable que vous ne devrait pas hésiter à prononcer son nom, ne croyez-vous pas ? Cette façon de dire tout le temps « Vous-Savez-Qui » n'a aucun sens. Pendant onze ans, j'ai essayé de convaincre les gens de l'appeler par son nom : Voldemort.

Le professeur McGonagall fit une grimace, mais Dumbledore qui avait sorti deux esquimaux au citron ne parut pas le remarquer.

–Si nous continuons à dire « Vous-Savez-Qui », nous allons finir par créer la confusion. Je ne vois aucune raison d'avoir peur de prononcer le nom de Voldemort.

–Je sais bien que vous n'en voyez pas, répliqua le professeur McGonagall qui semblait moitié exaspérée, moitié admirative. Mais, vous, vous êtes différent des autres. Tout le monde sait que vous êtes le seul à avoir jamais fait peur à Vous-Savez-Qui… ou à Voldemort, si vous y tenez.

–Vous me flattez, dit Dumbledore d'une voix tranquille. Voldemort dispose de pouvoirs que je n'ai jamais eus.

–C'est simplement parce que vous avez trop de… disons de noblesse pour en faire usage.

–Heureusement qu'il fait nuit. Je n'ai jamais autant rougi depuis le jour où Madame Pomfresh m'a dit qu'elle trouvait mes nouveaux cache-oreilles ravissants.

Le professeur McGonagall lança un regard perçant à Dumbledore.

–Les hiboux, ce n'est rien comparé aux rumeurs qui circulent, déclara-t-elle. Vous savez ce que tout le monde dit sur les raisons de sa disparition ? Ce qui a fini par l'arrêter ?

Apparemment, le professeur McGonagall venait d'aborder le sujet qui lui tenait le plus à cœur, la véritable raison qui l'avait décidée à attendre toute la journée, assise sur un mur glacial. Car jamais un chat ni une femme n'avait fixé Dumbledore d'un regard aussi pénétrant que celui du professeur en cet instant. À l'évidence, elle n'avait pas l'intention de croire ce que « tout le monde » disait tant que Dumbledore ne lui aurait pas confirmé qu'il s'agissait bien de la vérité. Dumbledore, cependant, était occupé à choisir un autre esquimau et ne lui répondit pas.

– Ce qu'ils disent, poursuivit le professeur, c'est que Voldemort est venu hier soir à Godric's Hollow pour y chercher les Potter. D'après la rumeur, Lily et James Potter sont... enfin, on dit qu'ils sont... morts...

Dumbledore inclina la tête. Le professeur McGonagall avait du mal à reprendre sa respiration.

– Lily et James... Je n'arrive pas à y croire... Je ne voulais pas l'admettre... Oh, Albus...

Dumbledore tendit la main et lui tapota l'épaule.

– Je sais... Je sais... dit-il gravement.

– Et ce n'est pas tout, reprit le professeur McGonagall d'une voix tremblante. On dit qu'il a essayé de tuer Harry, le fils des Potter. Mais il en a été incapable. Il n'a pas réussi à supprimer ce bambin. Personne ne sait pourquoi ni comment, mais tout le monde raconte que lorsqu'il a essayé de tuer Harry Potter sans y parvenir, le pouvoir de Voldemort s'est brisé, pour ainsi dire – et c'est pour ça qu'il a... disparu.

Dumbledore hocha la tête d'un air sombre.

– C'est... c'est vrai ? bredouilla le professeur McGonagall. Après tout ce qu'il a fait... tous les gens qu'il a tués... il n'a pas réussi à tuer un petit garçon ? C'est stupéfiant... rien d'autre n'avait pu l'arrêter. . mais, au nom du ciel, comment se fait-il que Harry ait pu survivre ?

– On ne peut faire que des suppositions, répondit Dumbledore. On ne saura peut-être jamais.

Le professeur McGonagall sortit un mouchoir en dentelle et s'essuya les yeux sous ses lunettes. Dumbledore inspira longuement en prenant dans sa poche une montre en or qu'il consulta. C'était une montre très étrange. Elle avait douze aiguilles, mais pas de chiffres. À la place, il y avait de petites planètes qui tournaient au bord du cadran. Tout cela devait avoir un sens pour Dumbledore car il remit la montre dans sa poche en disant :

— Hagrid est en retard. Au fait, j'imagine que c'est lui qui vous a dit que je serais ici ?

— Oui, admit le professeur McGonagall, et je suppose que vous n'avez pas l'intention de me dire pour quelle raison vous êtes venu dans cet endroit précis ?

— Je suis venu confier Harry à sa tante et à son oncle. C'est la seule famille qui lui reste désormais.

— Vous voulez dire… non, ce n'est pas possible ! Pas les gens qui habitent dans cette maison ! s'écria le professeur McGonagall en se levant d'un bond, le doigt pointé sur le numéro 4 de la rue. Dumbledore… vous ne pouvez pas faire une chose pareille ! Je les ai observés toute la journée. On ne peut pas imaginer des gens plus différents de nous. En plus, ils ont un fils… je l'ai vu donner des coups de pied à sa mère tout au long de la rue en hurlant pour réclamer des bonbons. Harry Potter, venir vivre ici !

— C'est le meilleur endroit pour lui, répliqua Dumbledore d'un ton ferme. Son oncle et sa tante lui expliqueront tout quand il sera plus grand. Je leur ai écrit une lettre.

— Une lettre ? répéta le professeur McGonagall d'une voix éteinte en se rasseyant sur le muret. Dumbledore, vous croyez vraiment qu'il est possible d'expliquer tout cela dans une lettre ? Des gens pareils seront incapables de comprendre ce garçon ! Il va devenir célèbre – une véritable légende vivante –, je ne serais pas étonnée que la date d'aujourd'hui devienne dans l'avenir la fête de Harry Potter. On écrira des livres sur lui. Tous les enfants de notre monde connaîtront son nom !

— C'est vrai, dit Dumbledore en la regardant d'un air très sérieux par-dessus ses lunettes en demi-lune. Il y aurait de quoi tourner la tête de n'importe quel enfant. Être célèbre avant même d'avoir appris à marcher et à parler ! Célèbre pour quelque chose dont il ne sera même pas capable de se souvenir ! Ne comprenez-vous pas qu'il vaut beaucoup mieux pour lui qu'il grandisse à l'écart de tout cela jusqu'à ce qu'il soit prêt à l'assumer ?

Le professeur McGonagall ouvrit la bouche. Elle parut changer d'avis, avala sa salive et répondit :

– Oui… Oui, bien sûr, vous avez raison. Mais comment cet enfant va-t-il arriver jusqu'ici, Dumbledore ?

Elle regarda soudain sa cape comme si elle pensait que Harry était peut-être caché dessous.

– C'est Hagrid qui doit l'amener, dit Dumbledore.

– Et vous croyez qu'il est… sage de confier une tâche aussi importante à Hagrid ?

– Je confierais ma propre vie à Hagrid, assura Dumbledore.

– Je ne dis pas qu'il manque de cœur, répondit le professeur McGonagall avec réticence, mais reconnaissez qu'il est passablement négligent. Il a tendance à… Qu'est-ce c'est que ça ?

Un grondement sourd avait brisé le silence de la nuit. Le bruit augmenta d'intensité tandis qu'ils scrutaient la rue des deux côtés pour essayer d'apercevoir la lueur d'un phare. Le grondement se transforma en pétarade au-dessus de leur tête. Ils levèrent alors les yeux et virent une énorme moto tomber du ciel et atterrir devant eux sur la chaussée.

La moto était énorme, mais ce n'était rien comparé à l'homme qui était assis dessus. Il était à peu près deux fois plus grand que la moyenne et au moins cinq fois plus large. Il était même tellement grand qu'on avait peine à le croire. On aurait dit un sauvage, avec ses longs cheveux noirs en broussaille, sa barbe qui cachait presque entièrement son visage, ses mains de la taille d'un couvercle de poubelle et ses pieds chaussés de bottes en cuir qui avaient l'air de bébés dauphins. L'homme tenait un tas de couvertures dans ses immenses bras musculeux

– Hagrid, dit Dumbledore avec soulagement. Vous voilà enfin. Où avez-vous déniché cette moto ?

– L'ai empruntée, professeur Dumbledore, Monsieur,

répondit le géant en descendant avec précaution de la moto C'est le jeune Sirius Black qui me l'a prêtée. Ça y est, j'ai réussi à vous l'amener, Monsieur.

– Vous n'avez pas eu de problèmes ?

– Non, Monsieur. La maison était presque entièrement détruite mais je me suis débrouillé pour le sauver de là avant que les Moldus commencent à rappliquer. Il s'est endormi quand on a survolé Bristol.

Dumbledore et le professeur McGonagall se penchèrent sur le tas de couvertures. À l'intérieur, à peine visible, un bébé dormait profondément. Sous une touffe de cheveux d'un noir de jais, ils distinguèrent sur son front une étrange coupure en forme d'éclair.

– C'est là que ?... murmura le professeur McGonagall.

– Oui, répondit Dumbledore. Il gardera cette cicatrice à tout jamais.

– Vous ne pourriez pas arranger ça, Dumbledore ?

– Même si je le pouvais, je ne le ferais pas. Les cicatrices sont parfois utiles. Moi-même, j'en ai une au-dessus du genou gauche, qui représente le plan exact du métro de Londres. Donnez-le-moi, Hagrid, il est temps de faire ce qu'il faut.

Dumbledore prit Harry dans ses bras et se tourna vers la maison des Dursley.

– Est-ce que.. est-ce que je pourrais lui dire au revoir, Monsieur ? demanda Hagrid.

Il pencha sa grosse tête hirsute vers Harry et lui donna un baiser qui devait être singulièrement piquant et râpeux. Puis, soudain, Hagrid laissa échapper un long hurlement de chien blessé.

– Chut ! siffla le professeur McGonagall. Vous allez réveiller les Moldus !

– Dé... désolé, sanglota Hagrid en sortant de sa poche un grand mouchoir à pois dans lequel il enfouit son visage, mais je… je n'arrive pas à m'y faire… Lily et James qui meurent et ce pauvre petit Harry qui va aller vivre avec les Moldus…

– Oui, je sais, c'est très triste, mais ressaisissez-vous, Hagrid, sinon, nous allons nous faire repérer, chuchota le professeur McGonagall en tapotant doucement le bras de Hagrid tandis que Dumbledore enjambait le muret du jardin et s'avançait vers l'entrée de la maison.

Avec précaution, il déposa Harry devant la porte, sortit une lettre de sa cape, la glissa entre les couvertures, puis revint vers les deux autres. Pendant un long moment, tous trois restèrent immobiles, côte à côte, à contempler le petit tas de couvertures. Les épaules de Hagrid tremblèrent, le professeur McGonagall battit des paupières avec frénésie et la lueur qui brillait habituellement dans le regard de Dumbledore sembla s'éteindre.

– Eh bien voilà, dit enfin Dumbledore. Il est inutile de rester ici. Autant rejoindre les autres pour faire la fête.

– Oui, dit Hagrid d'une voix étouffée. Je ferais mieux de faire disparaître cette moto. Bonne nuit, professeur McGonagall, bonne nuit, professeur Dumbledore, Monsieur.

Essuyant d'un revers de manche ses yeux ruisselants de larmes, Hagrid enfourcha la moto et mit le moteur en route. Dans un vrombissement, la moto s'éleva dans les airs et disparut dans la nuit.

– À bientôt, j'imagine, professeur McGonagall, dit Dumbledore avec un signe de tête.

Pour toute réponse, le professeur McGonagall se moucha.

Dumbledore fit volte-face et s'éloigna le long de la rue. Il s'arrêta au coin et reprit dans sa poche l'Éteignoir d'argent. Il l'actionna une seule fois et une douzaine de boules lumineuses regagnèrent aussitôt les réverbères. Privet Drive fut soudain baigné d'une lumière orangée et Dumbledore distingua la silhouette d'un chat tigré qui tournait l'angle de la rue.

Il aperçut également le tas de couvertures devant la porte du numéro 4.

– Bonne chance, Harry, murmura-t-il.

Il se retourna et disparut dans un bruissement de cape.

Une brise agitait les haies bien taillées de Privet Drive. La rue était propre et silencieuse sous le ciel d'encre. Jamais on n'aurait imaginé que des événements extraordinaires puissent se dérouler dans un tel endroit. Harry Potter se retourna sous ses couvertures sans se réveiller. Sa petite main se referma sur la lettre posée à côté de lui et il continua de dormir sans savoir qu'il était un être exceptionnel, sans savoir qu'il était déjà célèbre, sans savoir non plus que dans quelques heures, il serait réveillé par le cri de Mrs Dursley qui ouvrirait la porte pour sortir les bouteilles de lait et que pendant des semaines, il serait piqué et pincé par son cousin Dudley… Il ne savait pas davantage qu'en ce moment même, des gens s'étaient rassemblés en secret dans tout le pays et qu'ils levaient leur verre en murmurant : « À la santé de Harry Potter. Le survivant ! »

2
UNE VITRE DISPARAÎT

Il s'était passé près de dix ans depuis que les Dursley avaient trouvé au saut du lit leur neveu devant la porte, mais Privet Drive n'avait quasiment pas changé. Ce jour-là, le soleil se leva sur les mêmes petits jardins proprets en faisant étinceler la plaque de cuivre qui portait le numéro 4, à l'entrée de la maison des Dursley. La lumière du matin s'infiltra dans un living-room exactement semblable, à quelques détails près, à celui où Mr Dursley avait appris par la télévision le fameux vol des hiboux, de sinistre mémoire. Seules les photos exhibées sur le manteau de la cheminée donnaient une idée du temps qui s'était écoulé depuis cette date. Dix ans plus tôt, on distinguait sur les nombreux clichés exposés quelque chose qui ressemblait à un gros ballon rose coiffé de bonnets à pompons de différentes couleurs. Mais Dudley Dursley n'était plus un bébé et à présent, les photos montraient un gros garçon blond sur son premier vélo, sur un manège de fête foraine, devant un ordinateur en compagnie de son père ou serré dans les bras de sa mère qui le couvrait de baisers. Rien dans la pièce ne laissait deviner qu'un autre petit garçon habitait la même maison.

Et pourtant, Harry Potter était toujours là, encore endormi pour le moment, mais plus pour longtemps. Car sa tante Pétunia était bien réveillée et ce fut sa voix perçante qui rompit pour la première fois le silence du matin.

– Allez, debout ! Immédiatement !

Harry se réveilla en sursaut. Sa tante tambourina à la porte.

– Vite, debout ! hurla-t-elle de sa voix suraiguë.

Harry l'entendit s'éloigner vers la cuisine et poser une poêle sur la cuisinière. Il se tourna sur le dos et essaya de se rappeler le rêve qu'il était en train de faire. C'était un beau rêve, avec une moto qui volait, et il eut l'étrange impression d'avoir déjà fait le même rêve auparavant.

Sa tante était revenue derrière la porte.

– Ça y est ? Tu es levé ? demanda-t-elle.

– Presque, répondit Harry.

– Allez, dépêche-toi, je veux que tu surveilles le bacon. Ne le laisse surtout pas brûler. Tout doit être absolument parfait le jour de l'anniversaire de Dudley.

Harry émit un grognement.

– Qu'est-ce que tu dis ? glapit sa tante derrière la porte.

– Rien, rien…

L'anniversaire de Dudley ! Comment avait-il pu l'oublier ? Harry se glissa lentement hors du lit et chercha ses chaussettes. Il en trouva une paire sous le lit, et après avoir chassé l'araignée qui s'était installée dans l'une d'elles, il les enfila. Harry était habitué aux araignées. Le placard sous l'escalier en était plein. Or, c'était là qu'il dormait.

Lorsqu'il eut fini de s'habiller, il sortit dans le couloir et alla dans la cuisine. La table avait presque entièrement disparu sous une montagne de cadeaux. Apparemment, Dudley avait eu le nouvel ordinateur qu'il désirait tant, sans parler de la deuxième télévision et du vélo de course. La raison pour laquelle Dudley voulait un vélo de course restait mystérieuse aux yeux de Harry, car Dudley était très gros et détestait faire du sport – sauf bien sûr lorsqu'il s'agissait de boxer quelqu'un. Son punching-ball préféré, c'était Harry, mais il était rare qu'il parvienne à l'attraper. Même s'il n'en avait pas l'air, Harry était très rapide.

Peut-être était-ce parce qu'il vivait dans un placard, en tout cas, Harry avait toujours été petit et maigre pour son âge. Il paraissait d'autant plus petit et maigre qu'il était obligé de porter les vieux vêtements de Dudley qui était à peu près quatre fois plus gros que lui. Harry avait un visage mince, des genoux noueux, des cheveux noirs et des yeux d'un vert brillant. Il portait des lunettes rondes qu'il avait fallu rafistoler avec du papier collant à cause des nombreux coups de poing que Dudley lui avait donnés sur le nez. La seule chose que Harry aimait bien dans son apparence physique, c'était la fine cicatrice qu'il portait sur le front et qui avait la forme d'un éclair. Aussi loin que remontaient ses souvenirs, il avait toujours eu cette cicatrice et la première question qu'il se rappelait avoir posée à sa tante Pétunia, c'était : comment lui était-elle venue ?

– Dans l'accident de voiture qui a tué tes parents, avait-elle répondu. Et ne pose pas de questions.

Ne pose pas de questions – c'était la première règle à observer si l'on voulait vivre tranquille avec les Dursley.

L'oncle Vernon entra dans la cuisine au moment où Harry retournait les tranches de bacon dans la poêle.

– Va te peigner ! aboya Mr Dursley en guise de bonjour.

Une fois par semaine environ, l'oncle Vernon levait les yeux de son journal pour crier haut et fort que Harry avait besoin de se faire couper les cheveux. Harry s'était fait couper les cheveux plus souvent que tous ses camarades de classe réunis, mais on ne voyait pas la différence, ils continuaient à pousser à leur guise – c'est-à-dire dans tous les sens.

Harry était en train de faire cuire les œufs au plat lorsque Dudley arriva dans la cuisine en compagnie de sa mère. Dudley ressemblait beaucoup à l'oncle Vernon. Il avait une grosse figure rose, un cou presque inexistant, de petits yeux bleus humides et d'épais cheveux blonds qui s'étalaient au sommet de sa tête épaisse et grasse. La tante Pétunia disait souvent que Dudley avait l'air d'un chérubin – et Harry disait souvent qu'il avait l'air d'un cochon avec une perruque.

Harry essaya de disposer sur la table les assiettes remplies d'œufs au bacon, ce qui n'était pas facile en raison du peu de place qui restait. Pendant ce temps, Dudley comptait ses cadeaux. Lorsqu'il eut terminé, ses joues s'affaissèrent.

– Trente-six, dit-il en levant les yeux vers ses parents. Ça fait deux de moins que l'année dernière.

– Mon petit chéri, tu n'as pas compté le cadeau de la tante Marge, regarde, il est là, sous ce gros paquet que Papa et Maman t'ont offert.

– D'accord, ça fait trente-sept, dit Dudley qui commençait à devenir tout rouge.

Harry, qui sentait venir une de ces grosses colères dont Dudley avait le secret, s'empressa d'engloutir ses œufs au bacon avant que l'idée vienne à son cousin de renverser la table. De toute évidence, la tante Pétunia avait également senti le danger.

– Et nous allons encore t'acheter deux autres cadeaux, dit-elle précipitamment, quand nous sortirons tout à l'heure. Qu'est-ce que tu en dis, mon petit agneau ? Deux autres cadeaux. Ça te va ?

Dudley réfléchit un bon moment. Apparemment, c'était un exercice difficile. Enfin, il dit lentement :

– Donc, j'en aurai trente… trente…

– Trente-neuf, mon canard adoré, dit la tante Pétunia

– Bon, dans ce cas, ça va.

Dudley se laissa tomber lourdement sur une chaise et attrapa le paquet le plus proche.

L'oncle Vernon eut un petit rire.

– Le petit bonhomme en veut pour son argent, comme son père. C'est très bien, Dudley ! dit-il en ébouriffant les cheveux de son fils.

À ce moment, le téléphone sonna et la tante Pétunia alla répondre pendant que Harry et l'oncle Vernon regardaient Dudley déballer le vélo de course, un caméscope, un avion radio-commandé, seize nouveaux jeux vidéo et un magnétoscope. Il était occupé à déchirer le papier qui enveloppait une montre en or lorsque la tante Pétunia revint dans la cuisine, l'air à la fois furieux et inquiet.

– Mauvaise nouvelle, Vernon. Mrs Figg s'est cassé une jambe. Elle ne pourra pas le prendre, dit-elle en montrant Harry d'un signe de tête.

Horrifié, Dudley resta bouche bée. Harry, lui, sentit son cœur bondir de joie. Chaque année, le jour de l'anniversaire de Dudley, ses parents l'emmenaient avec un ami dans des parcs d'attractions, au cinéma ou dans des fast-foods où il pouvait se gaver de hamburgers. Et chaque année, on confiait Harry à Mrs Figg, une vieille folle qui habitait un peu plus loin. Harry détestait aller là-bas. Toute la maison sentait le chou et Mrs Figg passait son temps à lui montrer les photos de tous les chats qu'elle avait eus.

– C'est malin ! dit la tante Pétunia en jetant un regard furieux à Harry comme si c'était lui qui était responsable de la situation.

Harry savait bien qu'il aurait dû éprouver un peu de compassion pour cette pauvre Mrs Figg, mais ce n'était pas facile, car il pensait surtout qu'il s'écoulerait encore une année entière avant qu'il soit obligé de regarder à nouveau les photos de Pompom, Patounet, Mistigri et Mignonnette.

– On pourrait peut-être téléphoner à Marge, suggéra l'oncle Vernon.

– Ne dis pas de bêtises, Vernon, tu sais bien qu'elle déteste cet enfant.

Les Dursley parlaient souvent de Harry de cette façon, en faisant comme s'il n'était pas là – ou plutôt comme s'il était un être dégoûtant, une sorte de limace incapable de comprendre ce qu'ils disaient.

—Et ton amie… comment s'appelle-t-elle déjà ? Ah oui, Yvonne…

—Elle est en vacances à Majorque, répliqua sèchement la tante Pétunia.

—Vous n'avez qu'à me laisser ici, intervint Harry plein d'espoir.

Pour une fois, il pourrait regarder ce qu'il voudrait à la télévision et peut-être même essayer l'ordinateur de Dudley.

On aurait dit que la tante Pétunia venait d'avaler un citron entier.

—C'est ça, grinça-t-elle, et quand nous reviendrons, la maison sera en ruine ?

—Je ne ferai pas sauter la maison, assura Harry, mais ils ne l'écoutaient plus.

—Nous pourrions peut-être l'emmener au zoo, dit la tante Pétunia, et le laisser dans la voiture en nous attendant.

—La voiture est toute neuve, pas question de le laisser tout seul dedans, trancha Mr Dursley.

Dudley se mit à pleurer bruyamment. En fait, il ne pleurait pas pour de bon. Il y avait des années qu'il ne versait plus de vraies larmes, mais il savait que dès qu'il commençait à se tordre le visage en gémissant, sa mère était prête à lui accorder tout ce qu'il voulait.

—Mon Dudlynouchet adoré, ne pleure pas. Maman ne va pas le laisser gâcher ta plus belle journée, s'écria Mrs Dursley en le serrant dans ses bras.

—Je… veux… pas… qu'il… vienne ! hurla Dudley d'une voix secouée de faux sanglots. Il gâche… toujours tout !

Dudley adressa alors à Harry un horrible sourire entre les bras de sa mère.

Au même moment, la sonnette de la porte d'entrée retentit.

– Oh, mon Dieu, les voilà ! dit précipitamment la tante Pétunia.

Un instant plus tard, Piers Polkiss, le meilleur ami de Dudley, entra dans la maison en compagnie de sa mère. Piers était un garçon efflanqué avec une tête de rat. Quand Dudley tapait sur quelqu'un, c'était toujours lui qui tenait par-derrière les mains de la victime, pour l'empêcher de se défendre. Dudley cessa aussitôt sa comédie.

Une demi-heure plus tard, Harry, qui n'en croyait pas sa chance, était assis à l'arrière de la voiture des Dursley, en compagnie de Piers et Dudley. Pour la première fois de sa vie, il allait visiter le zoo. Son oncle et sa tante n'avaient pas trouvé d'autre solution que de l'emmener avec eux, mais avant de partir, l'oncle Vernon avait pris Harry à part.

– Je te préviens, avait-il dit, sa grosse figure rouge tout contre le visage de Harry, je te préviens que s'il se produit la moindre chose bizarre, tu ne sortiras pas de ce placard avant Noël.

– Je ne ferai rien, assura Harry, c'est promis.

Mais l'oncle Vernon ne le croyait pas. Personne ne le croyait jamais.

Le problème, c'était qu'il se passait souvent des choses étranges autour de Harry et les Dursley refusaient de croire qu'il n'y était pour rien.

Un jour, la tante Pétunia, fatiguée de voir Harry sortir de chez le coiffeur avec la même tête que s'il n'y était pas allé du tout, avait pris une paire de gros ciseaux et lui avait coupé les cheveux si court qu'il en était devenu presque chauve. Elle n'avait laissé qu'une frange « pour cacher cette horrible cicatrice ». Dudley s'était écroulé de rire en voyant le résultat et Harry n'avait pas pu dormir de la nuit en imaginant ce qui allait se passer le lendemain à l'école, où déjà on se moquait de ses vêtements trop grands et de ses lunettes rafistolées au papier collant. Au matin, cependant, il s'était aperçu que ses cheveux

31

avaient repoussé tels qu'ils étaient avant que la tante Pétunia ne les coupe. Il avait été puni d'une semaine de placard sans sortir, malgré tous ses efforts pour essayer de leur faire admettre qu'il ne comprenait pas ce qui avait bien pu se passer.

Une autre fois, la tante Pétunia avait voulu le forcer à mettre un vieux pull de Dudley (une horreur marron avec des pompons orange), mais plus elle essayait de lui faire passer la tête à l'intérieur du pull, plus celui-ci rapetissait. Finalement, il s'était trouvé réduit à la taille d'un gant de marionnette et la tante Pétunia en avait conclu qu'il avait rétréci au lavage. À son grand soulagement, Harry, cette fois-là. n'avait reçu aucune punition.

En revanche, il avait eu de sérieux ennuis à l'école, le jour où on l'avait retrouvé sur le toit de la cantine. La bande de Dudley l'avait poursuivi dans la cour comme à l'accoutumée lorsque, à la grande surprise de tout le monde, y compris de Harry lui-même, il s'était retrouvé assis au sommet de la cheminée. Les Dursley avaient reçu une lettre furieuse de la directrice dans laquelle elle affirmait que Harry s'amusait à escalader les bâtiments de l'école. Pourtant, comme il l'avait expliqué à l'oncle Vernon à travers la porte verrouillée de son placard, il s'était contenté de sauter derrière les poubelles qui se trouvaient à côté de la porte de la cuisine. Harry pensait que c'était le vent qui avait dû l'emporter jusqu'au toit au moment où il sautait.

Mais aujourd'hui, tout irait bien. Cela valait même la peine de supporter Dudley et Piers du moment qu'il pouvait passer la journée dans un endroit qui ne serait ni l'école, ni le placard, ni le salon à l'odeur de chou de Mrs Figg.

Tandis qu'il conduisait la voiture, l'oncle Vernon se plaignait à la tante Pétunia. Il aimait bien se plaindre de choses et d'autres. Les gens qui travaillaient avec lui, Harry, la municipalité, Harry, son banquier et Harry constituaient quelques-uns de ses sujets préférés. Ce matin-là, c'était aux motos qu'il en avait.

– ... conduisent comme des malades, ces petits voyous ! dit-il alors qu'une moto les dépassait.

– J'ai rêvé d'une moto, cette nuit, dit Harry qui se souvenait soudain de son rêve. Elle volait.

L'oncle de Harry faillit percuter la voiture qui le précédait Il se retourna brusquement, son visage si rouge qu'il ressemblait à une énorme betterave à moustache.

– LES MOTOS NE VOLENT PAS ! hurla-t-il.

Dudley et Piers ricanèrent.

– Je le sais bien, répondit Harry, ce n'était qu'un rêve.

Mais il regretta d'en avoir trop dit. Plus encore que les questions qu'il posait, les Dursley détestaient l'entendre parler d'objets qui sortaient de leur rôle habituel, que ce soit dans un rêve ou un dessin animé, comme s'ils redoutaient qu'il n'en tire des idées dangereuses.

C'était un samedi ensoleillé et le zoo était bondé de familles en promenade. Les Dursley achetèrent à Dudley et à Piers de grosses glaces au chocolat. Mais, avant qu'ils aient eu le temps de repartir, la jeune femme souriante qui vendait les glaces avait demandé à Harry ce qu'il voulait et ils avaient fini par lui acheter une sucette glacée au citron à bon marché. Elle n'était d'ailleurs pas si mauvaise que ça, pensa Harry tandis qu'il la léchait devant la cage d'un gorille occupé à se gratter la tête. L'animal ressemblait étrangement à Dudley, sauf qu'il n'était pas blond.

Il y avait bien longtemps que Harry n'avait pas passé une matinée aussi agréable. Il prenait la précaution de se tenir un peu à l'écart des Dursley pour éviter que Dudley et Piers, qui commençaient à se lasser des animaux, ne se consacrent une fois de plus à leur passe-temps favori : lui taper dessus. Ils déjeunèrent au restaurant du zoo où Dudley fit une grosse colère parce que sa crème glacée aux fruits géante n'était pas assez grande à son goût. L'oncle Vernon lui en commanda une autre et Harry fut autorisé à finir la première.

Mais Harry aurait dû s'en douter : tout cela était trop beau pour durer.

Après déjeuner, ils allèrent voir les reptiles au vivarium. L'endroit était sombre et frais, avec des cages de verre éclairées qui s'alignaient le long des murs. Derrière les vitres, on voyait toutes sortes de lézards et de serpents qui rampaient et ondulaient sur des morceaux de pierre ou de bois. Dudley et Piers voulaient voir d'énormes cobras au venin mortel et de gros pythons capables de broyer un homme dans leur étreinte. Dudley ne mit pas longtemps à dénicher le plus grand serpent du vivarium. Il était si long qu'il aurait pu s'enrouler deux fois autour de la voiture de l'oncle Vernon et la réduire en un petit tas de ferraille, mais pour l'instant, il ne semblait pas d'humeur à tenter ce genre d'exploit. En fait, il dormait profondément.

Le nez collé contre la vitre, Dudley contemplait les anneaux luisants du reptile.

— Fais-le bouger, dit-il à son père d'une voix geignarde.

L'oncle Vernon tapota la vitre, mais le serpent ne bougea pas.

— Recommence, ordonna Dudley.

L'oncle Vernon donna de petits coups secs sur la vitre, mais le serpent continua de dormir.

— On s'ennuie, ici, marmonna Dudley en s'éloignant d'un pas traînant.

Harry s'approcha alors de la cage de verre et contempla le serpent. Il n'aurait pas été surpris que le reptile soit lui-même mort d'ennui à force de rester seul dans cette cage sans autre compagnie que tous ces imbéciles qui passaient la journée à taper contre la vitre. C'était pire que de coucher dans un placard avec pour toute visite celle de la tante Pétunia qui tambourinait à la porte pour le réveiller. Lui, au moins, pouvait se déplacer dans la maison

Le serpent ouvrit soudain ses petits yeux brillants. Lentement, très lentement, il leva la tête jusqu'à ce qu'elle soit au même niveau que celle de Harry.

Et il lui fit un clin d'œil.

Harry resta bouche bée. Il jeta un coup d'œil autour de lui pour s'assurer que personne ne le regardait, puis il adressa à son tour un clin d'œil au serpent.

Le reptile fit un signe de tête en direction de l'oncle Vernon et de Dudley, puis il leva les yeux au plafond. Il semblait dire à Harry : « J'ai droit à ça sans arrêt. »

— Je sais, murmura Harry, sans savoir si le serpent pouvait l'entendre à travers la vitre. Ça doit être vraiment agaçant.

Le serpent approuva d'un hochement de tête vigoureux.

— D'où tu viens, au fait ? demanda Harry.

Le serpent pointa le bout de la queue vers le petit écriteau apposé à côté de la vitre.

— « Boa constrictor – Brésil », lut Harry. C'était bien, là-bas ? demanda-t-il.

Le boa pointa à nouveau la queue vers l'écriteau et Harry lut la suite : « Né à la ménagerie. »

— Ah, d'accord, je comprends. Donc, tu n'as jamais été au Brésil ?

Tandis que le serpent confirmait d'un signe de tête, un hurlement assourdissant retentit et les fit sursauter tous les deux.

— DUDLEY ! MR DURSLEY ! REGARDEZ LE SERPENT ! VOUS N'ALLEZ PAS LE CROIRE !

Dudley revint vers la cage en se dandinant aussi vite qu'il le pouvait.

— Pousse-toi de là, toi, dit-il en donnant à Harry un coup de poing dans les côtes.

Pris par surprise, Harry tomba sur le sol de ciment. Ce qui se passa ensuite fut tellement rapide que personne ne vit comment c'était arrivé. Soudain, alors qu'ils se tenaient côte à côté devant la cage de verre, Piers et Dudley firent un bond en arrière en poussant des cris d'horreur.

Harry se redressa, le souffle coupé : la vitre qui retenait le boa prisonnier avait disparu. Le long serpent se déroula rapidement et quitta sa cage en ondulant sur le sol. Pris de panique, les visiteurs du vivarium se précipitèrent alors vers la sortie en hurlant de terreur.

Au moment où le serpent glissa rapidement devant lui, Harry eut l'impression d'entendre une voix basse et sifflante dire :

— Et maintenant, direction, le Brésil ! Merssssi, amigo.

Le gardien du vivarium était en état de choc.

— La vitre, répétait-il. Où est passée la vitre ?

Le directeur du zoo en personne offrit une tasse de thé fort et bien sucré à la tante Pétunia et se confondit en excuses. Piers et Dudley balbutiaient d'un air ahuri. D'après ce que Harry avait pu voir, le serpent ne leur avait fait aucun mal, il s'était contenté de claquer des mâchoires tout près de leurs mollets pour s'amuser à leur faire peur, mais quand tout le monde eut repris place dans la voiture de l'oncle Vernon, Dudley raconta que le boa avait failli lui arracher la jambe tandis que Piers affirmait qu'il avait essayé de l'étouffer en s'enroulant autour de lui. Mais le pire, pour Harry tout au moins, ce fut lorsque Piers, qui s'était un peu calmé, dit :

— Harry a parlé au serpent, pas vrai, Harry ?

L'oncle Vernon attendit que Piers fût rentré chez lui pour s'en prendre à Harry. Sa fureur était telle qu'il pouvait à peine parler. Il parvint seulement à dire :

— File... placard... pas bouger... rien à manger.

Puis il s'effondra dans un fauteuil et la tante Pétunia se hâta d'aller lui chercher un grand verre de cognac.

Beaucoup plus tard, Harry, allongé dans son placard, se désolait de ne pas avoir de montre. Il n'avait aucune idée de l'heure et il ne savait pas si les Dursley étaient déjà couchés.

Tant qu'ils ne dormaient pas, il ne pouvait pas se risquer dans la cuisine pour aller chercher discrètement quelque chose à manger.

Il avait passé dix ans chez les Dursley, dix années sinistres, depuis que ses parents étaient morts dans cet accident de voiture alors qu'il n'était encore qu'un bébé. Il ne se souvenait pas d'avoir été dans la voiture lorsque ses parents avaient été tués. Parfois, seul dans son placard, il fouillait dans ses souvenirs pendant des heures entières et une étrange vision émergeait de sa mémoire : il revoyait un éclair aveuglant de lumière verte et se souvenait d'une brûlure douloureuse sur le front. C'était sans doute le choc de l'accident, pensait-il, bien qu'il n'eût aucune idée de l'origine de la lumière verte. Il ne se rappelait rien de ses parents. Son oncle et sa tante ne lui en parlaient jamais et, bien entendu, il n'avait pas le droit de poser de questions à leur sujet. Il n'y avait même aucune photo d'eux dans la maison.

Lorsqu'il était plus jeune, Harry avait souvent rêvé qu'un parent lointain et inconnu vienne le chercher et l'emmène avec lui, mais cela n'était jamais arrivé. Les Dursley étaient sa seule famille. Parfois, cependant, il lui semblait (ou peut-être était-ce un simple espoir) que des gens qu'il croisait au-dehors le reconnaissaient. C'étaient d'ailleurs des gens très étranges. Un jour, un homme minuscule coiffé d'un chapeau haut de forme violet s'était incliné devant lui pendant qu'il faisait des courses avec Dudley et la tante Pétunia. Après lui avoir demandé d'un air furieux s'il connaissait cet homme, la tante Pétunia s'était dépêchée de les faire sortir du magasin sans avoir rien acheté. Un autre jour, dans un bus, une vieille femme échevelée, tout habillée de vert, lui avait fait de grands signes de la main. Récemment encore, un homme chauve dans un long manteau pourpre lui avait serré la main dans la rue, puis était reparti sans dire un mot. Le plus étrange, c'était que tous ces gens semblaient toujours disparaître dès que Harry essayait de les regarder de plus près.

À l'école, Harry n'avait pas d'ami. Tout le monde savait que la bande de Dudley détestait Harry Potter, avec ses vêtements trop grands et ses lunettes cassées, et personne n'avait envie de déplaire à la bande de Dudley.

3

LES LETTRES DE NULLE PART

La fuite du boa brésilien valut à Harry la plus longue punition qu'il eût jamais reçue. Lorsqu'il fut enfin autorisé à ressortir de son placard, les vacances d'été avaient déjà commencé et Dudley avait eu le temps de casser son nouveau caméscope, d'écraser au sol son avion radio-commandé et d'étrenner son vélo de course en renversant Mrs Figg qui traversait Privet Drive avec ses béquilles.

Harry était content que l'école ait pris fin, mais il n'arrivait pas à échapper à la bande de Dudley qui venait chaque jour à la maison. Piers, Dennis, Malcolm et Gordon étaient tous grands et stupides, mais comme Dudley était encore plus grand et plus bête qu'eux, c'était lui qui était le chef. Et les autres étaient ravis de pratiquer le sport préféré de Dudley : la chasse au Harry.

C'est pourquoi Harry passait le plus de temps possible hors de la maison, à se promener dans les environs en pensant à la fin des vacances qui représentait pour lui une minuscule lueur d'espoir. Car en septembre, il entrerait au collège et, pour la première fois de sa vie, il ne serait plus dans la même école que Dudley. Dudley irait à Smelting, un collège privé où l'oncle Vernon avait fait ses études. Piers Polkiss y était inscrit, lui aussi. Harry, pour sa part, devrait se contenter du collège du quartier, Stonewall High. Dudley en était ravi.

—Là où tu vas, on met la tête des nouveaux dans le trou des toilettes, dit-il à Harry. Si tu veux t'entraîner, monte avec moi dans la salle de bains.

—Non, merci, répondit Harry, ces pauvres toilettes n'ont jamais vu quelque chose d'aussi atroce que ta tête, ça les rendrait malades.

Et il prit aussitôt la fuite avant que Dudley ait compris ce qu'il avait dit.

Un jour de juillet, la tante Pétunia emmena Dudley à Londres pour lui acheter l'uniforme de sa nouvelle école. Elle déposa Harry chez Mrs Figg qui fut moins pénible qu'à l'ordinaire car elle s'était cassé la jambe en trébuchant sur un de ses chats, ce qui avait quelque peu refroidi la passion qu'elle leur portait habituellement. Harry fut même autorisé à regarder la télévision en mangeant un gâteau au chocolat qui avait dû séjourner quelques années au fond d'un placard. Le soir, Dudley parada dans le salon pour montrer à toute la famille ses habits flambant neufs : un frac marron à queue-de-pie, un pantalon de golf orange et un canotier. Les élèves de Smelting avaient également une canne dont ils se servaient pour se taper dessus quand les professeurs ne les voyaient pas. C'était, paraît-il, une façon de se forger le caractère

En contemplant son fils ainsi accoutré, l'oncle Vernon déclara que c'était le plus beau jour de sa vie et la tante Pétunia éclata en sanglots en disant qu'elle n'arrivait pas à croire que ce garçon si grand, si élégant était son petit Dudlinouchet adoré. Harry préféra ne rien dire. Il avait l'impression de s'être déjà fêlé deux côtes à force de réprimer son fou rire.

Le lendemain matin, au petit déjeuner, une odeur pestilentielle se dégageait d'une grande bassine posée dans l'évier de la cuisine. Harry s'approcha et vit de vieilles guenilles qui flottaient dans une eau grisâtre.

—Qu'est-ce que c'est ? demanda-t-il à la tante Pétunia.

Elle pinça les lèvres, choquée qu'il ait l'audace de poser la question.

– C'est ton nouvel uniforme, dit-elle.

– Ah bon ? s'étonna Harry en regardant à nouveau la bassine. Je ne savais pas qu'il fallait le faire tremper dans l'eau.

– Ne fais pas l'idiot, répondit sèchement la tante Pétunia. J'ai teint en gris des vieilles affaires de Dudley. Ça te suffira bien comme uniforme, il ne sera guère différent des autres.

Harry en doutait, mais il était inutile de discuter. Il se demanda à quoi il ressemblerait, là-dedans, le jour de la rentrée. On aurait dit des morceaux de peau arrachés à un vieil éléphant.

Dudley et l'oncle Vernon entrèrent dans la cuisine en fronçant le nez à cause de l'odeur que répandait la bassine. L'oncle Vernon ouvrit son journal comme à l'ordinaire et Dudley donna sur la table un coup de sa canne dont il ne se séparait plus.

Ils entendirent alors le facteur glisser le courrier dans la boîte aux lettres de la porte d'entrée.

– Va chercher le courrier, Dudley, dit l'oncle Vernon sans lever le nez de son journal.

– Harry n'a qu'à y aller, dit Dudley.

– Va chercher le courrier, Harry.

– Dudley n'a qu'à y aller, dit Harry.

– Donne-lui un coup de canne, Dudley

Harry évita la canne et alla chercher le courrier. Il y avait trois lettres : une carte postale de Marge, la sœur de l'oncle Vernon, qui était en vacances à l'île de Wight, une enveloppe de papier kraft qui devait être une facture et… une lettre pour Harry !

Harry la contempla bouche bée. Son cœur faisait de grands bonds dans sa poitrine, comme une balle en caoutchouc. De toute sa vie, personne, jamais, ne lui avait écrit. D'ailleurs, qui aurait pu le faire ? Il n'avait pas d'amis, pas de parents autres que son oncle et sa tante, il n'était même pas inscrit à la bibliothèque, ce qui lui évitait de recevoir des mots désagréables exigeant le retour de livres empruntés. Et pourtant, il avait entre les mains une lettre dont l'adresse ne pouvait prêter à confusion :

Mr H. Potter
Dans le placard sous l'escalier
4, Privet Drive
Little Whinging
Surrey

L'enveloppe, lourde et épaisse, était faite d'un parchemin jauni et l'adresse était écrite à l'encre vert émeraude. Il n'y avait pas de timbre.

En retournant l'enveloppe, les mains tremblantes, Harry vit un sceau de cire frappé d'un écusson qui représentait un aigle, un lion, un blaireau et un serpent entourant la lettre « P ».

– Dépêche-toi, mon garçon, cria l'oncle Vernon dans la cuisine. Qu'est-ce que tu fais ? Tu regardes s'il n'y a pas de lettre piégée ?

Sa plaisanterie le fit éclater de rire.

Harry reprit le chemin de la cuisine sans quitter l'enveloppe des yeux. Il donna à l'oncle Vernon la carte postale et la facture puis il s'assit et entreprit de décacheter l'enveloppe jaune.

L'oncle Vernon poussa un grognement dégoûté en ouvrant l'enveloppe de la facture et lut ce qui était écrit au dos de la carte postale.

– Marge est malade, dit-il à la tante Pétunia. Elle a mangé un drôle de coquillage.

42

–Papa ! s'écria soudain Dudley. Papa, regarde ! Harry a reçu quelque chose !

Harry était sur le point de déplier sa lettre, écrite sur un parchemin semblable à celui de l'enveloppe, lorsque l'oncle Vernon la lui arracha des mains.

–C'est à moi ! protesta Harry en essayant de la reprendre.

–Qui donc t'écrirait ? dit l'oncle Vernon d'un ton plein de mépris.

D'une main, il secoua la lettre pour la déplier, puis il y jeta un coup d'œil. Son teint passa alors du rouge au vert plus vite qu'un feu de signalisation. Et il n'en resta pas là. En quelques secondes, il était devenu d'un gris pâle de vieux porridge.

–P...P...Pétunia ! balbutia l'oncle Vernon.

Dudley essaya de s'emparer de la lettre, mais l'oncle Vernon la tenait hors de portée. Il la donna à la tante Pétunia qui en lut la première ligne d'un air intrigué. Pendant un instant, elle sembla sur le point de s'évanouir et porta la main à sa gorge d'où s'échappa un borborygme étouffé.

–Vernon ! Oh, mon Dieu, Vernon !

Ils se regardèrent comme s'ils avaient oublié que Harry et Dudley étaient avec eux dans la cuisine. Dudley n'avait pas l'habitude qu'on lui manifeste une telle indifférence et il donna un coup sec de sa canne sur la tête de son père.

–Je veux lire cette lettre, dit-il d'une voix forte.

–C'est moi qui veux la lire ! intervint Harry. Elle est à moi !

–Sortez d'ici, tous les deux, dit l'oncle Vernon d'une voix grinçante en remettant la lettre dans l'enveloppe.

Harry ne bougea pas.

–JE VEUX MA LETTRE ! hurla-t-il.

–Laissez-moi voir, exigea Dudley.

–DEHORS ! rugit l'oncle Vernon.

Il prit Harry et Dudley par la peau du cou et les poussa dans le couloir en claquant la porte de la cuisine sur eux. Harry et

Dudley engagèrent aussitôt un combat féroce mais silencieux pour savoir qui écouterait au trou de la serrure ce qui allait se dire dans la cuisine. Ce fut Dudley qui l'emporta. Harry, les lunettes en bataille, s'allongea alors à plat ventre pour écouter par l'interstice entre le bas de la porte et le sol

— Vernon, dit la tante Pétunia d'une voix tremblante, regarde l'adresse. Comment ont-ils pu savoir où il couche ? Tu crois qu'ils surveillent la maison ?

— Ils nous surveillent, ils nous espionnent, peut-être même qu'ils nous suivent, marmonna furieusement l'oncle Vernon.

— Qu'allons-nous faire, Vernon ? Est-ce qu'il faut leur répondre ? Leur dire que nous ne voulons pas…

Harry apercevait les chaussures noires bien cirées de l'oncle Vernon qui faisait les cent pas dans la cuisine.

— Non, dit-il enfin. On ne va pas y faire attention. S'ils ne reçoivent pas de réponse… Oui, c'est ce qu'il y a de mieux… Nous n'allons rien faire du tout…

— Mais…

— Je ne veux pas de ça dans la maison, Pétunia ! Souviens-toi, quand nous l'avons pris avec nous, nous nous sommes juré de refuser toutes ces idioties. C'est beaucoup trop dangereux.

Le soir, en revenant du travail, l'oncle Vernon fit quelque chose qu'il n'avait encore jamais fait : il alla voir Harry dans son placard.

— Où est ma lettre ? demanda Harry au moment même où l'oncle Vernon se faufilait dans le placard. Qui est-ce qui m'a écrit ?

— Personne. La lettre t'a été adressée par erreur, répondit l'oncle Vernon. Je l'ai brûlée.

— Ce n'était pas une erreur, protesta Harry avec colère. Il y avait l'adresse de mon placard sur l'enveloppe.

— SILENCE ! cria l'oncle Vernon.

Deux araignées tombèrent du plafond. Il respira profondément à plusieurs reprises puis il se força à sourire, d'un sourire qui avait l'air singulièrement douloureux.

—Justement, Harry... au sujet de ce placard. Ta tante et moi, nous avons réfléchi... Tu commences à devenir un peu trop grand pour rester ici... Nous avons pensé qu'il serait peut-être préférable que tu déménages dans la deuxième chambre de Dudley.

—Pourquoi ? demanda Harry.

—Ne pose pas de questions ! répliqua sèchement son oncle. Prends tes affaires et monte là-haut.

Il y avait quatre chambres dans la maison des Dursley : une pour l'oncle Vernon et la tante Pétunia, une chambre d'amis (qui servait généralement à Marge, la sœur de Vernon), une où Dudley dormait et une autre où Dudley mettait ses jouets et tout ce qui n'entrait pas dans la première.

Un seul voyage suffit à Harry pour transporter toutes ses affaires dans la chambre. Il s'assit sur le lit et regarda autour de lui. Presque tous les objets qu'il voyait étaient cassés. Le caméscope était posé sur un petit char d'assaut qui fonctionnait toujours, avec lequel Dudley avait écrasé le chien du voisin ; dans un coin, il y avait la première télévision de Dudley qu'il avait éventrée d'un coup de pied un jour où son émission préférée avait été annulée ; il y avait aussi une grande cage dans laquelle avait vécu autrefois un perroquet que Dudley avait échangé à l'école contre une carabine à air comprimé. La carabine, posée sur une étagère, était complètement tordue depuis le jour où Dudley s'était assis dessus. Les autres étagères étaient remplies de livres. C'étaient les seules choses auxquelles il semblait n'avoir jamais touché.

Du rez-de-chaussée montaient les hurlements de Dudley qui s'adressait à sa mère :

—Je ne veux pas de lui là-dedans, criait-il. J'ai besoin de cette chambre... Fais-le sortir...

Harry soupira et s'étendit sur le lit. La veille, il aurait donné n'importe quoi pour avoir cette chambre. Aujourd'hui, il aurait mieux aimé rester dans son placard avec sa lettre, plutôt que d'être ici sans avoir le droit de la lire.

Pendant le petit déjeuner du lendemain, tout le monde resta silencieux. Dudley était en état de choc. Il s'était égosillé, avait frappé son père avec sa canne, s'était fait vomir exprès, avait donné des coups de pied à sa mère et jeté sa tortue à travers le toit de la serre, sans parvenir à récupérer sa chambre. Harry repensait à ce qui s'était passé la veille à la même heure et il regrettait amèrement de n'avoir pas ouvert sa lettre pendant qu'il était encore dans le hall d'entrée. L'oncle Vernon et la tante Pétunia échangeaient de sombres regards.

Lorsque le courrier arriva, l'oncle Vernon, qui s'était efforcé de se montrer aimable avec Harry, envoya Dudley le chercher. Ils l'entendirent donner des coups de canne un peu partout sur son chemin, puis il se mit à hurler :

- Il y en a une autre ! Mr H. Potter, dans la plus petite chambre du 4, Privet Drive...

L'oncle Vernon poussa un cri étranglé et se précipita dans le hall d'entrée, Harry sur ses talons. L'oncle Vernon dut se battre avec Dudley et le faire tomber par terre pour essayer de lui arracher la lettre, ce qui était d'autant plus difficile que Harry avait attrapé l'oncle Vernon par-derrière en lui serrant le cou. Après quelques instants d'un furieux combat au cours duquel chacun prit de nombreux coups de canne, l'oncle Vernon se releva, le souffle court, la main crispée sur la lettre destinée à Harry.

— Va dans ton placard... Je veux dire, dans ta chambre, dit-il à Harry d'une voix rauque. Et toi, Dudley, va-t'en, file !

Inlassablement, Harry faisait les cent pas autour de sa chambre. Quelqu'un savait qu'il avait déménagé de son placard et semblait également savoir qu'il n'avait pas reçu la première lettre. Cela signifiait sûrement qu'il essaierait encore.

Et cette fois, il s'arrangerait pour que la lettre lui parvienne. Il avait un plan.

Le lendemain matin, le vieux réveil rafistolé sonna à six heures. Harry arrêta aussitôt la sonnerie et s'habilla en silence pour ne pas réveiller les Dursley. Puis il descendit l'escalier sans faire le moindre bruit et sans allumer les lumières

Il allait attendre que le facteur arrive au coin de Privet Drive et lui demander de lui donner les lettres du numéro 4 en premier. Le cœur battant, il traversa le hall d'entrée en direction de la porte…

– AAAAAARRRGH !

Harry fit un bond. Il venait de marcher sur une grosse chose molle étalée devant la porte, une chose vivante !

Des lumières s'allumèrent au premier étage et il se rendit compte avec horreur que la grosse chose molle était en réalité la tête de son oncle. L'oncle Vernon avait passé la nuit devant la porte, dans un sac de couchage, pour empêcher Harry de réussir ce qu'il avait tenté de faire. Après l'avoir traité de tous les noms pendant près d'une demi-heure, l'oncle Vernon ordonna à Harry d'aller lui préparer une tasse de thé. Découragé, Harry s'en alla dans la cuisine en traînant des pieds, et lorsqu'il revint, le courrier était déjà entre les mains de son oncle. Il aperçut trois lettres à l'encre verte qui lui étaient adressées.

– Je veux mes… commença-t-il.

Mais l'oncle Vernon était déjà en train de déchirer les lettres sous ses yeux.

Ce jour-là, l'oncle Vernon n'alla pas travailler. Il resta à la maison et cloua une planche devant la boîte aux lettres.

– S'ils n'arrivent pas à nous les faire parvenir, ils finiront par laisser tomber, dit-il à la tante Pétunia, la bouche pleine de clous.

—Je ne sais pas si ça servira à grand-chose, Vernon.

—Pétunia, ces gens-là sont très différents de nous, ils ne raisonnent pas comme toi et moi, répliqua-t-il en essayant de planter un clou avec le morceau de cake que la tante Pétunia venait de lui apporter.

Le vendredi, douze lettres pour Harry arrivèrent. Comme la boîte aux lettres était inutilisable, elles avaient été glissées tout autour de la porte et l'une d'elles avait même été introduite à travers un vasistas dans les toilettes du rez-de-chaussée.

Ce jour-là également, l'oncle Vernon resta à la maison. Après avoir brûlé toutes les lettres, il reprit son marteau et ses clous et boucha à l'aide de planches tous les interstices autour des portes de devant et de derrière, si bien que personne ne pouvait plus entrer ni sortir. Il fredonnait un air tout en travaillant et sursautait au moindre bruit.

Le samedi, la situation devint incontrôlable. Vingt-quatre lettres destinées à Harry furent introduites à l'intérieur de la maison : elles avaient été roulées et dissimulées à l'intérieur des deux douzaines d'œufs que le livreur, passablement déconcerté, leur avait passées par la fenêtre du salon. Pendant que l'oncle Vernon donnait des coups de téléphone furieux au bureau de poste et au crémier pour essayer de trouver un responsable auprès de qui protester, la tante Pétunia réduisit les lettres en bouillie dans son mixer.

—Mais qui peut bien avoir envie de t'écrire à ce point ? demanda Dudley abasourdi.

Le dimanche matin, l'oncle Vernon avait l'air fatigué et malade lorsqu'il s'assit à la table du petit déjeuner, mais il paraissait heureux malgré tout.

—La poste ne fonctionne pas le dimanche, dit-il d'un ton

joyeux en étalant consciencieusement de la marmelade sur son journal. Aujourd'hui, pas de ces fichues lettres.

Au même moment, quelque chose tomba dans le conduit de la cheminée avec un sifflement sonore et il sentit un coup derrière la tête. Un paquet venait d'exploser dans le foyer de la cheminée en projetant une quarantaine de lettres qui volaient dans la cuisine comme des boulets de canon. Les Dursley se baissèrent pour éviter les projectiles tandis que Harry essayait d'en attraper un au vol.

– Dehors ! DEHORS !

L'oncle Vernon saisit Harry par la taille et le projeta dans le hall d'entrée, puis, dès que Dudley et la tante Pétunia eurent pris la fuite en se protégeant le visage de leurs bras, il claqua la porte de la cuisine. Derrière le panneau, on entendait les lettres qui continuaient de voler en rebondissant contre les murs et le carrelage.

– Cette fois-ci, ça suffit, déclara l'oncle Vernon qui s'efforçait de parler d'une voix calme tout en arrachant des touffes de poils de sa moustache. Je veux tout le monde prêt à partir dans cinq minutes. On s'en va. Emportez simplement quelques vêtements, et pas de discussion !

Il paraissait tellement menaçant, avec sa moustache dégarnie, que personne n'osa plus faire un geste. Dix minutes plus tard, après avoir arraché les planches qui condamnaient la porte, ils montèrent dans la voiture qui fonça vers l'autoroute. Dudley pleurnichait à l'arrière, à cause du coup que son père lui avait donné sur la tête pour les avoir retardés en voulant à tout prix emporter sa télévision, son magnétoscope et son ordinateur dans son sac de sport. Ils roulèrent, roulèrent, roulèrent. La tante Pétunia elle-même n'osait pas demander à son mari où il comptait les emmener. De temps à autre, l'oncle Vernon faisait demi-tour et repartait dans la direction opposée.

– On va les semer, on va les semer, marmonnait-il.

Ils roulèrent ainsi toute la journée sans prendre le temps de s'arrêter pour boire ou manger quelque chose. À la tombée du jour, Dudley poussa de longs hurlements. Il avait faim, il avait raté cinq émissions de télévision qu'il tenait absolument à voir et il n'avait jamais passé autant de temps sans pulvériser un extraterrestre sur son ordinateur.

L'oncle Vernon arrêta enfin la voiture devant un hôtel sinistre, dans la banlieue d'une grande ville. Dudley et Harry partagèrent une chambre avec des lits jumeaux et des draps humides qui sentaient le moisi. Dudley passa la nuit à ronfler, tandis que Harry, assis sur le rebord de la fenêtre, regardait les phares des voitures qui passaient dans la rue. Il se posait des questions…

Au matin, on leur servit des corn flakes rassis et des toasts recouverts de tomates froides en boîte. La patronne de l'hôtel s'approcha alors de leur table.

– 'Mande pardon, est-ce qu'il y aurait un Mr Potter parmi vous ? Parce que j'en ai une centaine comme ça à la réception.

Elle tenait à la main une enveloppe sur laquelle on pouvait lire cette adresse écrite à l'encre verte :

Mr H. Potter
Chambre 17
Hôtel du Rail
Carbone-les-Mines

Harry essaya de s'emparer de la lettre, mais l'oncle Vernon l'en empêcha d'un geste de la main. La patronne les regardait d'un air ahuri.

– Je m'en occupe, dit l'oncle Vernon en se levant immédiatement et en suivant l'hôtelière hors de la salle à manger.

— Et si nous rentrions à la maison ? suggéra timidement la tante Pétunia, quelques heures plus tard.

Mais l'oncle Vernon ne semblait pas l'avoir entendue. Personne ne comprenait ce qu'il cherchait. Il les conduisit au milieu d'une forêt, sortit de la voiture, inspecta les alentours, hocha la tête, puis remonta dans la voiture et ils repartirent. Il recommença ensuite le même manège au beau milieu d'un champ labouré, à mi-chemin sur un pont suspendu, puis au sommet d'un parking à étages.

Vers la fin de l'après-midi, l'oncle Vernon s'arrêta dans un village du bord de mer, enferma tout le monde dans la voiture et s'en alla.

— Papa est devenu fou ? demanda Dudley, d'un ton morne, à la tante Pétunia.

La pluie commença à tomber. De grosses gouttes martelaient le toit de la voiture. Dudley pleurnichait bruyamment.

— C'est lundi, dit-il à sa mère. Le jour de mon émission préférée. Je veux qu'on aille quelque part où il y aura une télévision.

Lundi ! — on pouvait faire confiance à Dudley, il ne se trompait jamais dans les dates, à cause des programmes de télévision. Harry se souvint tout à coup que le mardi suivant, c'est-à-dire le lendemain, serait le jour de son onzième anniversaire ! Oh, bien sûr, ses anniversaires n'avaient rien de bien réjouissant — l'année précédente, les Dursley lui avaient offert un cintre et une paire de vieilles chaussettes qui avaient appartenu à l'oncle Vernon —, mais quand même : on n'avait pas onze ans tous les jours !

L'oncle Vernon revint en portant sous le bras un paquet long et fin. Il souriait, mais refusa de répondre à la tante Pétunia lorsqu'elle lui demanda ce qu'il avait acheté.

— J'ai trouvé l'endroit idéal, dit-il. Allez, venez ! Tout le monde dehors !

Dehors, il faisait très froid. L'oncle Vernon montra du doigt un gros rocher qui émergeait à bonne distance de la côte. Au sommet du rocher, on distinguait une cabane misérable, à moitié en ruine. Une chose était certaine : il ne pouvait pas y avoir de télévision là-dedans !

— On prévoit une tempête pour cette nuit, dit l'oncle Vernon d'un ton joyeux, et en frappant des mains. Et monsieur a été assez aimable pour nous prêter son bateau !

Un vieil homme édenté s'approcha d'eux d'un pas raide. Avec un sourire à faire froid dans le dos, il montra d'un geste de la main une vieille barque qui se balançait à la surface de la mer d'un gris métallique.

— J'ai déjà acheté des provisions, dit l'oncle Vernon. Il ne reste plus qu'à embarquer.

Il faisait un froid polaire à bord de la barque. La pluie et les embruns s'insinuaient dans leur cou et un vent glacé leur fouettait le visage. Il sembla s'écouler des heures avant qu'ils atteignent enfin le rocher. Glissant à chaque pas sur la pierre humide, l'oncle Vernon les conduisit à la masure.

L'endroit était épouvantable : il régnait une terrible odeur d'algues, le vent sifflait à travers les fissures des murs en planches et la cheminée humide ne comportait pas la moindre bûche. Il n'y avait que deux pièces.

Les provisions de l'oncle Vernon étaient plutôt maigres : un paquet de chips pour chacun et quatre bananes. Il essaya de faire un feu, mais les emballages de chips vides se consumèrent en ne parvenant à produire qu'un peu de fumée.

— C'est maintenant qu'on aimerait bien avoir quelques-unes de ces lettres pour faire un bon feu ! dit joyeusement l'oncle Vernon.

Il était de très bonne humeur. De toute évidence, il était convaincu que personne ne parviendrait à braver la tempête pour leur apporter du courrier dans cet endroit. Harry songea qu'il avait raison, mais cette pensée ne le réjouissait guère.

Lorsque la nuit tomba, la tempête annoncée se mit à souffler autour d'eux. L'écume des vagues qui se fracassaient contre le rocher inondait les murs de la cabane et un vent féroce faisait trembler les fenêtres crasseuses. La tante Pétunia dénicha quelques couvertures moisies dans l'autre pièce et fit un lit à Dudley sur le canapé rongé aux mites. Elle s'installa avec l'oncle Vernon dans un lit défoncé de la pièce voisine et Harry dut s'efforcer de trouver un endroit où le sol n'était pas trop dur. Il s'enroula alors dans la dernière couverture qui restait, la moins épaisse, la plus déchirée.

La tempête devenait de plus en plus violente à mesure que la nuit avançait. Harry, couché par terre, ne parvenait pas à s'endormir. Il frissonnait en se tournant et se retournant pour essayer de trouver une position qui ne soit pas trop inconfortable. Son ventre vide criait famine. Les profonds coups de tonnerre qui avaient commencé à retentir autour de minuit étouffaient les ronflements de Dudley qui dormait dans le canapé. Son bras pendait par-dessus l'accoudoir et Harry apercevait le cadran phosphorescent de sa montre sur son poignet gras. Dans dix minutes exactement, Harry allait avoir onze ans. Il garda les yeux fixés sur le cadran en se demandant si les Dursley allaient se souvenir de son anniversaire. Il se demandait également où se trouvait l'auteur des lettres en cet instant.

Plus que cinq minutes. Harry entendit quelque chose grincer au-dehors. Il espérait que le toit n'allait pas s'effondrer même s'il aurait alors plus chaud. Plus que quatre minutes. À leur retour, il y aurait peut-être tellement de lettres dans la maison de Privet Drive qu'il arriverait à en attraper une ? Trois minutes. Était-ce la mer qui cognait aussi violemment contre le rocher ? Plus que deux minutes. Et ce drôle de craquement, qu'est-ce que c'était ? Le rocher menaçait-il de s'effondrer ?

Plus qu'une minute et il aurait onze ans. Trente secondes... vingt... dix... neuf... Et s'il réveillait Dudley, rien que pour l'énerver ? Trois... deux... un...

BOUM ! BOUM !

Toute la cabane se mit à trembler. Harry se redressa brusquement, le regard fixé sur la porte. Dehors, quelqu'un frappait contre le panneau.

4

LE GARDIEN DES CLÉS

BOUM! BOUM!

On frappa à nouveau. Dudley se réveilla en sursaut.

– C'était un coup de canon? demanda-t-il bêtement.

Il y eut un grand bruit derrière eux et l'oncle Vernon entra dans la pièce en glissant par terre. Il tenait un fusil à la main. À présent, ils savaient ce que contenait le long paquet qu'il avait eu sous le bras la veille.

– Qui est là? cria-t-il. Je vous préviens, je suis armé!

Il y eut un instant de silence, puis...

CRAAAAAC!

On cogna sur la porte avec tant de force qu'elle fut arrachée de ses gonds et tomba à plat sur le sol dans un fracas assourdissant.

Un véritable géant se tenait dans l'encadrement. Son visage était presque entièrement caché par une longue crinière de cheveux emmêlés et par une grande barbe broussailleuse, mais on voyait distinctement ses yeux qui brillaient comme deux scarabées noirs au milieu de ce foisonnement.

Le géant se glissa à l'intérieur de la masure en inclinant la tête pour ne pas se cogner contre le plafond. Il se pencha, ramassa la porte et la remit sans difficulté sur ses gonds. Audehors, le vacarme de la tempête s'était un peu atténué. Il se retourna et les regarda:

— Si vous aviez une tasse de thé, ce ne serait pas de refus, dit le géant. Le voyage n'a pas été facile.

Il s'avança vers le canapé où Dudley était resté assis, pétrifié de terreur.

— Bouge-toi un peu, gros tas, dit-il.

Dudley poussa un petit cri et courut se réfugier derrière sa mère, tout aussi terrifiée, qui se cachait elle-même derrière l'oncle Vernon.

— Et voilà Harry ! dit le géant.

Harry leva la tête vers son visage hirsute et vit de petites rides apparaître autour de ses yeux en forme de scarabée : le géant souriait.

— La dernière fois que je t'ai vu, tu n'étais encore qu'un bébé, dit-il. Tu ressembles beaucoup à ton père, mais tu as les yeux de ta maman.

L'oncle Vernon laissa échapper un drôle de grognement

— Monsieur, j'exige que vous sortiez d'ici immédiatement, dit-il. Vous avez commis une violation de domicile avec effraction.

— Ah, ça suffit, Dursley, espèce de vieux pruneau ! dit le géant.

Il tendit le bras, arracha le fusil des mains de l'oncle Vernon, fit un nœud avec le canon aussi facilement que s'il avait été en caoutchouc et le jeta dans un coin de la pièce.

L'oncle Vernon émit à nouveau un drôle de bruit, comme une souris sur laquelle on aurait marché.

— Je te souhaite un bon anniversaire, Harry, dit le géant en tournant le dos aux Dursley. Je t'ai apporté quelque chose. J'ai dû m'asseoir un peu dessus pendant le voyage, mais ça doit être très bon quand même.

Il tira d'une poche intérieure de son manteau noir une boîte en carton légèrement aplatie. Harry l'ouvrit en tremblant et découvrit à l'intérieur un gros gâteau au chocolat un peu fondu sur lequel était écrit avec un glaçage vert : « Joyeux anniversaire Harry ».

Harry leva les yeux vers le géant. Il aurait voulu lui dire merci, mais les mots se perdirent dans sa gorge et il s'entendit demander :

– Qui êtes-vous ?

Le géant eut un petit rire.

– Ah, c'est vrai, je ne me suis pas présenté, dit-il. Rubeus Hagrid, gardien des Clés et des Lieux à Poudlard.

Il tendit une énorme main et serra celle de Harry en lui secouant le bras.

– Et ce thé ? Il faudrait peut-être y penser, dit-il en se frottant les mains. Remarquez, si vous avez quelque chose de plus fort, je ne serais pas contre.

Son regard tomba sur la cheminée vide. En voyant les paquets de chips calcinés, il poussa un grognement et se pencha sur l'âtre. Personne ne put voir ce qu'il faisait, mais quand il se releva un instant plus tard, un feu d'enfer ronflait dans la cheminée, projetant des lueurs dansantes dans la cabane humide. Harry sentit la chaleur se répandre autour de lui comme s'il venait de plonger dans un bain chaud.

Le géant se rassit sur le canapé qui s'écrasa sous son poids et sortit toutes sortes d'objets des poches de son manteau : une bouilloire en cuivre, un paquet de saucisses ramolli, un tisonnier, une théière, des tasses ébréchées et une bouteille qui contenait un liquide ambré dont il avala une gorgée avant de préparer le thé. Bientôt, l'odeur des saucisses grillées qu'on entendait grésiller dans la cheminée se répandit dans la cabane. Tout le monde resta immobile et silencieux pendant que le géant s'affairait, mais lorsqu'il fit glisser du tisonnier six grosses saucisses bien juteuses et légèrement brûlées, Dudley commença à frétiller.

– Dudley, ne touche à rien de ce qu'il te donnera, dit sèchement l'oncle Vernon.

Le géant eut un petit rire narquois.

—Votre gros lard de fils n'a pas besoin d'engraisser davantage, Dursley, ne vous inquiétez pas.

Il donna les saucisses à Harry qui avait tellement faim que rien ne lui avait jamais paru aussi délicieux, mais il n'arrivait pas à détacher ses yeux du géant. Finalement, comme personne ne semblait décidé à donner la moindre explication, il rompit le silence :

—Je suis désolé, dit-il, mais je ne sais toujours pas qui vous êtes.

Le géant avala une gorgée de thé et s'essuya la bouche d'un revers de main.

—Appelle-moi Hagrid, dit-il, comme tout le monde. Et je te l'ai dit, je suis le gardien des Clés de Poudlard. Tu sais déjà ce qu'est Poudlard, j'imagine ?

—Euh… non… répondit Harry.

Hagrid parut scandalisé.

—Désolé, dit précipitamment Harry.

—Désolé ? aboya Hagrid en se tournant vers les Dursley qui se tassèrent sur eux-mêmes en essayant de disparaître dans la pénombre. C'est eux qui devraient être désolés ! Je savais que tu ne recevais pas les lettres mais j'ignorais que tu n'avais même pas entendu parler de Poudlard ! Tu ne t'es donc jamais demandé où tes parents avaient appris tout ça ?

—Tout ça quoi ? s'étonna Harry.

—TOUT ÇA QUOI ? tonna Hagrid. Attends un peu !

Il se leva d'un bond. Sa colère était telle qu'il semblait remplir tout l'espace de la cabane. Les Dursley s'étaient recroquevillés contre le mur.

—Vous n'allez pas me dire, rugit Hagrid, que ce garçon – ce garçon ! – ne sait rien sur… sur RIEN ?

Harry pensa qu'il exagérait. Après tout, il était allé à l'école et il avait toujours eu de bonnes notes.

—Je sais quand même certaines choses, dit-il. J'ai fait des mathématiques et tout ça…

Mais Hagrid eut un geste dédaigneux de la main.

– Je voulais dire que tu ne sais rien de notre monde, de ton monde. De mon monde. Du monde de tes parents.

– Quel monde ?

Hagrid parut sur le point d'exploser.

– DURSLEY ! hurla-t-il.

L'oncle Vernon, le teint livide, marmonna quelque chose qui aurait pu vouloir dire :

« Maisnonmaisquoimaispasdutout. »

Hagrid regarda Harry d'un air effaré.

– Il faut absolument que tu saches qui étaient ton père et ta mère, dit-il. Ils sont célèbres. Et toi aussi, tu es célèbre.

– Quoi ? Mais mon père et ma mère n'ont jamais été célèbres.

– Tu ne sais pas... Tu ne sais pas...

Hagrid passa les doigts dans ses cheveux en fixant Harry d'un air abasourdi.

– Tu ne sais même pas qui tu es ? dit-il enfin.

L'oncle Vernon retrouva soudain l'usage de la parole.

– Ça suffit ! ordonna-t-il. Ça suffit, monsieur ! Je vous défends de dire quoi que ce soit à ce garçon !

Même un homme plus courageux que l'oncle Vernon aurait flanché devant le regard furieux que Hagrid lui adressa.

– Vous ne lui avez jamais rien dit ? reprit-il en détachant chaque syllabe d'une voix tremblante de rage. Rien dit du contenu de la lettre que Dumbledore avait laissée pour lui ? J'étais là ! J'ai vu Dumbledore déposer la lettre, Dursley ! Et vous lui avez caché ça pendant toute ces années ?

– Caché quoi ? dit précipitamment Harry.

– ÇA SUFFIT ! JE VOUS INTERDIS ! s'exclama l'oncle Vernon pris de panique.

La tante Pétunia eut une exclamation d'horreur.

– Je vais vous transformer en pâté, tous les deux, lança Hagrid. Harry... Tu es un sorcier.

Un grand silence s'abattit soudain sur la cabane. On n'entendait plus que le bruit de la mer et le sifflement du vent.

— Je suis un quoi ? balbutia Harry.

— Un sorcier, bien sûr, dit Hagrid en s'appuyant contre le dossier du canapé qui craqua et s'écrasa un peu plus sous son poids. Et tu deviendras un sacré bon sorcier dès que tu auras un peu d'entraînement. Avec un père et une mère comme les tiens, ça ne peut pas être autrement. Mais il est temps que tu lises ta lettre.

Harry tendit la main et finit par prendre l'enveloppe de parchemin jauni sur laquelle était écrit à l'encre vert émeraude : « Mr H. Potter, sur le plancher de la cabane au sommet du rocher, en pleine mer. » Il ouvrit l'enveloppe et lut la lettre qu'elle contenait :

COLLÈGE POUDLARD, ÉCOLE DE SORCELLERIE
Directeur : Albus Dumbledore
Commandeur du Grand-Ordre de Merlin
Docteur ès Sorcellerie, Enchanteur-en-chef, Manitou suprême de la Confédération internationale des Mages et Sorciers
Cher Mr Potter,
Nous avons le plaisir de vous informer que vous bénéficiez d'ores et déjà d'une inscription au collège Poudlard. Vous trouverez ci-joint la liste des ouvrages et équipements nécessaires au bon déroulement de votre scolarité.
La rentrée étant fixée au 1er septembre, nous attendons votre hibou le 31 juillet au plus tard.
Veuillez croire, cher Mr Potter, en l'expression de nos sentiments distingués.

Minerva McGonagall
Directrice-adjointe

Harry avait tellement de questions à poser qu'elles explosaient dans sa tête comme un feu d'artifice. Il ne savait pas par où commencer et il s'écoula quelques minutes avant qu'il se décide enfin à parler.

– Qu'est-ce que ça veut dire « nous attendons votre hibou » ? bredouilla-t-il.

– Mille Gorgones, j'allais oublier ! s'exclama Hagrid en se donnant sur le front une tape de la main qui aurait suffi à renverser un cheval de trait.

D'une seconde poche intérieure de son manteau, il tira alors un hibou – un vrai hibou bien vivant qui avait l'air un peu froissé –, une longue plume d'oie et un rouleau de parchemin. La langue entre les dents, il se mit à griffonner un mot que Harry, face à lui, parvint à lire à l'envers :

Monsieur le Directeur,

J'ai donné sa lettre à Harry. Je l'emmène acheter ses affaires demain. Le temps est affreux. J'espère que vous allez bien.

Hagrid

Hagrid roula le billet et le donna au hibou qui le prit dans son bec, puis il alla ouvrir la porte et jeta l'oiseau au-dehors, en pleine tempête. Il revint ensuite s'asseoir sur le canapé comme si ce qu'il venait de faire n'était pas plus étonnant que de passer un coup de téléphone.

Harry se rendit compte qu'il avait la bouche grande ouverte et il s'empressa de la refermer.

– Où en étais-je ? dit Hagrid.

À ce moment, l'oncle Vernon, le teint toujours grisâtre, mais l'air furieux, vint se poster devant la cheminée.

– Il n'est pas question qu'il s'en aille, dit-il.

Hagrid poussa un grognement.

– J'aimerais bien voir qu'un Moldu dans votre genre s'avise de l'en empêcher, dit-il.

– Un quoi ? demanda Harry, intéressé.

—Un Moldu, dit Hagrid, c'est comme ça que nous appelons les gens qui n'ont pas de pouvoirs magiques. Et manque de chance, tu as grandi dans la plus incroyable famille de Moldus que j'aie jamais rencontrée.

—Quand nous l'avons pris avec nous, nous nous sommes juré d'en finir avec ces balivernes, dit l'oncle Vernon. Juré qu'on allait le débarrasser de tout ça. Un sorcier ! Et puis quoi, encore ?

—Vous saviez ? s'écria Harry. Vous saviez que je suis un.. un sorcier ?

—Nous le savions ! hurla soudain la tante Pétunia d'une voix perçante. Bien sûr que nous le savions ! Comment aurait-il pu en être autrement quand on sait ce qu'était ma maudite sœur ! Un jour, elle a reçu une lettre exactement comme celle-ci et elle est partie dans… dans cette école. Quand elle revenait à la maison pour les vacances, elle avait les poches pleines de têtards et elle changeait les tasses de thé en rats d'égout. J'étais la seule à la voir telle qu'elle était : un monstre ! Mais avec mon père et ma mère, il n'y en avait que pour elle, c'était Lily par-ci, Lily par-là, ils étaient si fiers d'avoir une sorcière dans la famille !

Elle s'interrompit pour respirer profondément puis elle reprit sa tirade. On aurait dit qu'elle avait attendu des années avant d'oser dire tout ce qu'elle avait sur le cœur.

—Et puis, elle a rencontré ce Potter, à l'école, reprit-elle, ils se sont mariés et tu es arrivé. Moi, je savais bien que tu serais comme eux, aussi bizarre, aussi… anormal… Et pour finir, quelqu'un l'a fait exploser et on a hérité de toi !

Harry était devenu très pâle. Il mit un certain temps à retrouver sa voix.

—Exploser ? Vous m'avez toujours dit que mes parents étaient morts dans un accident de voiture !

—UN ACCIDENT DE VOITURE ? rugit Hagrid, en sursautant

si violemment que les Dursley retournèrent se terrer dans un coin de la cabane. Comment un simple accident de voiture aurait-il pu tuer Lily et James Potter ? C'est une insulte ! Un scandale ! Harry Potter ne connaît même pas sa propre histoire, alors que dans notre monde, tous les enfants connaissent son nom !

– Mais pourquoi ? Qu'est-ce qui s'est passé ? demanda Harry, avide de savoir.

La colère disparut du visage de Hagrid. Il eut soudain l'air très mal à l'aise.

– Je ne m'attendais vraiment pas à ça, dit-il d'une voix inquiète. Quand Dumbledore m'a prévenu qu'il ne serait peut-être pas facile de te ramener, je ne me doutais pas que tu n'étais au courant de rien. Ah, Harry, je me demande si c'est moi qui suis le mieux placé pour te révéler tout ça, mais il faut bien que quelqu'un le fasse. Tu ne peux pas aller à Poudlard sans savoir...

Il lança un regard noir aux Dursley.

– Je vais essayer de te dire ce que je peux, mais je ne pourrai pas tout dire, il y a de trop grands mystères derrière tout ça...

Il se laissa aller contre le dossier du canapé et contempla le feu pendant quelques instants avant de commencer son récit.

– Toute l'histoire commence à cause d'un personnage qui s'appelle... c'est vraiment incroyable que tu n'aies jamais entendu son nom alors que, dans notre monde, chacun connaît...

– Connaît qui ? demanda Harry.

– Je n'aime pas beaucoup prononcer son nom quand je peux l'éviter. Personne n'aime ça.

– Pourquoi ?

– Nom d'une gargouille, Harry ! Tout le monde a encore

peur. Ah, bougre de diable, c'est tellement difficile ! Voilà : il y a eu un jour un sorcier qui.. qui a mal tourné… Très, très mal tourné… Pire que ça, même. Pire que tout ce qu'on peut imaginer de pire. Il s'appelait…

Hagrid avala sa salive, mais aucun nom ne sortit de sa bouche.

– Vous pourriez peut-être l'écrire ? suggéra Harry.

– Non, je ne peux pas l'épeler… Bon, allons-y, il s'appelait… Voldemort.

L'immense corps du géant fut parcouru d'un frisson.

– Ne m'oblige pas à le répéter, dit-il. Il y a une vingtaine d'années, ce… ce sorcier a commencé à chercher des adeptes. Et il a réussi à en avoir. Certains l'ont suivi parce qu'ils avaient peur, d'autres voulaient simplement profiter de son pouvoir, parce que, des pouvoirs, il en avait ! C'était une sombre époque, Harry. On ne savait plus à qui faire confiance, on n'osait pas se lier d'amitié avec les sorciers ou les sorcières qu'on ne connaissait pas bien… Il s'est passé des choses terribles. Il prenait le pouvoir sur les autres. Oh, bien sûr, il y en avait encore qui lui résistaient… mais il les tuait. Et d'une manière effroyable. L'un des seuls endroits où on était encore en sécurité, c'était Poudlard. Je crois bien que Dumbledore était le seul qui arrivait à faire peur à Tu-Sais-Qui. Il n'a jamais osé s'attaquer à l'école, pas à ce moment-là, en tout cas. Ton père et ta mère étaient d'excellents sorciers. Toujours premiers de la classe à Poudlard, à l'époque où ils étaient étudiants ! Le mystère, c'est pourquoi Tu-Sais-Qui a attendu si longtemps pour essayer de les amener dans son camp… sans doute parce qu'ils étaient trop proches de Dumbledore pour avoir quelque chose à faire dans le monde des Ténèbres. Et puis il a fini par croire qu'il parviendrait à les convaincre… ou alors, il voulait simplement se débarrasser d'eux. Tout ce qu'on sait, c'est qu'il y a une dizaine d'années, le jour de Halloween, il s'est rendu dans le village où vous habitiez tous les trois. Tu avais juste un an. Il est arrivé devant votre maison et… et…

Hagrid sortit soudain un mouchoir à pois très sale et se moucha en faisant un bruit de corne de brume.

– Excuse-moi, dit-il, mais c'est tellement triste… Je connaissais ton papa et ta maman et c'étaient les gens les plus charmants qu'on puisse imaginer… Enfin, c'est comme ça… Tu-Sais-Qui les a tués. Ensuite – et c'est là qu'est le vrai mystère –, il a essayé de te tuer aussi. Il voulait sans doute faire le travail jusqu'au bout, ou alors il aimait tuer tout simplement. Mais il n'a pas réussi. Tu ne t'es jamais demandé d'où te venait la cicatrice que tu as sur le front ? Ce n'est pas une blessure ordinaire. C'est la trace du mauvais sort qu'il a lancé contre toi, un mauvais sort si puissant qu'il a détruit tes parents et leur maison. Mais avec toi, ça n'a pas marché, et c'est pour cette raison que tu es célèbre, Harry. Personne n'a jamais pu lui échapper parmi ceux qu'il avait décidé de tuer, personne sauf toi. Et pourtant, il a supprimé quelques-uns des plus grands sorciers et sorcières de l'époque, les McKinnon, les Bones, les Prewett. Mais toi qui n'étais qu'un bébé, tu as survécu.

Il se passait quelque chose de très douloureux dans la tête de Harry. À mesure que Hagrid approchait de la fin de son récit, il revoyait l'éclair de lumière verte plus nettement que jamais – et pour la première fois de sa vie, il se rappelait aussi un rire cruel, sonore, glacé.

Hagrid le regarda avec tristesse.

– C'est à moi que Dumbledore a confié la mission d'aller te chercher dans la maison en ruine. Et c'est comme ça que je t'ai amené chez ces gens…

– Tout ça n'est qu'un monceau de fariboles, s'exclama l'oncle Vernon.

Harry sursauta. Il avait presque oublié la présence des

Dursley. L'oncle Vernon semblait avoir retrouvé tout son courage. Les poings serrés, il lançait à Hagrid des regards furieux.

—Maintenant, écoute-moi bien, mon garçon, lança-t-il à Harry. Je veux bien qu'il y ait chez toi quelques bizarreries, mais il suffirait d'une bonne correction pour arranger tout ça. Quant à tes parents, c'étaient de drôles de zigotos, sans aucun doute, et à mon avis, le monde se porte beaucoup mieux depuis qu'ils ne sont plus là. Ils ont eu ce qu'ils cherchaient, à force de fréquenter ces espèces de magiciens. Je le savais bien, d'ailleurs ! J'étais sûr qu'ils finiraient mal…

Hagrid bondit alors du canapé, tira de son manteau un vieux parapluie rose passablement délabré et le pointa sur l'oncle Vernon comme une épée.

—Je vous préviens, Dursley, rugit-il, je vous préviens… Un mot de plus et…

La perspective de se retrouver embroché au bout d'un parapluie par un géant barbu fit perdre tout son courage à l'oncle Vernon. Il s'aplatit contre le mur et n'osa plus dire un mot.

—J'aime mieux ça, dit Hagrid en respirant profondément.

Il se rassit sur le canapé qui s'écrasa contre le sol. Mais Harry avait encore une foule de questions à poser.

—Et qu'est-il arrivé à Vol… enfin, je veux dire à Vous-Savez-Qui ?

—Bonne question, Harry. Il a tout simplement disparu. Il s'est volatilisé la nuit même où il a essayé de te tuer. Ce qui ajoute encore à ta réputation. Qu'est-il devenu, lui qui semblait au sommet de sa puissance ? Mystère. Certains disent qu'il est mort. À mon avis, ce sont des calembredaines. Je ne crois pas qu'il ait eu en lui quelque chose de suffisamment humain pour mourir. D'autres pensent qu'il est toujours quelque part à attendre son heure, mais je n'y crois pas non plus. Ceux qui s'étaient ralliés à lui sont revenus de notre côté. Certains avaient été plongés dans une sorte de transe. Je ne pense pas qu'ils auraient réussi à s'arracher à lui s'il était revenu. La plupart d'entre nous croient qu'il est toujours vivant, mais qu'il a perdu ses pouvoirs. Il est trop faible pour continuer. Il y a en toi quelque chose qui l'a détruit, Harry. Cette nuit-là, il s'est passé un phénomène auquel il ne s'attendait pas. Je ne sais pas ce que c'était, personne ne le sait, mais tu as réussi à le réduire à rien.

Une lueur de respect et de sympathie brillait dans le regard de Hagrid, mais Harry, au lieu de ressentir de la fierté, avait la certitude que tout cela n'était qu'un terrible malentendu. Lui, un sorcier ? Comment serait-ce possible ? Toute sa vie, il avait été brutalisé par Dudley et malmené par l'oncle Vernon et la tante Pétunia. S'il était vraiment un sorcier, pourquoi ne les avait-il pas changés en crapauds couverts de verrues chaque fois qu'ils l'enfermaient dans son placard ? S'il avait été capable de vaincre le plus grand sorcier du monde, comment se faisait-il que Dudley ait pu le traiter comme un ballon de football ?

— Hagrid, dit-il, je crois que vous avez fait une erreur. Je ne suis pas un sorcier.

À sa grande surprise, Hagrid éclata de rire.

— Pas un sorcier ? Rappelle-toi : il ne s'est jamais rien passé quand tu avais peur ou que tu étais en colère ?

Harry contempla le feu dans la cheminée. Maintenant qu'il y pensait... Toutes ces choses étranges qui rendaient furieux son oncle et sa tante s'étaient toujours produites lorsqu'il était furieux, ou sous le coup d'une émotion... Poursuivi par la bande de Dudley, il s'était soudain retrouvé hors de leur portée... Paniqué à l'idée d'aller à l'école avec sa coupe de cheveux ridicule, il avait réussi à faire repousser sa tignasse... Et la dernière fois que Dudley l'avait frappé, ne s'était-il pas vengé, sans même s'en rendre compte, en lâchant sur lui le boa constrictor ?

Harry leva à nouveau les yeux vers Hagrid. Il lui sourit et vit que le géant rayonnait.

– Tu vois ? dit Hagrid. Harry Potter, pas un sorcier ? Attends donc d'être à Poudlard et tu verras comme tu es célèbre !

Mais l'oncle Vernon ne voulait pas abandonner la partie.

– Je vous ai déjà dit qu'il n'ira pas là-bas, dit-il d'une voix sifflante. Il fera ses études au collège de son quartier et il nous en sera très reconnaissant. J'ai lu ces lettres et j'ai vu toutes les sottises qu'on l'obligeait à acheter, des grimoires, des baguettes magiques, des…

– S'il a envie d'y aller, ce n'est pas un gros Moldu dans votre genre qui pourra s'y opposer, grogna Hagrid. Vous vous croyez suffisamment fort pour empêcher le fils de Lily et James Potter de faire ses études à Poudlard ? Vous êtes fou ! Il y est inscrit depuis sa naissance. Il va étudier dans la meilleure école de sorcellerie du monde. Sept ans là-bas et il sera transformé. Pour changer, il aura des camarades qui appartiennent au même monde que lui, et il étudiera avec l'un des plus grands maîtres que le collège Poudlard ait jamais comptés, Albus Dumbled…

– JE REFUSE DE PAYER UN SOU POUR QU'UN VIEUX CINGLÉ LUI APPRENNE DES TOURS DE MAGIE ! s'écria l'oncle Vernon.

Mais cette fois, il était allé trop loin. Hagrid empoigna son parapluie et le fit tournoyer au-dessus de sa tête.

– JAMAIS PLUS… INSULTER… ALBUS DUMBLEDORE… DEVANT… MOI… tonna-t-il.

Il abattit le parapluie dans un sifflement et le pointa sur Dudley. Il y eut un éclair violet, une détonation comme un pétard qui explose et un petit cri aigu. Un instant plus tard, Dudley dansait sur place en hurlant de douleur, les mains plaquées sur son volumineux postérieur. Lorsqu'il leur tourna le dos, Harry vit qu'une petite queue de cochon en tire-bouchon lui avait poussé à travers son pantalon.

L'oncle Vernon laissa échapper un véritable rugissement. Il attrapa aussitôt Dudley et la tante Pétunia et les entraîna dans l'autre pièce. Puis il jeta un dernier regard terrifié à Hagrid et claqua la porte.

Hagrid regarda le parapluie en se caressant la barbe.

— Je n'aurais pas dû m'énerver comme ça, dit-il d'un ton de regret. Mais de toute façon, ça n'a pas marché. Je voulais le changer en cochon, mais il ressemble déjà tellement à un cochon qu'il n'y avait pas grand-chose de plus à faire.

Il lança un regard oblique à Harry sous ses sourcils broussailleux.

— Si tu pouvais éviter de raconter ça à qui que ce soit à Poudlard, je t'en serais reconnaissant, dit-il. Normalement, je ne suis pas censé faire de la magie. On m'a simplement donné l'autorisation de m'en servir un peu pour te retrouver et t'apporter tes lettres. C'est pour ça que j'étais tellement content qu'on me confie cette mission…

— Pourquoi n'êtes-vous pas censé faire de la magie ? demanda Harry.

— Disons que… moi aussi, j'ai été élève à Poudlard, mais, euh… pour dire la vérité, on m'a renvoyé… J'étais en troisième année. Ils ont cassé ma baguette magique en deux et tout ça… Mais Dumbledore m'a permis de rester comme garde-chasse. Un grand homme, Dumbledore.

— Pourquoi on vous a renvoyé ?

— Il se fait tard et on aura beaucoup de choses à faire demain, dit Hagrid d'une voix forte. Il faut qu'on aille en ville acheter tes livres et tout le reste.

Il ôta son grand manteau noir et le jeta à Harry.

— Tu n'as qu'à dormir là-dedans, dit-il. Ne t'inquiète pas s'il remue un peu. Il doit y avoir un ou deux loirs dans une des poches.

5
LE CHEMIN DE TRAVERSE

Harry se réveilla de bonne heure le lendemain matin. Il savait qu'il faisait jour, mais il garda les yeux fermés. Dans un demi-sommeil, il se demanda s'il n'avait pas rêvé, si le géant nommé Hagrid existait bien, s'il n'allait pas se retrouver dans son placard lorsqu'il ouvrirait les yeux.

Il entendit alors frapper des coups forts.

—C'est bien ce que je pensais, marmonna-t-il, désespéré. Tout cela n'était qu'un rêve. Voilà la tante Pétunia qui cogne à la porte du placard pour me réveiller.

Tap ! Tap ! Tap !

Résigné, il ouvrit les yeux et se redressa. Le gros manteau de Hagrid glissa de ses épaules et il vit l'intérieur de la cabane illuminé de soleil. La tempête avait cessé. Hagrid dormait toujours sur le canapé écrasé et Harry aperçut un hibou qui tapait d'une patte au carreau de la fenêtre, un journal dans le bec.

Harry se leva en hâte. Il éprouvait une telle sensation de bonheur qu'il avait l'impression de sentir son corps flotter comme un ballon. Il se précipita sur la fenêtre et l'ouvrit. Le hibou entra aussitôt et laissa tomber le journal sur Hagrid qui ne se réveilla pas pour autant. Le hibou se posa alors sur le manteau du géant et l'attaqua à coups de bec. Harry essaya de le chasser, mais l'oiseau le menaça avec des claquements de bec féroces et continua de s'en prendre au manteau.

– Hagrid ! s'écria Harry. Il y a un hibou…

– Paye-le, grommela Hagrid sans bouger de son canapé.

– Quoi ?

– Il veut qu'on le paye pour le journal. Regarde dans les poches.

Le manteau du géant semblait être constitué uniquement de poches – on y trouvait des trousseaux de clés, du produit contre les limaces, des pelotes de ficelle, des bonbons à la menthe, des sachets de thé… Harry finit par dénicher une poignée de pièces de monnaie qui lui semblèrent bizarres.

– Donne-lui cinq Noises, dit Hagrid d'une voix ensommeillée.

– Noises ?

– Les petites pièces en bronze.

L'oiseau tendit une patte et Harry déposa cinq Noises dans la petite bourse en cuir qui y était attachée. Le hibou s'envola aussitôt par la fenêtre.

– On ferait bien d'y aller, dit Hagrid qui se redressa avec un bâillement sonore. On a beaucoup de choses à faire aujourd'hui. Il faut aller à Londres et acheter tes affaires pour l'école.

Harry retournait les pièces de monnaie entre ses mains. Il avait l'air soudain préoccupé, comme si le bonheur qu'il avait ressenti venait de crever comme un ballon.

– Heu… Hagrid ?

– Oui, répondit le géant en chaussant ses immenses bottes.

– Comment va-t-on faire pour acheter tout ça ? demanda-t-il. Je n'ai pas d'argent et l'oncle Vernon refuse de payer mes études de sorcier.

– Ne t'inquiète pas pour ça, répondit Hagrid en se levant. Tu crois donc que tes parents ne t'ont rien laissé ?

– Mais leur maison a été détruite…

– Ils ne gardaient pas leur or à la maison. On va commencer par s'arrêter chez Gringotts. C'est la banque des sorciers.

Mange donc une saucisse. Elles ne sont pas mauvaises quand elles sont froides. Et moi, je mangerais bien un morceau de ton gâteau d'anniversaire.

– Il y a des banques de sorciers ?

– Il n'y en a qu'une seule, c'est Gringotts. Elle est dirigée par des gobelins.

Harry laissa tomber le bout de saucisse qu'il tenait.

– Des gobelins ?

– Oui, et il faudrait être fou pour essayer de leur voler quoi que ce soit. Gringotts est l'endroit le plus sûr du monde. À part Poudlard, peut-être. De toute façon, je dois y passer, Dumbledore m'a demandé d'aller lui chercher quelque chose là-bas. Il me fait confiance pour toutes les missions importantes, assura Hagrid avec fierté. Tu es prêt ? Alors, viens.

Harry suivit Hagrid hors de la cabane. Le ciel était clair, à présent et la mer étincelait sous le soleil. La barque que l'oncle Vernon avait louée était toujours là, inondée d'eau de pluie.

– Comment avez-vous fait pour arriver jusqu'ici ? demanda Harry en cherchant des yeux une autre embarcation.

– En volant, répondit Hagrid.

– En volant ?

– Oui, mais on va revenir en bateau. Maintenant que tu es avec moi, je ne dois plus faire de magie.

Ils s'installèrent dans la barque. Harry observait Hagrid en se demandant comment il pouvait bien s'y prendre pour voler.

– C'est quand même un peu idiot de ramer, dit le géant en lançant à Harry un regard de côté. Si je m'arrange pour… accélérer un peu les choses, tu n'en parleras pas quand tu seras à Poudlard ?

– Bien sûr que non, répondit Harry qui avait hâte de voir un nouveau tour de magie.

Hagrid tapota alors de la pointe de son parapluie rose le bord de la barque et le bateau fila aussitôt vers le rivage.

– Pourquoi est-ce qu'il faudrait être fou pour essayer de voler quelque chose chez Gringotts ? demanda Harry.

– Ils n'ont pas leur pareil pour jeter des sorts, répondit Hagrid en dépliant son journal. On dit même que ce sont des dragons qui gardent la salle des coffres. Et en plus, ce n'est pas facile d'y retrouver son chemin – Gringotts est à des kilomètres en sous-sol, bien plus bas que le métro de Londres. En imaginant que quelqu'un parvienne à y prendre quelque chose, il finirait par mourir de faim en cherchant la sortie.

Harry resta assis en silence pendant que Hagrid lisait son journal, *La Gazette du sorcier*. Harry avait appris au contact de l'oncle Vernon qu'il ne fallait jamais déranger quelqu'un qui lit son journal, mais il avait tant de questions à poser qu'il était très difficile de résister.

– Le ministère de la Magie a encore fait des bêtises, comme d'habitude, marmonna Hagrid en tournant les pages.

– Il y a un ministère de la Magie ? demanda spontanément Harry.

– Bien sûr. Ils voulaient nommer Dumbledore ministre, mais il ne quitterait Poudlard pour rien au monde et c'est ce vieux gâteux de Cornelius Fudge qui a hérité du poste. Un vrai gaffeur, celui-là. Chaque matin, il envoie un hibou à Dumbledore pour lui demander conseil.

– Et ça sert à quoi, un ministère de la Magie ?

– Oh, ça sert surtout à garder nos secrets. Il ne faut pas que les Moldus sachent qu'il y a toujours des mages et des sorcières d'un bout à l'autre du pays. Sinon, ils essaieraient de faire appel à nous pour résoudre leurs problèmes. On préfère qu'ils nous laissent tranquilles.

À ce moment, le bateau heurta en douceur le quai du port. Hagrid replia son journal et ils montèrent l'escalier de pierre qui menait à la rue.

Tout au long du chemin qui conduisait à la gare, les passants se retournaient sur Hagrid : il était deux fois plus grand que la moyenne et ne cessait de faire des commentaires à haute voix sur tout ce qu'il voyait.

– Regarde ça, disait-il en montrant des parcmètres. Les Moldus ont vraiment l'esprit tordu pour inventer des trucs pareils !

Il marchait si vite que Harry avait du mal à suivre.

– C'est vrai qu'il y a des dragons chez Gringotts ? demanda t-il, un peu essoufflé.

– C'est ce qu'on dit, assura Hagrid. Sac à méduses, j'aimerais bien avoir un dragon ! J'en rêve depuis que je suis tout petit… Ah, on est arrivés.

Ils étaient devant la gare et il y avait un train pour Londres cinq minutes plus tard. Hagrid, qui ne comprenait rien à « l'argent des Moldus » confia à Harry le soin d'acheter les billets.

Dans le train, les passagers ouvraient des yeux ronds en voyant Hagrid. Il occupait deux sièges à lui tout seul et tricotait quelque chose qui ressemblait à un chapiteau de cirque jaune canari.

– Tu as toujours ta lettre, Harry ? demanda-t-il en comptant les mailles. Regarde un peu la liste des fournitures.

Harry prit dans sa poche l'enveloppe en parchemin. Elle contenait une autre feuille qu'il n'avait pas remarquée auparavant. Il lut

COLLÈGE POUDLARD – ÉCOLE DE SORCELLERIE
Uniforme
Liste des vêtements dont les élèves de première année devront obligatoirement être équipés :

1) Trois robes de travail (noires), modèle normal

2) Un chapeau pointu (noir)

3) Une paire de gants protecteurs (en cuir de dragon ou autre matière semblable)

4) Une cape d'hiver (noire avec attaches d'argent)

Chaque vêtement devra porter une étiquette indiquant le nom de l'élève.

Livres et manuels

Chaque élève devra se procurer un exemplaire des ouvrages suivants :

Le Livre des sorts et enchantements (niveau 1), de Miranda Fauconnette

Histoire de la magie, de Bathilda Tourdesac

Magie théorique, de Adalbert Lasornette

Manuel de métamorphose à l'usage des débutants, de Emeric G. Changé

Mille herbes et champignons magiques, de Phyllida Augirolle

Potions magiques, de Arsenius Beaulitron

Vie et habitat des animaux fantastiques, de Norbert Dragonneau

Forces obscures · comment s'en protéger, de Quentin Jentremble.

Fournitures

1 baguette magique

1 chaudron (modèle standard en étain, taille 2)

1 boîte de fioles en verre ou cristal

1 télescope

1 balance en cuivre

Les élèves peuvent également emporter un hibou OU un chat OU un crapaud.

IL EST RAPPELÉ AUX PARENTS QUE LES ÉLÈVES DE PREMIÈRE ANNÉE NE SONT PAS AUTORISÉS À POSSÉDER LEUR PROPRE BALAI.

– Et on peut trouver tout ça à Londres ? se demanda Harry à haute voix.

– Oui, quand on sait où aller, assura Hagrid.

Harry n'était encore jamais allé à Londres. Hagrid semblait connaître son chemin mais, de toute évidence, il n'avait pas l'habitude de se déplacer dans les transports en commun. Il resta coincé dans le portillon automatique du métro et se plaignit d'une voix tonitruante que les sièges étaient trop petits et les rames trop lentes.

– Je ne sais pas comment font les Moldus sans la magie, dit-il tandis qu'ils escaladaient un escalier roulant en panne qui menait à une rue animée, bordée de magasins.

Sur les trottoirs, la foule était dense, mais Hagrid était si grand qu'il n'avait aucun mal à se frayer un chemin et Harry restait prudemment dans son sillage. Ils passèrent devant des librairies, des magasins de disques, des stands de hamburgers et des cinémas, mais aucune boutique ne semblait vendre des baguettes magiques. La rue dans laquelle ils marchaient paraissait aussi ordinaire que les passants qui les entouraient. Y avait-il vraiment des montagnes d'or magique enterrées à des kilomètres sous leurs pieds ? Y avait-il vraiment des boutiques qui vendaient des grimoires et des balais volants ? N'était-ce pas plutôt une farce énorme que lui avaient faite les Dursley ? Si Harry n'avait pas su que les Dursley ne possédaient pas le moindre sens de l'humour, il aurait pu le penser. Mais même si tout ce que lui avait raconté Hagrid jusqu'à maintenant était incroyable, Harry ne pouvait s'empêcher de lui faire confiance. Soudain, Hagrid s'arrêta net.

– C'est là, dit-il. *Le Chaudron Baveur.* Un endroit célèbre.

C'était un pub minuscule et miteux, coincé entre une grande librairie et une boutique de disques. Si Hagrid ne le lui avait pas montré, Harry ne l'aurait jamais remarqué. D'ailleurs, personne d'autre n'y faisait attention, c'était comme si Hagrid et Harry avaient été les seuls à le voir. Lorsque le géant le fit entrer à l'intérieur, Harry fut surpris qu'un endroit célèbre paraisse aussi sombre et misérable. De vieilles femmes étaient assises dans un coin et buvaient de petits verres de xérès. L'une d'elles fumait une longue pipe. Un petit homme en chapeau haut de forme parlait à un vieux barman chauve dont la tête ressemblait à une noix scintillante. Lorsque Harry et Hagrid entrèrent, la rumeur des conversations s'interrompit. Tout le monde semblait connaître Hagrid ; on lui adressait de toutes parts des signes de main et des sourires.

– Comme d'habitude, Hagrid ? demanda le barman en tendant la main vers une rangée de verres.

– Peux pas, Tom. Je suis en mission pour Poudlard, répondit le géant en donnant une tape sur l'épaule de Harry dont les genoux fléchirent sous le choc.

– Seigneur Dieu, dit le barman en regardant Harry. C'est.. Est-ce que c'est vraiment ?...

Soudain, les clients du *Chaudron Baveur* ne dirent plus un mot, ne firent plus un geste.

– Par le ciel, murmura le vieux barman. Harry Potter… Quel honneur !

Il se hâta de contourner le comptoir et se précipita sur Harry pour lui serrer la main. Il avait les larmes aux yeux.

– Soyez le bienvenu, Mr Potter. Bienvenue parmi nous.

Harry ne savait quoi répondre. Tous les regards étaient tournés vers lui. La vieille femme continuait de tirer sur sa pipe sans se rendre compte qu'elle s'était éteinte. Hagrid rayonnait.

Puis on entendit les chaises racler le plancher et, l'instant suivant, Harry se trouva entouré de gens qui tenaient à tout prix à lui serrer la main. Pas un seul client du bar n'était resté assis.

– Je suis Doris Crockford, Mr Potter, c'est extraordinaire de vous voir enfin.

–Je suis très fier de faire votre connaissance, dit quelqu'un d'autre.

–J'ai toujours rêvé de vous serrer la main, assura un troisième. Je suis si ému.

–Je suis si honoré de faire votre connaissance, Mr Potter, dit un quatrième. Je m'appelle Diggle, Dedalus Diggle.

–Je vous ai déjà vu, répondit Harry tandis que le chapeau haut de forme de Dedalus Diggle tombait sous le coup de l'émotion. Vous m'avez salué un jour dans un magasin.

–Il s'en souvient ! s'écria Diggle en regardant tout le monde autour de lui. Vous avez entendu ? Il s'en souvient !

Harry continuait à saluer tout le monde tandis que Doris Crockford ne cessait de lui tendre la main.

Un jeune homme au teint pâle s'avança, visiblement nerveux. L'une de ses paupières était agitée de tics.

–Professeur Quirrell ! s'exclama Hagrid. Harry, je te présente le professeur Quirrell qui sera un de tes maîtres à Poudlard.

–P... P... Potter... balbutia le professeur en saisissant la main de Harry. V... V... Vous ne pou... pouvez pas savoir à... à quel point je suis heu... heu... heureux de vous rencontrer.

–Quelle matière enseignez-vous, professeur ? demanda Harry.

–La dé... défense contre les for... forces du Mal, marmonna le professeur Quirrell comme s'il eût préféré ne pas en parler. Mais vous... vous... vous n'en avez pas be... besoin, P... P... Potter.

Il eut un rire nerveux.

–Vous... vous êtes venu chercher vos fournitures ? Je... je dois moi-même a... acheter un nouveau li... livre sur les vampires.

Cette perspective semblait le terrifier.

Les autres clients du bar n'avaient pas l'intention de laisser le professeur accaparer Harry, et Hagrid eut toutes les peines du monde à se faire entendre.

– Il faut y aller, dit-il. Nous avons beaucoup de choses à acheter.

Doris Crockford lui serra la main une dernière fois et Hagrid l'entraîna hors du bar, dans une petite cour entourée de murs où il n'y avait que des poubelles et quelques mauvaises herbes.

– Je t'avais prévenu que tu étais célèbre, dit le géant avec un grand sourire. Même le professeur Quirrell était tout tremblant. Remarque, il n'arrête pas de trembler. Le pauvre. C'est un esprit remarquable. Il allait très bien tant qu'il étudiait dans les livres mais depuis qu'il est allé rencontrer des vampires et des harpies dans la Forêt noire, il a peur de tout, même de ses élèves. Voyons, qu'est-ce que j'ai fait de mon parapluie ? Ah, le voilà.

Hagrid compta les briques sur le mur, au-dessus des poubelles, puis il tapota trois fois à un endroit précis avec la pointe de son parapluie. La brique se mit alors à trembloter et un petit trou apparut en son milieu. Le trou s'élargit de plus en plus et se transforma bientôt en une arcade suffisamment grande pour permettre même à Hagrid de passer. Au-delà, une rue pavée serpentait devant eux à perte de vue.

– Bienvenue sur le Chemin de Traverse, dit Hagrid.

La stupéfaction de Harry le fit sourire. Ils franchirent l'arcade qui disparut aussitôt sur leur passage pour ne laisser derrière eux que le mur de pierre.

Le soleil brillait sur un étalage de chaudrons, devant un magasin. Une pancarte annonçait : « Chaudrons – toutes tailles – cuivre, étain, argent – touillage automatique – modèles pliables. »

– Il va falloir t'en acheter un, dit Hagrid, mais on va commencer par aller chercher ton argent.

Harry aurait voulu avoir une demi-douzaine d'yeux supplémentaires, il regardait de tous côtés, en essayant de tout voir à la fois : les magasins, les étals, les gens qui faisaient leurs courses. Une petite femme rondelette regardait la vitrine d'un apothicaire en hochant la tête :

– Dix-sept Mornilles pour trente grammes de foie de dragon, c'est de la folie... marmonna-t-elle.

Un ululement sourd s'éleva d'une boutique sombre dont l'enseigne indiquait : « Au Royaume du Hibou – hulottes, chouettes effraies, grands ducs, chouettes lapones. » Quelques garçons de l'âge de Harry avaient le nez collé contre une vitrine dans laquelle étaient exposés des balais volants.

– Regarde, dit l'un d'eux. Le nouveau Nimbus 2000. Encore plus rapide.

On vendait de tout dans les boutiques, des balais, des robes de sorcier, des télescopes, des foies de chauve-souris et des yeux d'anguille conservés dans des barils, des piles chancelantes de grimoires, des plumes d'oie, des parchemins, des potions, des globes lunaires, d'étranges instruments en argent.

– Ah, voilà Gringotts, dit enfin Hagrid.

Ils se trouvaient devant un grand bâtiment d'une blancheur de neige, qui dominait les boutiques alentour. Debout à côté du portail en bronze étincelant, vêtu d'un uniforme écarlate, se tenait un...

– Eh oui, c'est un gobelin, dit calmement Hagrid tandis qu'ils montaient les marches de pierre blanche qui menaient au portail.

Le gobelin avait environ une tête de moins que Harry. Il avait le teint sombre, un visage intelligent, une barbe en pointe, des pieds et des doigts longs et fins. Lorsqu'ils pénétrèrent à l'intérieur du bâtiment, le gobelin s'inclina sur leur passage. Ils se retrouvèrent devant une autre porte, en argent cette fois, sur laquelle étaient gravés ces mots :

Entre ici étranger si tel est ton désir
Mais à l'appât du gain, renonce à obéir
Car celui qui veut prendre et ne veut pas gagner,
De sa cupidité, le prix devra payer.
Si tu veux t'emparer, en ce lieu souterrain,
D'un trésor convoité qui jamais ne fut tien,
Voleur, tu trouveras, en guise de richesse,
Le juste châtiment de ta folle hardiesse.

—Comme je te l'ai dit, il faudrait être fou pour essayer de voler quelque chose ici, dit Hagrid.

Deux autres gobelins s'inclinèrent devant eux et ils entrèrent dans un vaste hall tout en marbre. Derrière un long comptoir, une centaine de gobelins étaient assis sur de hauts tabourets, écrivant dans des registres, pesant des pièces de monnaie sur des balances en cuivre, examinant des pierres précieuses à la loupe.

Il y avait tant de portes aménagées dans le hall qu'il était inutile d'essayer de les compter. Certaines d'entre elles s'ouvraient de temps en temps pour laisser passer des clients escortés par d'autres gobelins. Hagrid et Harry s'approchèrent du comptoir.

—Bonjour, dit Hagrid à un gobelin. On est venus prendre un peu d'argent dans le coffre de Mr Potter.

—Vous avez la clé, monsieur ? demanda le gobelin.

Hagrid commença à vider ses poches, répandant quelques biscuits pour chiens moisis sur le livre de comptes du gobelin. Le gobelin fronça son nez. Harry regarda à droite : un gobelin pesait une pile de rubis aussi gros que des morceaux de charbons ardents.

—La voilà, dit Hagrid en montrant une minuscule clé d'or. J'ai aussi une lettre du professeur Dumbledore, au sujet de Vous-Savez-Quoi, dans le coffre numéro 713.

Le gobelin examina la clé et lut attentivement la lettre

– Très bien, dit-il, je vais vous faire accompagner dans la salle des coffres. Gripsec !

Un autre gobelin apparut et les conduisit aussitôt vers l'une des portes du hall. Hagrid reprit ses biscuits.

– Qu'est-ce que c'est, le Vous-Savez-Quoi dans le coffre numéro 713 ? demanda Harry.

– Ça, je ne peux pas te le dire, répondit Hagrid d'un air mystérieux. Très secret. Une affaire qui concerne Poudlard. Dumbledore m'a confié une mission mais je n'ai pas le droit d'en parler.

Gripsec leur tenait la porte. Il les avait menés dans un étroit passage en pierre éclairé par des torches. Harry fut surpris de ne pas voir de marbre. Le passage était en pente raide et une voie ferrée courait en son milieu. Le gobelin siffla. Aussitôt, un wagonnet s'approcha dans un bruit de ferraille et vint s'arrêter devant eux. Lorsqu'ils y furent grimpés tous les trois – non sans difficulté pour Hagrid –, le wagonnet les emporta.

Tout d'abord, ils parcoururent un labyrinthe de galeries tortueuses, tournant sans cesse, à droite, à gauche, sans que Gripsec ait besoin de manœuvrer le wagonnet qui semblait connaître son chemin.

Malgré le vent glacial, Harry ouvrait grand les yeux. Pendant un bref instant, il remarqua un jet de flammes au bout d'une galerie et il se demanda si c'était un dragon, mais le wagonnet avait déjà bifurqué dans une autre direction. Ils s'enfoncèrent de plus en plus loin dans les profondeurs et longèrent un lac souterrain bordé de stalactites et de stalagmites.

– J'oublie toujours la différence entre stalactite et stalagmite, cria Harry pour couvrir le bruit du wagonnet.

– Dans stalagmite, il y a un « m », répondit Hagrid. Et ne me pose pas de questions maintenant, je commence à avoir mal au cœur.

Enfin, le wagonnet s'arrêta devant une petite porte. Le

teint verdâtre, Hagrid alla s'appuyer contre le mur, les genoux tremblants.

– Ça me rend malade de voyager là-dedans, dit-il d'une voix sourde.

Gripsec ouvrit la porte. Un panache de fumée verte s'échappa aussitôt. Lorsqu'il fut dissipé, Harry découvrit avec stupéfaction des monceaux d'or, d'argent et de bronze qui s'entassaient dans une chambre forte.

– Tout ça t'appartient, dit Hagrid avec un sourire.

C'était difficile à croire ! Dire que les Dursley n'avaient pas cessé de reprocher à Harry de leur coûter trop cher ! Alors que, pendant tout ce temps, une petite fortune l'attendait dans les sous-sols de Londres ! Si l'oncle Vernon et la tante Pétunia l'avaient su, ils lui auraient déjà tout pris.

Hagrid aida Harry à remplir un sac de pièces.

– Celles en or sont des Gallions, lui expliqua-t-il. En argent, ce sont les Mornilles. Il y a dix-sept Mornilles d'argent dans un Gallion d'or et vingt-neuf Noises de bronze dans une Mornille. C'est facile à retenir. Avec ça, tu auras de quoi couvrir tes frais pendant l'année scolaire. On va laisser le reste dans le coffre. Et maintenant, au numéro 713, s'il vous plaît, ajouta-t-il en se tournant vers Gripsec. Et si on pouvait y aller un peu moins vite…

– Désolé, monsieur, répondit le gobelin, la vitesse des wagonnets n'est pas réglable.

Ils repartirent dans le labyrinthe en s'enfonçant encore davantage dans les entrailles de Gringotts. La température devenait de plus en plus glaciale tandis que le wagonnet continuait sa course en prenant des virages à angle droit. Ils passèrent par-dessus un ravin et Harry se pencha pour scruter ses profondeurs mais Hagrid le ramena en arrière par la peau du cou.

La chambre forte numéro 713 ne possédait pas de serrure.

—Reculez un peu, dit Gripsec d'un air important.

Il caressa alors la porte du bout des doigts et elle disparut soudain comme si elle s'était volatilisée.

—Si quiconque d'autre qu'un gobelin essayait d'ouvrir cette porte, il serait aspiré au travers et deviendrait prisonnier de la chambre forte.

—Et vous vérifiez de temps en temps s'il n'y a pas quelqu'un à l'intérieur ? demanda Harry.

—Tous les dix ans, environ, répondit Gripsec avec un sourire mauvais.

Une chambre forte aussi bien protégée devait contenir un trésor fabuleux, pensa Harry, mais il fut déçu de constater qu'elle était vide. Seul un petit paquet grossièrement enveloppé dans du papier kraft était posé sur le sol. Hagrid ramassa le paquet et le fourra dans une poche intérieure, tout au fond de son manteau. Malgré sa curiosité, Harry renonça à poser des questions : Hagrid n'était certainement pas disposé à lui révéler ce qu'il y avait dans le paquet.

—Allez, on retourne dans le wagonnet infernal, soupira le géant. Évite de me parler pendant le voyage, il vaut mieux que je garde la bouche fermée.

Après une nouvelle course endiablée dans les profondeurs de Gringotts, ils se retrouvèrent au-dehors, sous un soleil éclatant qui les fit cligner des yeux. Harry avait hâte de commencer à dépenser son argent. Peu lui importait combien valaient les Gallions en livres sterling, tout ce dont il était sûr, c'est qu'il n'avait jamais été aussi riche. Même Dudley n'avait jamais eu autant d'argent à sa disposition.

—On va commencer par s'occuper de ton uniforme, dit Hagrid. C'est là-bas.

Il montra un magasin dont l'enseigne indiquait : « Madame Guipure, prêt-à-porter pour mages et sorciers ».

– Ça ne t'ennuie pas d'y aller tout seul ? demanda Hagrid qui semblait encore un peu pâle. Je te rejoins dans quelques minutes. J'ai besoin de prendre un petit remontant au *Chaudron Baveur*. J'ai horreur des wagonnets de chez Gringotts.

Un peu intimidé, Harry entra donc seul dans la boutique.

Madame Guipure était une petite sorcière replète et souriante, vêtue tout en mauve.

– C'est pour Poudlard, mon petit ? demanda-t-elle avant même que Harry ait eu le temps de parler. J'ai tout ce qu'il faut. Il y a un autre jeune homme qui est en train d'essayer son uniforme.

Au fond du magasin, un garçon au teint pâle, le nez en pointe, se tenait debout sur un tabouret tandis qu'une autre sorcière ajustait la longue robe noire qu'il avait revêtue. Madame Guipure installa Harry sur un deuxième tabouret et lui fit passer une autre robe de sorcier dont elle entreprit d'épingler l'ourlet pour le mettre à la bonne longueur.

– Salut, dit le garçon. Toi aussi, tu vas à Poudlard ?

– Oui, répondit Harry.

– Mon père est en train de m'acheter mes livres dans le magasin d'à côté et ma mère est allée me chercher une baguette magique à l'autre bout de la rue, dit le garçon d'une voix traînante. Ensuite, je compte les emmener faire un tour du côté des balais de course. Je ne vois pas pourquoi les élèves de première année n'auraient pas le droit d'avoir leur propre balai. J'arriverai bien à convaincre mon père de m'en acheter un et je m'arrangerai pour le faire passer en douce au collège.

En l'écoutant parler, Harry ne pouvait s'empêcher de penser à Dudley.

– Et toi, tu as un balai ? poursuivit-il.

– Non, dit Harry.

– Tu joues au Quidditch ?

– Non, répéta Harry en se demandant ce que pouvait bien être le « Quidditch ».

– Moi, oui. Mon père dit que ce serait un scandale si je n'étais pas sélectionné dans l'équipe. Tu sais dans quelle maison tu seras ?

– Aucune idée, répondit Harry, de plus en plus déconcerté.

– En fait, on ne peut pas vraiment savoir avant d'être sur place. Mais moi, je suis sûr d'aller à Serpentard, toute ma famille y a toujours été. Tu t'imagines, se retrouver à Pouf-souffle ? Je préférerais m'en aller tout de suite.

– Mmm… marmonna Harry, incapable de trouver une réponse plus pertinente.

– Oh, dis donc, regarde un peu ce bonhomme ! dit soudain le garçon avec un signe de tête en direction de la vitrine du magasin.

Hagrid se tenait devant la boutique. Il adressa un sourire à Harry et lui montra les deux grosses crèmes glacées qu'il tenait à la main pour lui faire comprendre qu'il ne pouvait pas entrer.

– C'est Hagrid, dit Harry, content de savoir quelque chose que le garçon ignorait. Il travaille à Poudlard.

– Ah oui, j'en ai entendu parler. C'est une sorte de domestique, non ?

– Il est garde-chasse, précisa Harry qui éprouvait de plus en plus d'antipathie pour le garçon.

– C'est ça. On m'a dit que c'était une espèce de sauvage. Il habite dans une cabane, dans le parc de Poudlard, et il se soûle de temps en temps. Quand il est ivre, il essaye de faire des tours de magie et finit toujours par mettre le feu à son lit.

– Moi, je le trouve très intelligent, dit Harry avec froideur.

– Vraiment ? ricana le garçon. Qu'est-ce qu'il fait avec toi ? Où sont tes parents ?

– Ils sont morts, dit Harry qui n'avait pas envie d'aborder ce sujet.

– Oh, désolé, dit l'autre qui n'avait pas l'air désolé du tout. Mais ils étaient de notre monde, non ?

– Ils étaient sorciers, si c'est ça que tu veux dire.

– À mon avis, Poudlard devrait leur être exclusivement réservé. Ceux qui viennent d'autres familles ne sont pas comme nous, ils n'ont pas eu la même éducation. Certains d'entre eux n'avaient même jamais entendu parler de Poudlard avant de recevoir leur lettre, tu te rends compte ? Je pense que l'école ne devrait accepter que les enfants issus des vieilles familles de sorciers. Au fait, comment tu t'appelles ?

– Et voilà, c'est fait, mon petit, interrompit Madame Guipure avant qu'il ait eu le temps de répondre.

Saisissant l'occasion pour mettre un terme à sa conversation avec le garçon, Harry sauta du tabouret.

– Nous nous reverrons à Poudlard, dit l'autre de sa voix traînante.

Harry ne dit pas grand-chose pendant qu'il mangeait la glace (chocolat-fraise aux noisettes) que Hagrid lui avait achetée.

– Quoi de neuf ? demanda le géant.

– Rien, mentit Harry.

Ils s'arrêtèrent dans une autre boutique pour acheter du parchemin et des plumes d'oie. Harry fut ravi de découvrir qu'on pouvait acheter de l'encre qui changeait de couleur en écrivant.

– C'est quoi, le Quidditch ? demanda Harry lorsqu'ils furent sortis du magasin.

– Nom d'un vampire ! J'oublie toujours que tu n'es au courant de rien. Tu ne sais même pas ce qu'est le Quidditch !

– Je sais que j'ai l'air idiot, répondit Harry.

Il parla à Hagrid du garçon au teint pâle qu'il avait vu chez Madame Guipure.

– Et il a dit que les enfants de famille moldue ne devraient pas être admis à Poudlard…

– Tu ne viens pas d'une famille moldue. S'il savait qui tu

es… Il a dû entendre parler de toi souvent s'il appartient à une famille de sorciers – tu t'en es rendu compte au *Chaudron Baveur*. D'ailleurs, qu'est-ce qu'il en sait, certains des meilleurs élèves que j'ai vus étaient les seuls sorciers d'une longue lignée de Moldus. Regarde ta mère, par exemple ! Et regarde qui elle avait comme sœur !

– Alors, c'est quoi, le Quidditch ?

– C'est le sport des sorciers. Dans notre monde, on est tous passionnés de Quidditch, un peu comme les Moldus avec le football. Ça se joue avec quatre balles et les joueurs volent sur des balais. Difficile à expliquer en quelques mots.

– Et qu'est-ce que c'est que Serpentard et Poufsouffle ?

– Ce sont les noms de deux maisons de Poudlard. En tout, il y en a quatre. Tout le monde dit que les cancres sont nombreux à Poufsouffle, mais…

– Je parie que j'irai à Poufsouffle, dit Harry, résigné.

– Mieux vaut Poufsouffle que Serpentard. Tous les sorciers qui ont mal tourné sont passés par Serpentard. Tu-Sais-Qui, par exemple.

– Vol… pardon, Vous-Savez-Qui était à Poudlard ?

– Oui, il y a bien des années.

Ils entrèrent dans une librairie qui s'appelait Fleury et Bott pour acheter les manuels scolaires. Sur les étagères s'entassaient jusqu'au plafond des livres gros comme des pavés, reliés en cuir, d'autres pas plus gros qu'un timbre-poste et recouverts de soie, des livres remplis de symboles étranges et quelques autres encore dont les pages étaient blanches. Même Dudley, qui ne lisait jamais rien, aurait eu envie de les ouvrir. Hagrid dut presque traîner Harry pour l'arracher à *Sorts et contre-sorts* (*ensorcelez vos amis et stupéfiez vos ennemis avec les sortilèges de Crâne chauve, Jambencoton, Langue de plomb et bien d'autres encore*) par le professeur Vindictus Viridian.

– J'aimerais bien jeter un sort à Dudley, dit Harry. Il y a sûrement un livre qui explique comment faire ?

– Ce ne serait pas une mauvaise idée, répondit Hagrid, mais il vaut mieux éviter d'utiliser la magie dans le monde des Moldus, sauf dans des cas exceptionnels. De toute façon, tu n'en sais pas encore assez pour jeter des sorts. Tu as encore beaucoup de choses à apprendre avant d'en arriver là.

Harry n'eut pas non plus la permission d'acheter un gros chaudron en or (« il faut qu'il soit en étain », assura Hagrid), mais il fit l'acquisition d'un télescope en cuivre pliable et d'une jolie balance pour peser les ingrédients entrant dans la composition des potions. Puis ils allèrent faire un tour dans la boutique de l'apothicaire qui fascina Harry en dépit de l'odeur pestilentielle qui y régnait, un mélange d'œufs pourris et de choux avariés. Des tonneaux contenant des substances gluantes s'alignaient sur le sol. Disposés sur des étagères, on voyait des bocaux remplis d'herbes, de racines séchées et de poudres brillantes. Des plumes d'oiseaux, des crochets de serpents, des serres de rapaces pendaient du plafond. Pendant que Hagrid demandait à l'apothicaire les ingrédients de base nécessaires à la fabrication de potions, Harry examina des cornes argentées de licornes à vingt et un Gallions pièce et de minuscules yeux de scarabées d'un noir brillant (cinq Noises la poignée).

Ils continuèrent leurs emplettes dans les boutiques qui s'alignaient le long de la rue et bientôt, il ne resta plus que la baguette magique à acheter.

– Il faut aussi que je t'offre un cadeau pour ton anniversaire, ajouta Hagrid.

Harry se sentit rougir.

– Vous n'êtes pas obligé, dit-il.

– Je le sais bien, mais je veux t'offrir un animal. Pas un crapaud, les crapauds ne sont plus à la mode, on se moquerait de toi. Ni un chat, les poils de chat me font éternuer. Je vais t'acheter un hibou. Tous les enfants veulent des hiboux, ils sont très utiles, on peut s'en servir pour le courrier.

Vingt minutes plus tard, Harry sortit du magasin de hiboux avec une grande cage à l'intérieur de laquelle une magnifique chouette aux plumes blanches comme la neige dormait paisiblement, la tête sous l'aile. Harry en bégayait de reconnaissance. On aurait cru entendre le professeur Quirrell.

– Ce n'est rien, répondit Hagrid d'un ton bourru. J'imagine que tu n'as jamais eu beaucoup de cadeaux, chez les Dursley. Maintenant, il ne nous reste plus qu'à aller chez Ollivander, la meilleure boutique de baguettes magiques. Il te faut ce qu'il y a de mieux.

Une baguette magique… le rêve de Harry.

La dernière boutique dans laquelle ils pénétrèrent était étroite et délabrée. Au-dessus de la porte, des lettres d'or écaillées indiquaient: «Ollivander – Fabricants de baguettes magiques depuis 382 avant J.-C.» Dans la vitrine poussiéreuse, une simple baguette de bois était exposée sur un coussin pourpre un peu râpé.

À leur entrée, une clochette retentit au fond de la boutique. L'intérieur était minuscule. Une unique chaise de bois mince était réservée aux clients et Hagrid s'y assit en attendant. Harry éprouvait une étrange sensation, comme s'il venait d'entrer dans une bibliothèque particulièrement austère. Il renonça à poser toutes les questions qui lui venaient à l'esprit et se contenta d'observer les milliers de boîtes étroites qui s'entassaient presque jusqu'au plafond. Il sentit un frisson dans la nuque. La poussière et le silence du lieu semblaient receler une magie secrète.

– Bonjour, dit une voix douce.

Harry sursauta. La chaise sur laquelle Hagrid était assis craqua bruyamment et il se leva d'un bond.

Un vieil homme se tenait devant eux. Ses grands yeux

pâles brillaient comme deux lunes dans la pénombre de la boutique.

– Bonjour, dit Harry, mal à l'aise.

– Ah, oui, oui, bien sûr, dit l'homme. Je pensais bien que j'allais vous voir bientôt. Harry Potter. Vous avez les yeux de votre mère. Je me souviens quand elle est venue acheter sa première baguette, j'ai l'impression que c'était hier, 25,6 centimètres, souple et rapide, bois de saule. Excellente baguette pour les enchantements.

Mr Ollivander s'approcha de Harry. Les yeux argentés du vieil homme avaient quelque chose d'angoissant.

– Votre père, en revanche, avait préféré une baguette d'acajou, 27,5 centimètres. Flexible. Un peu plus puissante et remarquablement efficace pour les métamorphoses. Enfin, quand je dis que votre père l'avait préférée... en réalité, c'est bien entendu la baguette qui choisit son maître.

Mr Ollivander était si près de Harry à présent que leurs nez se touchaient presque. Harry distinguait son reflet dans les yeux couleur de brume du vieil homme.

– Ah, c'est ici que...

D'un doigt long et blanc, Mr Ollivander toucha la cicatrice en forme d'éclair sur le front de Harry.

– J'en suis désolé, mais c'est moi qui ai vendu la baguette responsable de cette cicatrice, dit-il d'une voix douce, 33,75 centimètres. En bois d'if. Une baguette puissante, très puissante, et entre des mains maléfiques... Si j'avais su ce que cette baguette allait faire en sortant d'ici...

Il hocha la tête puis, au grand soulagement de Harry, il se tourna vers Hagrid.

– Rubeus ! Rubeus Hagrid ! Quel plaisir de vous revoir... C'était du chêne, 40 centimètres, plutôt flexible, n'est-ce pas ?

– En effet, dit Hagrid.

– Une bonne baguette. Mais ils ont dû la casser en deux

quand vous avez été exclu du collège ? demanda Mr Ollivander d'un ton soudain grave.

—Euh... oui... oui, c'est ça... répondit Hagrid, mal à l'aise. Mais j'ai gardé les morceaux, ajouta-t-il d'une voix plus assurée.

—J'imagine que vous ne vous en servez pas ? interrogea sèchement Mr Ollivander.

—Oh, non, bien sûr que non, monsieur, répondit précipitamment Hagrid.

Harry remarqua que ses mains s'étaient crispées sur le parapluie rose.

—Mmmmm, marmonna Mr Ollivander en jetant à Hagrid un regard perçant. Bien, revenons à vous, Mr Potter. Voyons un peu...

Il sortit de sa poche un mètre ruban avec des marques en argent.

—De quelle main tenez-vous la baguette ? demanda-t-il.

—Euh... je suis droitier, répondit Harry.

—Tendez le bras. Voilà.

Il mesura le bras de Harry, de l'épaule jusqu'au bout des doigts, puis du poignet jusqu'au coude, puis la hauteur de l'épaule jusqu'aux pieds, puis du genou à l'aisselle et enfin, il prit son tour de tête.

—Chaque baguette de chez Ollivander renferme des substances magiques très puissantes, Mr Potter. Nous utilisons du poil de licorne, des plumes de phénix ou des ventricules de cœur de dragon. Et de même qu'on ne trouve pas deux licornes, deux dragons ou deux phénix exactement semblables, il n'existe pas deux baguettes de chez Ollivander qui soient identiques. J'ajoute, bien entendu, qu'aucune autre baguette magique ne vous donnera des résultats aussi satisfaisants que les nôtres.

Le vieil homme alla prendre des boîtes disposées sur des étagères tandis que le mètre ruban continuait tout seul de prendre les dernières mesures nécessaires – l'écartement des narines, notamment.

– Ça ira comme ça, dit l'homme, et le mètre ruban tomba en un petit tas sur le sol. Essayez donc celle-ci, Mr Potter. Elle est en bois de hêtre et contient du ventricule de dragon, 22,5 centimètres. Très flexible, agréable à tenir en main. Prenez-la et agitez-la un peu.

Harry prit la baguette et la fit tournoyer légèrement en se sentant parfaitement idiot. Mais Mr Ollivander la lui arracha presque aussitôt des mains et lui en fit essayer une autre.

– Bois d'érable et plume de phénix 17,5 centimètres, très flexible. Essayez…

Harry l'essaya mais à peine avait-il levé la baguette que Mr Ollivander la lui arracha également des mains

– Non, plutôt celle-ci, bois d'ébène et crin de licorne, 21,25 centimètres, très souple. Allez-y, essayez.

Harry l'essaya, puis une autre encore. Il ne comprenait pas ce que voulait Mr Ollivander. Bientôt, il y eut un monceau de baguettes magiques posées sur la chaise en bois mince, mais aucune ne convenait.

– Un client difficile, commenta Mr Ollivander d'un air satisfait. Mais nous finirons bien par trouver celle qui vous convient. Voyons celle-ci. Une combinaison originale : bois de houx et plume de phénix, 27,5 centimètres. Facile à manier, très souple.

Harry prit la baguette et sentit aussitôt une étrange chaleur se répandre dans ses doigts. Il la leva au-dessus de sa tête, puis l'abaissa en la faisant siffler dans l'air. Une gerbe d'étincelles rouge et or jaillit alors de l'extrémité de la baguette, projetant sur les murs des lueurs mouvantes. Hagrid applaudit en poussant une exclamation enthousiaste.

– Bravo ! s'écria Mr Ollivander. Très bien, vraiment très bien. Étrange… très étrange…

Il reprit la baguette et la remit dans sa boîte qu'il enveloppa de papier kraft en continuant de marmonner : « Étrange... vraiment étrange... »

— Excusez-moi, dit Harry, mais qu'est-ce qui est donc si étrange ?

Le vieil homme fixa Harry de ses yeux pâles.

— Je me souviens de chaque baguette que j'ai vendue, Mr Potter, répondit-il. Or, le phénix sur lequel a été prélevée la plume qui se trouve dans votre baguette a également fourni une autre plume à une autre baguette. Il est très étrange que ce soit précisément cette baguette qui vous ait convenu, car sa sœur n'est autre que celle qui... qui vous a fait cette cicatrice au front.

Harry avala sa salive avec difficulté.

— L'autre faisait 33,75 centimètres. Elle était en bois d'if. Curieux, vraiment, la façon dont les choses se produisent. Souvenez-vous, c'est la baguette qui choisit son sorcier, pas le contraire... Je crois que vous avez un bel avenir, Mr Potter... Après tout, Celui-Dont-On-Ne-Doit-Pas-Prononcer-Le-Nom a fait de grandes choses, des choses terribles, certes, mais quelle envergure !

Harry frissonna. Il n'était pas sûr d'éprouver une grande sympathie pour Mr Ollivander. Il paya les sept Gallions que coûtait la baguette et le vieil homme les raccompagna jusqu'à la porte de sa boutique.

Lorsque Hagrid et Harry reprirent le Chemin de Traverse dans l'autre sens, le soleil descendait déjà vers l'horizon. Ils franchirent le mur en sens inverse et traversèrent à nouveau *Le Chaudron Baveur*, vide à cette heure.

Harry ne dit pas un mot lorsqu'ils retournèrent dans la rue. Dans le métro, il ne remarqua même pas les autres passagers qui les regardaient bouche bée en voyant tous leurs paquets aux formes bizarres et la chouette blanche qui somnolait sur ses genoux. Ils montèrent un autre escalier mécanique et arrivèrent à la gare de Paddington. Il fallut que Hagrid tapote l'épaule de Harry pour que celui-ci réalise enfin qu'ils étaient arrivés.

– On a le temps d'avaler quelque chose avant le départ du train, dit Hagrid.

Il offrit à Harry un hamburger et ils allèrent s'asseoir sur des sièges en plastique pour manger. Harry ne cessait de regarder autour de lui. Tout lui paraissait si étrange.

– Ça va Harry ? demanda Hagrid. Tu ne dis rien.

Harry ne savait pas très bien comment s'expliquer. Il avait eu le plus bel anniversaire de sa vie, et pourtant...

– Tout le monde pense que je suis quelqu'un d'exceptionnel, dit-il enfin en mâchonnant sa viande caoutchouteuse. Tous ces gens au *Chaudron Baveur*, le professeur Quirrell, Mr Ollivander... Mais moi, je sais bien que je ne connais rien à la magie. Comment peuvent-ils croire que j'ai un bel avenir ? Je suis célèbre, mais je ne me rappelle pas pourquoi. Je n'ai aucune idée de ce qui s'est produit quand Vol... pardon... je veux dire le soir où mes parents sont morts.

– Ne t'inquiète pas, Harry, répondit Hagrid avec un sourire bienveillant, tu apprendras très vite. À Poudlard, tout le monde commence au même niveau. Tu t'en sortiras très bien. Reste toi-même, c'est tout. Je sais que c'est difficile. Tu as été choisi et c'est toujours difficile. Mais tu seras très content à Poudlard. Moi aussi, j'étais content... Et je le suis toujours...

Hagrid accompagna Harry jusqu'au train qui devait le ramener chez les Dursley, puis il lui donna une enveloppe.

– Ton billet pour Poudlard, dit-il. 1er septembre, gare de King's Cross, tout est écrit sur le billet. Si jamais tu as un problème avec les Dursley, envoie-moi une lettre avec ta chouette. Elle saura où me trouver. À bientôt, Harry.

Le train s'ébranla. Harry voulait regarder Hagrid jusqu'à ce qu'il soit hors de vue. Il se leva de son siège et colla le nez contre la vitre, mais le temps de cligner des yeux, Hagrid avait disparu.

6
RENDEZ-VOUS SUR LA VOIE 9 3/4

Le dernier mois que Harry passa chez les Dursley n'eut rien de très amusant. Dudley avait à présent si peur de lui qu'il ne voulait jamais se trouver dans la même pièce. Quant à l'oncle Vernon et à la tante Pétunia, ils avaient tout simplement décidé de ne plus lui adresser la parole. Ils ne l'enfermaient plus dans son placard, ne le forçaient plus à faire quoi que ce soit, ne le réprimandaient même plus. D'une certaine manière, c'était mieux qu'avant, mais un peu déprimant malgré tout.

Harry restait donc dans sa chambre en compagnie de sa chouette qu'il avait baptisée Hedwige, un nom trouvé dans son *Histoire de la magie*. Il passait ses journées et ses soirées à dévorer ses manuels scolaires tandis qu'Hedwige allait se promener, sortant et rentrant par la fenêtre ouverte. Fort heureusement, la tante Pétunia ne venait plus faire le ménage car Hedwige ne cessait de ramener des cadavres de souris. Tous les soirs avant de se coucher, Harry barrait un jour sur le calendrier de fortune qu'il avait fait lui-même sur un morceau de papier accroché au mur. Il attendait le 1er septembre.

La veille du jour où il devait partir à Poudlard, Harry descendit voir l'oncle Vernon pour lui demander s'il voulait bien le conduire à la gare le lendemain.

Dans le salon, les Dursley regardaient un jeu télévisé et il

96

toussota pour signaler sa présence. En le voyant, Dudley poussa un hurlement et sortit de la pièce en courant.

– Heu... Oncle Vernon ?

L'oncle Vernon grogna pour indiquer qu'il l'avait entendu.

– Heu... Il faudrait que je sois à la gare de King's Cross demain pour... pour aller à Poudlard.

L'oncle Vernon grogna à nouveau.

– Est-ce que tu voudrais bien m'y conduire ?

Grognement. Harry pensa que c'était sa façon de dire « oui ».

– Merci.

Il s'apprêtait à remonter l'escalier lorsque l'oncle Vernon se mit à parler.

– Drôle de façon d'aller dans une école de sorciers, le train. Les tapis volants sont en panne ?

Harry ne répondit rien.

– D'ailleurs, où se trouve-t-elle, cette école ?

– Je ne sais pas, dit Harry en prenant conscience pour la première fois de son ignorance à ce sujet. Je dois prendre le train à la gare de King's Cross à onze heures, sur la voie 9 3/4, ajouta-t-il en regardant le billet que Hagrid lui avait donné.

Son oncle et sa tante l'observèrent avec des yeux ronds.

– La voie combien ?

– 9 3/4.

– Ne dis pas de bêtises, dit l'oncle Vernon. La voie 9 3/4 n'existe pas.

– C'est écrit sur mon billet.

– Ils sont tous fous ! décréta l'oncle Vernon. Enfin, tu as de la chance, je devais de toute façon aller à Londres demain matin.

– Pour le travail ? demanda Harry, essayant d'être aimable.

– Non, j'emmène Dudley à l'hôpital. Il faut lui faire enlever cette maudite queue en tire-bouchon avant qu'il entre au collège.

Le lendemain, Harry se réveilla dès cinq heures du matin et s'habilla d'un jean. Il était trop excité pour se rendormir. Inutile de se faire remarquer en revêtant une robe de sorcier ! Il se changerait dans le train. Il jeta un coup d'œil à sa liste pour s'assurer qu'il n'avait rien oublié, vérifia qu'Hedwige était bien enfermée dans sa cage puis fit les cent pas dans la chambre en attendant que les Dursley se réveillent. Deux heures plus tard, l'oncle Vernon chargea son énorme valise pleine de livres et de fournitures scolaires dans le coffre de la voiture et ils prirent la direction de Londres après que la tante Pétunia eut convaincu Dudley qu'il n'y avait aucun danger à s'asseoir à côté de Harry.

À dix heures et demie, ils étaient devant King's Cross. L'oncle Vernon mit la grosse valise sur un chariot qu'il poussa lui-même, et accompagna Harry jusqu'à l'entrée des voies. C'était étrangement gentil de sa part, jusqu'au moment où il s'arrêta face aux quais avec un sourire méchant.

– Et voilà, mon garçon, dit-il. La voie 9 est ici, la voie 10 juste à côté. J'imagine que la tienne doit se trouver quelque part entre les deux, mais j'ai bien peur qu'elle ne soit pas encore construite.

Il avait raison, bien sûr. Il y avait un gros chiffre en plastique au-dessus de chacun des deux quais et rien du tout au milieu.

– Bon voyage ! lança-t-il avec un sourire encore plus mauvais.

Et l'oncle Vernon repartit vers la voiture sans ajouter un mot. Harry se retourna et vit les Dursley repartir dans leur voiture en éclatant de rire. La gorge sèche, Harry se demanda ce qu'il allait bien pouvoir faire. La chouette enfermée dans sa cage intriguait les autres voyageurs et il sentait des regards se tourner vers lui.

Il demanda à un employé où se trouvait le train à destination de Poudlard, mais l'homme n'avait jamais entendu ce nom. Harry étant incapable de lui dire dans quelle région l'endroit était situé, l'employé s'énerva, croyant qu'il se moquait de lui. Harry n'osa pas parler de la voie 9 3/4, il se contenta de demander d'où partait le train de onze heures mais l'employé lui répondit qu'aucun train ne partait à cette heure-là et il s'éloigna en maudissant tous ces gens qui lui faisaient perdre son temps. Harry s'efforça de ne pas céder à la panique. La grosse horloge, au-dessus du tableau des arrivées, lui indiqua qu'il lui restait dix minutes avant le départ du train mais il ne savait absolument pas comment faire pour y monter. Il était seul au milieu de la gare, avec une valise qu'il pouvait à peine soulever, la poche pleine d'argent qui n'avait cours que chez les sorciers et une grande cage avec une chouette à l'intérieur.

Il se demanda si Hagrid n'avait pas oublié de lui dire quelque chose d'important sur la façon dont il devait s'y prendre pour trouver son train, comme lorsqu'il avait tapé sur la troisième brique à gauche pour pénétrer sur le Chemin de Traverse. Il se demandait s'il convenait de sortir sa baguette magique pour en tapoter le composteur situé entre les deux quais lorsqu'il entendit un groupe de voyageurs parler derrière lui.

— La gare est pleine de Moldus, il fallait s'y attendre, dit une voix.

Harry fit aussitôt volte-face. Une petite femme replète parlait à quatre garçons aux cheveux roux flamboyants. Chacun des garçons poussait un chariot sur lequel était posée une grosse valise semblable à celle de Harry. Et chacun d'eux avait une chouette.

Le cœur battant, Harry alla se placer derrière eux avec son propre chariot et décida de les suivre. Il était suffisamment près pour entendre ce qu'ils disaient.

— C'est quoi, le numéro de la voie ? demanda la mère des quatre garçons.

— 9 3/4, dit une fillette également rousse qui tenait la main de la petite femme replète. Moi aussi, je veux aller à Poudlard.

– Tu n'es pas encore assez grande, Ginny, ce sera pour plus tard. Vas-y, Percy, passe le premier.

Celui qui semblait être l'aîné des quatre garçons se dirigea vers les voies 9 et 10. Harry l'observa attentivement, évitant même de cligner des yeux, mais un groupe de touristes important arriva et lui boucha la vue. Lorsque le dernier sac à dos fut passé, le garçon avait disparu.

– Fred, à toi maintenant, dit la mère.

– Fred, c'est pas moi, moi, c'est George, dit le garçon. Franchement, tu crois que c'est digne d'une mère de confondre ses enfants ? Tu ne vois pas que je suis George ?

– Désolée, mon chéri.

– C'était pour rire, dit le garçon. En fait, Fred, c'est moi.

Il s'avança à son tour vers les voies tandis que son frère jumeau lui disait de se dépêcher. Et il se dépêcha si bien qu'un instant plus tard, il avait disparu. Le troisième garçon se volatilisa de la même manière, sans que Harry comprenne comment il s'y était pris.

– Excusez-moi, dit alors Harry à la petite femme replète.

– Toi, je parie que c'est la première fois que tu vas à Poudlard. Ron aussi est nouveau, dit la femme en montrant son plus jeune fils, un grand dadais avec de grands pieds, de grandes mains et des taches de rousseur.

– C'est... c'est ça, dit Harry et je... je ne sais pas comment on fait pour...

– Aller sur le quai ? Ne t'inquiète pas, dit la femme. Il suffit de marcher droit vers la barrière qui est devant toi, entre les deux tourniquets. Ne t'arrête pas et n'aie pas peur de te cogner, c'est très important. Si tu as le trac, il vaut mieux marcher très vite. Vas-y, passe devant Ron.

– Euh... oui, d'accord... dit Harry.

Il fit tourner son chariot et regarda la barrière entre les voies 9 et 10. Elle paraissait très solide.

Il s'avança alors en poussant son chariot et marcha de plus en plus vite, bousculé par les voyageurs qui se hâtaient vers les voies 9 et 10. Penché sur son chariot, il se mit à courir. La barrière se rapprochait dangereusement. Trop tard pour freiner, à présent. Il n'était plus qu'à cinquante centimètres. Il ferma les yeux et attendit le choc.

Mais il n'y eut pas de choc. Il continua de courir sans rencontrer aucun obstacle et lorsqu'il rouvrit les yeux, il vit une locomotive rouge vif le long du quai où se pressait une foule compacte. Au-dessus de sa tête, une pancarte signalait : « Poudlard Express – 11 heures ».

En regardant derrière lui, Harry vit une grande arche de fer forgé à la place de la barrière et des tourniquets. Un panneau indiquait : « Voie 9 3/4 ». Il avait réussi à trouver son train.

De la fumée s'échappait de la locomotive et se répandait au-dessus de la foule, des chats de toutes les couleurs se glissaient çà et là entre les jambes des passagers et la rumeur des conversations était ponctuée par le bruit des valises traînées sur le quai et des ululements que les hiboux échangeaient d'un air grognon.

Les premiers wagons étaient déjà pleins d'élèves. Certains, penchés aux fenêtres, bavardaient avec leurs parents pendant que d'autres se battaient pour une place assise. Harry poussa son chariot le long du quai, à la recherche d'une place libre. Il passa devant un garçon au visage joufflu qui disait :

– Grand-mère, j'ai encore perdu mon crapaud.

– Neville ! soupira la vieille dame.

Un petit groupe se pressait autour d'un garçon coiffé avec des dreadlocks.

– Allez, montre-nous ça, Lee, vas-y.

Le garçon souleva le couvercle de la boîte qu'il tenait dans les mains et tout le monde se mit à hurler en voyant surgir une longue patte velue.

Harry se fraya un chemin parmi la foule jusqu'au dernier

wagon où il trouva enfin un compartiment vide. Il posa d'abord la cage d'Hedwige à l'intérieur du wagon, puis il essaya de hisser sa valise sur le marchepied mais il la fit tomber deux fois sur son pied.

— On peut t'aider ? demanda l'un des jumeaux roux qu'il avait suivis à travers la barrière.

— Je veux bien, répondit Harry, le souffle court.

— Hé, Fred, viens nous donner un coup de main.

Avec l'aide des jumeaux, Harry parvint à s'installer avec sa valise dans un coin du compartiment libre.

— Merci, dit Harry en relevant d'un doigt une mèche de cheveux trempés de sueur.

— Qu'est-ce que c'est que ça ? demanda soudain l'un des jumeaux en montrant la cicatrice en forme d'éclair.

— Ça alors ! s'exclama l'autre frère, ce ne serait pas…

— Si, c'est sûrement lui, dit le premier jumeau. C'est bien ça ? ajouta-t-il à l'adresse de Harry.

— Quoi ? demanda celui-ci.

— Harry Potter, dirent en chœur les deux frères.

— Oui, oui, c'est lui, répondit Harry. Enfin, je veux dire… c'est moi.

Les deux frères le regardèrent bouche bée et Harry se sentit rougir. Puis, à son grand soulagement, une voix retentit à la porte du wagon.

— Fred ? George ? Vous êtes là ?

— On arrive, M'man.

Après avoir jeté un dernier coup d'œil à Harry, les jumeaux se hâtèrent de redescendre sur le quai.

Harry s'assit dans le coin près de la fenêtre. À demi caché, il pouvait observer et entendre la famille aux cheveux roux sans être vu. La mère venait de sortir son mouchoir.

— Ron, dit-elle, tu as quelque chose sur le nez.

Le plus jeune des quatre frères essaya de se dérober mais sa mère l'attrapa par le bras et se mit à lui frotter le bout du nez.

– M'man ! Laisse-moi tranquille ! dit-il en parvenant à se dégager.

– Ma parole, le petit Ron à sa maman a quelque chose sur son nez ? dit l'un des jumeaux.

– Ferme-la, répliqua Ron.

– Où est Percy ? demanda leur mère.

– Il arrive.

L'aîné des garçons apparut, la démarche décidée. Il avait déjà revêtu la grande robe noire de Poudlard et Harry remarqua, épinglé sur sa poitrine, un petit insigne brillant rouge et or qui portait la lettre P.

– Je ne peux pas rester très longtemps, Maman, dit-il. Je dois aller à l'avant du train, les préfets ont un compartiment réservé.

– Tu es préfet, Percy ? dit l'un des jumeaux avec surprise. Tu aurais dû nous prévenir, on n'en savait rien.

– Attends, je crois bien qu'il nous en a soufflé un mot, une fois, dit l'autre jumeau.

– Peut-être même deux fois.

– Maintenant que tu me le rappelles, je crois même qu'il nous en a parlé pendant une minute entière.

– Et même pendant tout l'été, à bien y réfléchir…

– Ça suffit, dit Percy le préfet.

– Comment ça se fait que Percy ait une robe neuve ? s'étonna l'un des jumeaux.

– Parce qu'il est préfet, répondit leur mère d'une voix émue. Fais bon voyage, mon chéri, et envoie-moi un hibou quand tu seras arrivé.

Elle embrassa Percy sur la joue et celui-ci s'éloigna. Elle se tourna ensuite vers les jumeaux.

– Vous deux, vous allez être sages, cette année ! lança-t-elle. Si jamais je reçois un hibou qui me dit que vous avez fait exploser les toilettes..

—Faire exploser les toilettes ? On n'a jamais fait ça.

—Mais c'est une bonne idée. Merci, M'man !

—Ce n'est pas drôle. Et occupez-vous bien de Ron.

—Ne t'en fais pas, le petit Ron à sa maman n'aura rien à craindre avec nous.

—Ça suffit, dit Ron.

Il était presque aussi grand que les jumeaux et son nez était tout rose à l'endroit où sa mère l'avait frotté.

—Hé, M'man, devine qui on vient de voir dans le train ? dit l'un des jumeaux.

Harry se blottit un peu plus dans son coin pour être sûr qu'ils ne le voient pas.

—Le petit brun qui était à côté de nous, à la gare ? Tu sais qui c'est ?

—C'est qui ?

—Harry Potter !

Harry entendit la voix flûtée de la petite fille.

—Oh, M'man, je peux monter dans le train pour aller le voir ? demanda-t-elle.

—Tu l'as déjà vu, répondit sa mère, et d'ailleurs, ce pauvre garçon n'est pas une bête curieuse qu'on va voir au zoo. Comment tu sais que c'est lui, Fred ?

—Je lui ai demandé. J'ai vu sa cicatrice. Elle a vraiment la forme d'un éclair.

—Pauvre petit, pas étonnant qu'il soit tout seul, je me disais bien… Il était tellement poli quand il m'a demandé où se trouvait le quai.

—Tu crois qu'il se souvient de la tête qu'avait Tu-Sais-Qui ?

Leur mère devint soudain grave.

—Je t'interdis de lui poser cette question, Fred. Il n'a vraiment pas besoin qu'on lui rappelle ça pour son premier jour d'école.

—D'accord. Du calme.

Un sifflet retentit.

— Dépêchez-vous, dit la mère.

Les trois garçons montèrent dans le wagon. Percy, l'aîné, était déjà parti s'installer en tête du train. Ils se penchèrent par la fenêtre pour que leur mère puisse les embrasser, et la petite fille se mit à pleurer.

— T'en fais pas, lui dit l'un des jumeaux par la fenêtre ouverte. On t'enverra plein de hiboux.

— Et un siège de toilettes de Poudlard, ajouta son frère.

— George ! s'indigna sa mère.

— C'était pour rire, M'man.

Le train s'ébranla. Harry vit la mère des garçons faire de grands signes de la main tandis que la petite sœur, pleurant et riant à la fois, courait le long du quai pour suivre le wagon. Lorsque le train prit de la vitesse, Harry regarda la mère et la fillette devenir de plus en plus petites, puis disparaître. Les maisons qui bordaient la voie défilaient devant la fenêtre du compartiment. Harry éprouvait un sentiment d'excitation : il ne savait pas ce qui l'attendait, mais c'était certainement mieux que ce qu'il laissait derrière lui.

La porte du compartiment s'ouvrit et le plus jeune des frères aux cheveux roux entra.

— La place est libre ? demanda-t-il en montrant le siège en face de Harry. Les autres compartiments sont pleins.

Harry hocha la tête et le garçon s'assit. Il jeta un coup d'œil à Harry puis se tourna du côté de la fenêtre d'un air indifférent. Il avait toujours une tache noire sur le bout du nez.

— Hé, Ron.

Les jumeaux étaient de retour.

— On va dans le wagon du milieu, dit l'un. Lee Jordan a une tarentule géante, on va aller voir ça.

— D'accord, marmonna Ron.

— Harry, dit l'autre jumeau, je ne sais plus si nous nous

sommes présentés. Fred et George Weasley. Et lui, c'est Ron, notre frère. À plus tard.

Les jumeaux s'en allèrent après avoir refermé la porte du compartiment.

– C'est vrai que tu es Harry Potter ? demanda brusquement Ron.

Harry confirma d'un signe de tête.

– Je m'étais dit que c'était peut-être une blague de Fred ou George. Et tu as vraiment cette… tu sais, la…

Il pointa le doigt vers le front de Harry. Celui-ci releva sa mèche pour lui montrer la cicatrice en forme d'éclair. Ron la contempla avec des yeux ronds.

– Alors, c'est là que Tu-Sais-Qui…

– Oui, dit Harry, mais je ne m'en souviens pas.

– Vraiment pas ? demanda avidement Ron.

– Je me souviens d'une lumière verte éblouissante, c'est tout.

– Eh ben, dis donc…

Il fixa Harry pendant quelques instants puis, comme s'il s'était soudain rendu compte de ce qu'il faisait, il regarda à nouveau par la fenêtre.

– Ils sont tous sorciers dans ta famille ? demanda Harry qui s'intéressait autant à Ron que Ron à lui.

– Oui, je crois, répondit Ron. Il paraît que M'man a un cousin qui est comptable, mais on ne parle jamais de lui à la maison.

– Alors tu dois être déjà très fort en magie.

Les Weasley étaient certainement l'une de ces vieilles familles de sorciers auxquelles faisait allusion le garçon au visage pâle qu'il avait rencontré sur le Chemin de Traverse.

– J'ai entendu dire que tu avais vécu dans une famille de Moldus. Ils sont comment, ces gens-là ?

– Horribles, répondit Harry. Enfin, pas tous. En tout cas, ma tante, mon oncle et mon cousin sont abominables. J'aurais bien voulu avoir trois frères sorciers.

—Cinq, rectifia Ron.

Son visage s'était soudain assombri.

—Je suis le sixième à aller à Poudlard, dans la famille. J'ai intérêt à être à la hauteur. Bill et Charlie, mes deux frères aînés ont déjà fini leurs études. Bill était Préfet en chef et Charlie capitaine de l'équipe de Quidditch. Maintenant, c'est Percy qui est préfet.

—Préfet ? Qu'est-ce que c'est que ça ? demanda Harry.

—C'est un élève chargé de maintenir la discipline, répondit Ron. Une sorte de pion… Tu ne savais pas ça ?

—Je ne suis pas beaucoup sorti de chez moi, confessa Harry.

—Fred et George font pas mal de bêtises, poursuivit Ron, mais ils ont de bonnes notes et tout le monde les trouve très drôles. Et moi, on voudrait que je fasse aussi bien que les autres, mais même si j'y arrive, personne ne s'en apercevra, parce que je serai le sixième à le faire et on trouvera ça normal. Quand on a cinq frères, on n'a jamais rien de neuf. J'ai les vieilles robes de sorcier de Bill, la vieille baguette magique de Charlie et le vieux rat de Percy.

Ron sortit de sa poche un gros rat gris qui dormait.

—Il s'appelle Croûtard et il ne sert à rien. Il dort tout le temps. Mon père a offert un hibou à Percy quand il a été nommé préfet, mais il n'avait pas les moyens de… Enfin, je veux dire, c'est moi qui ai hérité de Croûtard.

Les oreilles de Ron devinrent écarlates, comme s'il avait eu le sentiment d'en avoir trop dit et il détourna la tête.

Harry ne voyait pas pourquoi il aurait fallu se sentir honteux de n'avoir pas les moyens d'acheter un hibou. Lui-même n'avait jamais eu d'argent jusqu'au mois dernier et il raconta à Ron qu'il devait se contenter de porter les vieux vêtements de Dudley et n'avait jamais eu de véritables cadeaux d'anniversaire. Cela sembla réconforter Ron.

—Jusqu'à ce que Hagrid me l'annonce, je ne savais pas que

j'étais un sorcier, je ne savais même rien de mes parents, ni de Voldemort.

Ron laissa échapper une exclamation étouffée.

—Tu as prononcé le nom de Tu-Sais-Qui ! dit-il d'un air à la fois choqué et admiratif. Je pensais que tu serais le dernier à…

—Ce n'est pas pour faire le malin, dit Harry. Simplement, je ne me suis pas encore habitué à ne pas dire son nom. J'ai beaucoup de choses à apprendre… Je suis sûr que je serai le plus mauvais élève de ma classe.

—Oh non, dit Ron d'un ton rassurant. Il y a plein d'élèves qui ont vécu dans des familles de Moldus et ils apprennent très vite.

Le train était sorti de Londres, à présent. Pendant un long moment, ils restèrent silencieux, contemplant les vaches et les moutons qui paissaient dans les prés, le long de la voie.

Vers midi et demi, ils entendirent un chariot tintinnabuler dans le couloir du wagon et une jeune femme souriante fit glisser la porte du compartiment.

—Vous désirez quelque chose, les enfants ? demanda-t-elle en montrant les marchandises disposées sur le chariot.

Harry, qui n'avait pas pris de petit déjeuner, se leva d'un bond. Ron, les oreilles à nouveau écarlates, marmonna qu'il avait apporté des sandwiches. Pour la première fois de sa vie, Harry avait les poches pleines d'argent et il était décidé à s'en servir pour s'acheter autant de barres de chocolat qu'il lui plairait. Mais en examinant les friandises que vendait la jeune femme, il s'aperçut qu'elles lui étaient totalement inconnues. Jamais il n'avait entendu parler des Dragées surprises de Bertie Crochue, des Ballongommes du Bullard, des Chocogrenouilles, des Patacitrouilles, des Fondants du Chaudron ou des Baguettes magiques à la réglisse. Comme il ne voulait rien manquer, il acheta un peu de tout et donna à la jeune femme les onze Mornilles et sept Noises qu'elle lui demanda.

Ron ouvrit de grands yeux lorsque Harry revint avec ses acquisitions et les étala sur la banquette.

– Tu as faim ? dit Ron.

– Je suis affamé, dit Harry en mordant avidement dans un Patacitrouille.

Ron était en train de déballer un paquet qui contenait quatre sandwiches. Il en prit un et fit la grimace.

– Ma mère oublie toujours que j'ai horreur du corned-beef, soupira-t-il.

– Si tu veux, je te l'échange contre ce qui te plaira.

– Il ne faut surtout pas manger ça, c'est tout sec, dit Ron. Ma mère n'a pas beaucoup le temps de faire la cuisine, nous sommes cinq enfants à la maison.

– Vas-y, sers-toi, proposa Harry, ravi de pouvoir partager quelque chose avec quelqu'un pour la première fois de sa vie. C'est quoi, ça ? demanda-t-il en montrant un paquet de Chocogrenouilles. Ce ne sont pas de vraies grenouilles, j'espère ?

– Non, mais regarde la carte qui est à l'intérieur, j'en fais collection. Il me manque Agrippa.

– La carte ?

– Dans chaque paquet de Chocogrenouilles, il y a une carte sur un sorcier ou une sorcière célèbre. J'en ai déjà cinq cents, mais il m'en manque encore quelques-unes, Agrippa et Ptolémée, par exemple.

Harry ouvrit un paquet de Chocogrenouilles et trouva la carte. Elle montrait la photo d'un homme avec des lunettes en demi-lune, un long nez aquilin, une chevelure argentée, une barbe et une moustache. Sous le portrait était écrit le nom du personnage : Albus Dumbledore.

– C'est lui, Dumbledore ? s'exclama Harry.

– Ne me dis pas que tu n'en as jamais entendu parler ?

Tiens, passe-moi un autre Chocogrenouille, j'y trouverai peut-être une carte qui me manque.

Harry retourna la carte et lut :

« Albus Dumbledore, actuel directeur du collège Poudlard.

Considéré par beaucoup comme le plus grand sorcier des temps modernes, Dumbledore s'est notamment rendu célèbre en écrasant en 1945 le mage Grindelwald, de sinistre mémoire. Il travailla en étroite collaboration avec l'alchimiste Nicolas Flamel et on lui doit la découverte des douze propriétés du sang de dragon. Les passe-temps préférés du professeur Dumbledore sont le bowling et la musique de chambre. »

Harry regarda à nouveau la photo et fut stupéfait de constater que Dumbledore avait disparu.

— Il est parti ! s'écria-t-il.

— Tu ne voudrais pas qu'il reste là toute la journée, dit Ron. Mais ne t'en fais pas, il va revenir. Oh non, je suis encore tombé sur Morgane. J'en avais déjà six. . Tu la veux ? Tu pourras commencer une collection.

Ron regarda avec envie la pile de Chocogrenouilles qui attendaient d'être ouverts.

— Vas-y, sers-toi, dit Harry. Tu sais, chez les Moldus, les gens restent immobiles sur leurs photos, expliqua-t-il.

— Ah bon ? Ils ne vont jamais faire un tour ? demanda Ron, étonné. Ça, c'est vraiment bizarre.

Harry vit alors Dumbledore reprendre sa place sur la photo et lui adresser un petit sourire. Ron avait beaucoup plus de plaisir à manger les Chocogrenouilles qu'à regarder les portraits des sorcières et sorciers célèbres mais Harry, lui, n'arrivait pas à en détacher les yeux. Bientôt, en plus de Dumbledore et de Morgane, il trouva les cartes de Hengist de Woodcroft, d'Alberic Grunnion, de Circé, de Paracelse et de Merlin. Il s'arracha enfin à la contemplation de la druidesse

Cliodna qui se grattait le nez pour ouvrir un sachet de Dragées surprises de Bertie Crochue.

–Fais attention avec ça, dit Ron. On peut vraiment avoir des surprises en mangeant ces trucs-là. Il y a toutes sortes de parfums. Si tu as de la chance, tu peux avoir chocolat, menthe ou orange, mais parfois, on tombe sur épinards ou foie et tripes. George dit qu'un jour il en a eu un au sang de gobelin.

Ron prit une dragée verte, l'examina attentivement et en mordit prudemment l'extrémité.

–Beuârk ! s'exclama-t-il. Du chou de Bruxelles !

Pendant un bon moment, ils s'amusèrent à manger les Dragées surprises. Harry tomba sur divers parfums, toast grillé, noix de coco, haricots blancs, fraise, curry, gazon, café, sardine. Il eut même le courage d'en goûter une qui avait une étrange couleur grise et que Ron refusa de toucher. C'était une dragée au poivre.

Après avoir traversé des paysages de campagne aux champs bien dessinés, le train abordait à présent une région plus sauvage, avec des forêts, des collines, des rivières qui serpentaient parmi les arbres.

Quelqu'un frappa à la porte du compartiment et le garçon joufflu que Harry avait déjà vu sur le quai 9 3/4 entra. Il avait l'air de pleurer.

–Vous n'auriez pas vu un crapaud ? demanda-t-il.

Ils firent « non » de la tête.

–Je l'ai perdu, se lamenta le garçon. Il n'arrête pas de s'échapper.

–Il va sûrement revenir, dit Harry.

–Oui, soupira le garçon d'un air accablé. Mais si tu le vois… Et il sortit.

–Je me demande pourquoi il s'inquiète tellement, dit Ron. Si j'avais un crapaud, je ferais tout mon possible pour le perdre. Remarque, je n'ai rien à dire, avec Croûtard.

Pendant tout ce temps, le rat de Ron avait continué de dormir sur les genoux de son maître.

– Il pourrait aussi bien être mort, on ne verrait pas la différence, soupira Ron. Hier, j'ai essayé de lui jeter un sort, je voulais changer sa couleur en jaune pour le rendre un peu plus drôle, mais ça n'a pas marché. Je vais te montrer. Regarde…

Il fouilla dans sa valise et en sortit une vieille baguette magique tout abîmée. Quelque chose de blanc brillait à son extrémité.

– Elle est tellement vieille que le poil de licorne commence à sortir.

Au moment où il brandissait sa baguette, le garçon qui avait perdu son crapaud revint à la porte du compartiment, accompagné d'une fille déjà vêtue de sa robe de Poudlard flambant neuve.

– Vous n'auriez pas vu un crapaud ? Neville a perdu le sien, dit la fille.

Elle avait d'épais cheveux bruns ébouriffés, de grandes dents et un ton autoritaire.

– On n'a rien vu du tout, répondit Ron.

Mais la fille ne l'écoutait pas. Elle regardait la baguette magique qu'il tenait à la main.

– Tu étais en train de faire de la magie ? demanda-t-elle. On va voir si ça va marcher.

Elle s'assit sur la banquette. Ron sembla pris au dépourvu. Il s'éclaircit la gorge.

– Bon, dit-il, allons y :

> Soleil, jonquille et canari,
> Que ce gros gras rat gris
> En jaune soit colorié
> De la tête jusqu'aux pieds.

Il agita sa baguette, mais rien ne se produisit. Croûtard était toujours aussi gris et n'avait même pas ouvert un œil.

— C'est ça que tu appelles jeter un sort ? dit la fille. Pas très brillant, comme résultat. Moi, j'ai essayé de jeter des sorts pour m'entraîner et à chaque fois, ça a marché. Personne n'est sorcier dans ma famille, j'ai eu la surprise de ma vie en recevant ma lettre, mais j'étais tellement contente ! On m'a dit que c'était la meilleure école de sorcellerie. J'ai déjà appris par cœur tous les livres qui sont au programme, j'espère que ce sera suffisant pour débuter. Ah, au fait, je m'appelle Hermione Granger, et vous ?

Elle avait dit tout cela très rapidement, sans reprendre son souffle.

Harry jeta un coup d'œil à Ron et fut soulagé. Son expression stupéfaite montrait que lui non plus n'avait pas appris par cœur tous les livres du programme.

— Je m'appelle Ron Weasley, marmonna Ron.

— Moi, c'est Harry Potter, dit Harry.

— C'est vrai ? s'exclama Hermione. Je sais tout sur toi, j'ai lu quelques livres supplémentaires pour ma culture générale et je peux te dire qu'on parle de toi dans *Histoire de la magie moderne*, *Grandeur et décadence de la magie noire* et *Les Grands Événements de la sorcellerie au XXe siècle*.

— Ah bon ? dit Harry, abasourdi.

— Tu ne savais pas ? Si c'était à moi que c'était arrivé, j'aurais lu tous les livres où on en parlait, dit Hermione. Vous savez dans quelle maison vous serez ? J'ai interrogé les autres, et j'espère bien aller chez les Gryffondor, ça m'a l'air d'être la meilleure. On m'a dit que Dumbledore y a fait toutes ses études, mais les Serdaigle ne doivent pas être mal non plus. Enfin, bon, on va essayer de retrouver le crapaud de Neville. Vous feriez bien de mettre vos robes de sorcier, vous deux, on ne va pas tarder à arriver.

Et elle s'en alla en emmenant le garçon joufflu abandonné par son crapaud.

—J'espère en tout cas qu'elle ne sera pas dans la même maison que moi, celle-là, dit Ron en rangeant sa baguette magique dans sa valise. Complètement idiot, ce sortilège. C'est George qui me l'a appris, il devait savoir que ça ne marchait pas.

—Tu pourrais m'en dire un peu plus sur les maisons de Poudlard ? demanda Harry.

—L'école est divisée en quatre maisons, répondit Ron. Les élèves sont répartis dans chaque maison selon leur personnalité. Il y a les Gryffondor, les Serdaigle, les Serpentard et les Poufsouffle.

—Et tes frères, ils sont dans quelle maison ?

—Gryffondor, dit Ron.

Cette fois encore, son visage s'assombrit.

—Mon père et ma mère y étaient aussi. Je me demande ce qu'ils diront si jamais je n'y suis pas. J'imagine que ce ne serait pas trop grave si je me retrouvais chez les Serdaigle, mais si jamais ils me mettent chez les Serpentard…

—C'est la maison où Vol… je veux dire, Tu-Sais-Qui a fait ses études ?

—Oui. mais c'était il y a très longtemps.

Ron se laissa aller contre la banquette. La conversation sur les maisons de Poudlard semblait le démoraliser complètement.

—On dirait que le bout des moustaches de Croûtard a un peu jauni, dit Harry pour changer de sujet. Qu'est-ce qu'ils font, tes frères aînés, depuis qu'ils ont fini leurs études ?

Il se demandait ce que pouvait bien devenir un sorcier une fois ses diplômes en poche.

—Charlie est en Roumanie pour faire des recherches sur les dragons et Bill est en Afrique, en mission pour Gringotts. À propos de Gringotts, tu es au courant de ce qui s'est passé ? Il y a tout un article dans *La Gazette du sorcier*, mais j'imagine qu'on ne lit pas ça chez les Moldus. Des voleurs ont essayé de forcer un coffre.

Harry ouvrit de grands yeux.

– Et qu'est-ce qui leur est arrivé ?

– Rien, ils ne se sont pas fait prendre, c'est pour ça qu'on en parle tellement. Mon père dit qu'il faut être un grand expert en magie noire pour s'introduire chez Gringotts, mais apparemment, ils n'ont rien emporté. C'est bizarre. Bien sûr, quand ce genre de chose arrive, tout le monde a peur que Tu-Sais-Qui soit dans le coup.

Harry retourna dans sa tête la nouvelle qu'il venait d'apprendre. Il commençait à ressentir un frisson de crainte chaque fois qu'on lui parlait de Vous-Savez-Qui. C'était sans doute la conséquence de son entrée dans le monde magique. Il se sentait beaucoup moins à l'aise qu'au temps où il pouvait prononcer le nom de Voldemort sans s'inquiéter.

– C'est quoi, ton équipe de Quidditch préférée ? demanda Ron.

– Heu… Je ne connais pas les équipes, avoua Harry

– Quoi ? s'exclama Ron, abasourdi. Tu ne sais rien du Quidditch ? C'est le plus beau jeu du monde !

Il entreprit alors de lui en expliquer les règles, les quatre balles en jeu, les différents postes occupés par les joueurs. Il lui raconta les plus beaux matches qu'il avait vus en compagnie de ses frères et lui décrivit en détail le balai volant qu'il aurait aimé acheter s'il avait eu assez d'argent pour ça. Il était en train de lui expliquer les aspects les plus complexes du jeu lorsque la porte du compartiment s'ouvrit à nouveau. Cette fois-ci, ce n'étaient ni Neville, ni Hermione Granger.

Trois élèves de Poudlard entrèrent et Harry reconnut parmi eux le garçon au teint pâle dont il avait fait la connaissance dans la boutique de vêtements de Madame Guipure. Cette fois, il regardait Harry avec beaucoup plus d'intérêt que lors de leur première rencontre.

– Alors, c'est vrai ? lança-t-il. On dit partout que Harry Potter se trouve dans ce compartiment. C'est toi ?

– Oui, dit Harry.

Il regarda les deux autres garçons. Tous deux étaient solidement bâtis et avaient l'air féroce. Debout de chaque côté du garçon au teint pâle, ils avaient l'air de gardes du corps.

– Lui, c'est Crabbe et l'autre, c'est Goyle, dit le garçon d'un air détaché. Moi, je m'appelle Malefoy, Drago Malefoy.

Ron eut une toux discrète qui ressemblait à un ricanement. Drago Malefoy tourna les yeux vers lui.

– Mon nom te fait rire ? Inutile de te demander le tien. Mon père m'a dit que tous les Weasley ont les cheveux roux, des taches de rousseur et beaucoup trop d'enfants pour pouvoir les nourrir.

Il se tourna à nouveau vers Harry.

– Fais bien attention à qui tu fréquentes, Potter. Si tu veux éviter les gens douteux, je peux te donner des conseils.

Malefoy lui tendit la main, mais Harry refusa de la serrer.

– Je n'ai besoin de personne pour savoir qui sont les gens douteux, dit-il avec froideur.

Les joues pâles du garçon rosirent légèrement.

– Si j'étais toi, je serais un peu plus prudent, Potter, dit-il lentement. Si tu n'es pas plus poli, tu vas finir comme tes parents. Eux aussi ont manqué de prudence. Si tu traînes avec de la racaille comme les Weasley ou ce Hagrid, ils finiront par déteindre sur toi.

Harry et Ron se levèrent en même temps. Le visage de Ron était aussi rouge que ses cheveux.

– Répète un peu ça, dit-il.

– Vous voulez vous battre, tous les deux ? lança Malefoy avec mépris.

– Vous feriez mieux de filer d'ici, dit Harry en s'efforçant de paraître plus assuré qu'il ne l'était, car Crabbe et Goyle étaient beaucoup plus grands que Ron et lui.

– Oh, mais on n'a pas du tout l'intention de s'en aller, pas

116

vrai, les gars ? On a fini toutes nos provisions et vous avez l'air d'en avoir encore.

Goyle tendit la main vers les Chocogrenouilles qui se trouvaient à côté de Ron. Ron se jeta aussitôt sur lui, mais avant qu'il ait pu toucher son adversaire, celui-ci poussa un hurlement épouvantable.

Croûtard le rat était suspendu à un doigt de Goyle, ses dents pointues profondément plantées dans une phalange. Crabbe et Malefoy reculèrent d'un pas tandis que Goyle, toujours hurlant, agitait la main en tous sens pour essayer de se débarrasser de Croûtard. Le rat finit par lâcher prise et fut projeté contre la fenêtre. Les trois garçons s'éclipsèrent aussitôt, craignant sans doute que d'autres rats se soient cachés parmi les friandises. Ou peut-être avaient-ils entendu des pas, car Hermione Granger arriva à son tour dans le compartiment.

— Qu'est-ce qui s'est passé, ici ? demanda-t-elle en voyant les friandises étalées par terre et Ron qui tenait Croûtard par la queue.

— Je crois bien qu'il est assommé, dit Ron.

Il examina le rat de plus près.

— Ça, c'est incroyable ! s'exclama-t-il. Il n'est pas assommé, il s'est tout simplement rendormi !

En effet, Croûtard dormait paisiblement.

— Tu le connaissais déjà, ce Malefoy ? demanda Ron.

Harry lui raconta sa rencontre avec lui sur le Chemin de Traverse.

— J'ai entendu parler de sa famille, dit Ron d'un air sombre. Ils ont été parmi les premiers à revenir de notre côté quand Tu-Sais-Qui a disparu. Ils ont prétendu qu'ils avaient été victimes d'un mauvais sort, mais mon père n'y croit pas. Il dit que le père de Malefoy n'a pas besoin de mauvais sort pour se mettre dans le camp des forces du Mal. On peut t'aider ? ajouta-t-il en se tournant vers Hermione.

—Vous feriez bien de vous changer, dit Hermione. Je suis allée voir le machiniste dans la locomotive et il m'a dit que nous étions presque arrivés. Vous ne vous êtes quand même pas battus, j'espère ? Vous cherchez les ennuis avant même qu'on soit là-bas !

—C'est Croûtard qui s'est battu, pas nous, répliqua Ron en lui lançant un regard noir. Ça ne t'ennuierait pas de nous laisser tranquilles pendant qu'on se change ?

—D'accord, je m'en vais, dit Hermione d'un air hautain. J'étais venue vous voir parce que les autres ne font que des bêtises, ils courent dans le couloir comme des idiots et toi, tu as une saleté sur le nez, si tu veux savoir.

Ron lui adressa un regard féroce tandis qu'elle sortait du compartiment. Dehors, la nuit commençait à tomber. Des montagnes et des forêts défilaient sous un ciel pourpre profond et le train semblait perdre de la vitesse.

Ron et Harry enfilèrent leur robe de sorcier. Celle de Ron était un peu trop courte pour lui, on voyait ses baskets et le bas de son pantalon.

Une voix retentit alors dans le train.

—Nous arriverons à Poudlard dans cinq minutes. Veuillez laisser vos bagages dans les compartiments, ils seront acheminés séparément dans les locaux scolaires.

Harry sentit son estomac se contracter et il vit Ron pâlir sous ses taches de rousseur. Après avoir rempli leurs poches des dernières friandises qui restaient, ils rejoignirent la foule des élèves qui se pressaient dans le couloir.

Lorsque le train s'arrêta enfin, tout le monde se précipita vers la sortie et descendit sur un quai minuscule plongé dans la pénombre. L'air frais de la nuit fit frissonner Harry. Une lampe se balança alors au-dessus de leur tête et Harry entendit une voix familière :

—Les première année, par ici. Suivez-moi. Ça va, Harry ?

La grosse tête hirsute de Hagrid, le regard rayonnant, dominait la foule des élèves.

—Les première année sont tous là ? Allez, suivez-moi. Et faites attention où vous mettez les pieds. En route !

Glissant et trébuchant, la file des élèves suivit Hagrid le long d'un chemin étroit et escarpé qui s'enfonçait dans l'obscurité. Harry pensa qu'ils devaient se trouver au cœur d'une épaisse forêt. Personne ne parlait beaucoup. Neville, celui qui avait perdu son crapaud, renifla à plusieurs reprises.

—Vous allez bientôt apercevoir Poudlard, dit Hagrid en se retournant vers eux. Après le prochain tournant.

Il y eut alors un grand « Oooooh ! ».

L'étroit chemin avait soudain débouché sur la rive d'un grand lac noir. De l'autre côté du lac, perché au sommet d'une montagne, un immense château hérissé de tours pointues étincelait de toutes ses fenêtres dans le ciel étoilé.

—Pas plus de quatre par barque, lança Hagrid en montrant une flotte de petits canots alignés le long de la rive.

Harry et Ron partagèrent leur barque avec Hermione et Neville.

—Tout le monde est casé ? cria Hagrid qui était lui-même monté dans un bateau. Alors, EN AVANT !

D'un même mouvement, les barques glissèrent sur l'eau du lac dont la surface était aussi lisse que du verre. Tout le monde restait silencieux, les yeux fixés sur la haute silhouette du château, dressé au sommet d'une falaise.

—Baissez la tête, dit Hagrid lorsqu'ils atteignirent la paroi abrupte.

Tout le monde s'exécuta tandis que les barques franchissaient un rideau de lierre qui cachait une large ouverture taillée dans le roc. Les bateaux les emportèrent le long d'un tunnel sombre qui semblait les mener sous le château. Ils arri-

vèrent alors dans une sorte de crique souterraine et débar-
quèrent sur le sol rocheux couvert de galets.

—Hé, toi, là-bas, c'est à toi ce crapaud ? dit Hagrid qui
regardait dans les barques pour voir si personne n'avait rien
oublié.

—Trevor ! s'écria Neville en tendant les mains, ravi.

Guidés par la lampe de Hagrid, ils grimpèrent le long d'un
passage creusé dans la montagne et arrivèrent enfin sur une
vaste pelouse humide qui s'étendait à l'ombre du château. Ils
montèrent une volée de marches en pierre et se pressèrent
devant l'immense porte d'entrée en chêne massif.

—Tout le monde est là ? demanda Hagrid. Toi, là-bas, tu as
toujours ton crapaud ?

Puis le géant leva son énorme poing et frappa trois fois à la
porte du château.

7

LE CHOIXPEAU MAGIQUE

La porte s'ouvrit immédiatement. Une grande sorcière aux cheveux noirs, vêtue d'une longue robe vert émeraude se tenait dans l'encadrement. Elle avait le visage sévère des gens qu'il vaut mieux éviter de contrarier, pensa aussitôt Harry.

– Professeur McGonagall, voici les élèves de première année, annonça Hagrid.

– Merci, Hagrid, dit la sorcière, je m'en occupe.

Le hall d'entrée du château était si grand que la maison des Dursley aurait pu y tenir tout entière et le plafond si haut qu'on n'arrivait pas à l'apercevoir. Des torches enflammées étaient fixées aux murs de pierre, comme à Gringotts, et face à eux, un somptueux escalier de marbre permettait de monter dans les étages.

Guidés par le professeur McGonagall, ils traversèrent l'immense salle au sol dallé et entrèrent dans une petite salle réservée aux élèves de première année. Harry entendait la rumeur de centaines de voix qui lui parvenaient à travers une porte située sur sa droite. Les autres élèves devaient déjà être là. L'exiguïté des lieux les obligea à se serrer les uns contre les autres et ils restèrent debout en silence, lançant autour d'eux des regards un peu inquiets.

– Bienvenue à Poudlard, dit le professeur McGonagall. Le banquet de début d'année va bientôt commencer mais avant que vous preniez place dans la Grande Salle, vous allez être répartis dans les différentes maisons. Cette répartition constitue une cérémonie très importante. Vous devez savoir, en effet, que tout au long de votre séjour à l'école, votre maison sera pour vous comme une seconde famille. Vous y suivrez les mêmes cours, vous y dormirez dans le même dortoir et vous passerez votre temps libre dans la même salle commune. Les maisons sont au nombre de quatre. Elles ont pour nom Gryffondor, Poufsouffle, Serdaigle et Serpentard. Chaque maison a sa propre histoire, sa propre noblesse, et chacune d'elles a formé au cours des ans des sorciers et des sorcières de premier plan. Pendant votre année à Poudlard, chaque fois que vous obtiendrez de bons résultats, vous rapporterez des points à votre maison, mais chaque fois que vous enfreindrez les règles communes, votre maison perdra des points. À la fin de l'année scolaire, la maison qui aura obtenu le plus de points gagnera la coupe des Quatre Maisons, ce qui constitue un très grand honneur. J'espère que chacun et chacune d'entre vous aura à cœur de bien servir sa maison, quelle qu'elle soit. La Cérémonie de la Répartition aura lieu dans quelques minutes en présence de tous les élèves de l'école. Je vous conseille de profiter du temps qui vous reste avant le début de cette cérémonie pour soigner votre tenue.

Le regard du professeur s'attarda sur Neville dont la cape était attachée de travers et sur Ron qui avait toujours une tache sur le nez. D'un geste fébrile, Harry essaya d'aplatir ses cheveux.

– Je reviendrai vous chercher lorsque tout sera prêt, dit le professeur McGonagall. Attendez-moi en silence.

Elle quitta la salle. Harry avait la gorge serrée.

– Comment font-ils pour nous sélectionner ? demanda-t-il à Ron.

– J'imagine qu'ils vont nous faire passer des tests. Fred m'a dit que ça faisait très mal, mais je crois que c'était pour rire.

Harry eut un haut-le-corps. Des tests ? Devant tout le

monde ? Alors qu'il ne savait pas faire le moindre tour de magie ? Il regarda autour de lui · les autres élèves avaient l'air terrifié, eux aussi. Personne ne disait grand-chose, à part Hermione Granger qui chuchotait à toute vitesse qu'elle avait appris par cœur tous les sorts possibles et qu'elle se demandait bien lequel il faudrait jeter. Harry s'efforça de ne pas écouter ce qu'elle disait. Jamais il n'avait ressenti une telle appréhension, même le jour où il avait dû rapporter à la maison son carnet scolaire dans lequel il était expliqué que la perruque d'un de ses professeurs avait mystérieusement pris une couleur bleu vif et qu'on le soupçonnait d'y être pour quelque chose. Il gardait les yeux fixés sur la porte. À tout moment, maintenant, le professeur McGonagall allait entrer et l'emmener vers son destin fatal.

Tout à coup, des cris s'élevèrent derrière Harry. Il se retourna et resta bouche bée, comme les autres. Une vingtaine de fantômes venaient d'apparaître en traversant le mur du fond. D'un blanc nacré, légèrement transparents, ils flottaient à travers la salle sans accorder un regard aux élèves rassemblés. Ils paraissaient se disputer. L'un d'eux, qui ressemblait à un petit moine gras, lança :

—Oublions et pardonnons. Nous devrions lui donner une deuxième chance.

—Mon cher Frère, n'avons-nous pas donné à Peeves toutes les chances qu'il méritait ? répondit un autre spectre, vêtu de hauts-de-chausse et le cou entouré d'une fraise. Il nous fait une horrible réputation alors que lui-même n'est pas véritablement un fantôme. Tiens, qu'est-ce qu'ils font ici, ceux-là ?

Il venait de remarquer la présence des première année qui se gardèrent bien de prononcer le moindre mot.

—Ce sont les nouveaux élèves, dit le gros moine en leur souriant. Vous attendez la Répartition, j'imagine ?

Quelques élèves hochèrent la tête en silence

—J'espère vous voir à Poufsouffle, dit le moine. C'était ma maison, dans le temps.

—Allons-y, maintenant, dit une voix brusque. La cérémonie va commencer.

Le professeur McGonagall était revenue. Un par un, les fantômes quittèrent la salle en traversant le mur opposé.

—Mettez-vous en rang et suivez-moi, dit le professeur aux élèves.

Harry éprouvait une sensation bizarre, comme si ses jambes s'étaient soudain changées en plomb. Il se glissa entre Ron et un garçon aux cheveux blonds et la file des élèves quitta la salle, traversa à nouveau le hall, puis franchit une double porte qui ouvrait sur la Grande Salle.

L'endroit était étrange et magnifique. Des milliers de chandelles suspendues dans les airs éclairaient quatre longues tables autour desquelles les autres étudiants étaient déjà assis, devant des assiettes et des gobelets d'or étincelants. Au bout de la salle, les professeurs avaient pris place autour d'une autre table.

Le professeur McGonagall aligna les première année face à leurs camarades derrière lesquels se tenaient les professeurs. Dans la clarté incertaine des chandelles, les visages les observaient telles des lanternes aux lueurs pâles. Dispersés parmi les étudiants, les fantômes brillaient comme des panaches de brume argentée. Gêné par les regards fixés sur les nouveaux, Harry leva la tête vers un plafond d'un noir de velours, parsemé d'étoiles.

—C'est un plafond magique, murmura Hermione. Il a été fait exprès pour ressembler au ciel. Je l'ai lu dans *L'Histoire de Poudlard*.

On avait du mal à croire qu'il existait un plafond. On avait plutôt l'impression que la salle était à ciel ouvert.

Harry regarda à nouveau ce qui se passait devant lui lorsque le professeur McGonagall installa un tabouret à quatre pieds devant les nouveaux élèves. Sur le tabouret, elle posa un chapeau pointu de sorcier. Le chapeau était râpé, sale, rapiécé. La tante Pétunia n'en aurait jamais voulu chez elle.

Peut-être allait-on leur demander d'en faire sortir un lapin ? pensa soudain Harry. Tout le monde, à présent, avait les yeux fixés sur le chapeau pointu. Pendant quelques instants, il régna un silence total. Puis, tout à coup, le chapeau remua. Une déchirure, tout près du bord, s'ouvrit en grand, comme une bouche, et le chapeau se mit à chanter :

Je n'suis pas d'une beauté suprême
Mais faut pas s'fier à ce qu'on voit
Je veux bien me manger moi-même
Si vous trouvez plus malin qu'moi.
Les hauts-d'forme, les chapeaux splendides
Font pâl'figure auprès de moi
Car à Poudlard, quand je décide,
Chacun se soumet à mon choix.
Rien ne m'échapp' rien ne m'arrête
Le Choixpeau a toujours raison
Mettez-moi donc sur votre tête
Pour connaître votre maison.
Si vous allez à Gryffondor
Vous rejoindrez les courageux,
Les plus hardis et les plus forts
Sont rassemblés en ce haut lieu.
Si à Poufsouffle vous allez,
Comme eux vous s'rez juste et loyal
Ceux de Poufsouffle aiment travailler
Et leur patience est proverbiale.
Si vous êtes sage et réfléchi
Serdaigle vous accueillera peut-être
Là-bas, ce sont des érudits
Qui ont envie de tout connaître.

Vous finirez à Serpentard
Si vous êtes plutôt malin,
Car ceux-là sont de vrais roublards
Qui parviennent toujours à leurs fins.
Sur ta tête pose-moi un instant
Et n'aie pas peur, reste serein
Tu seras en de bonnes mains
Car je suis un chapeau pensant!

Lorsqu'il eut terminé sa chanson, des applaudissements éclatèrent dans toute la salle. Le chapeau s'inclina pour saluer les quatre tables, puis il s'immobilisa à nouveau.

– Alors, il suffit de porter le chapeau! murmura Ron à l'oreille de Harry. Fred m'avait parlé d'un combat avec un troll… J'ai bien envie d'aller lui casser la figure!

Harry eut un faible sourire. Essayer un chapeau valait beaucoup mieux que d'être obligé de jeter un sort, mais il aurait préféré ne pas avoir à le faire devant tout le monde. Le chapeau l'impressionnait et Harry ne se sentait plus le moindre courage. S'il avait existé une maison pour les élèves au bord de la nausée, il y serait allé tout de suite.

Le professeur McGonagall s'avança en tenant à la main un long rouleau de parchemin.

– Quand j'appellerai votre nom, vous mettrez le chapeau sur votre tête et vous vous assiérez sur le tabouret. Je commence : Abbot, Hannah!

Une fille au teint rose avec des nattes blondes sortit du rang d'un pas mal assuré. Elle alla mettre le chapeau qui lui tomba devant les yeux et s'assit sur le tabouret.

– POUFSOUFFLE! cria le chapeau après un instant de silence.

Des acclamations et des applaudissements s'élevèrent de la table située à droite et Hannah alla s'y asseoir, parmi les autres étudiants de Poufsouffle. Harry vit le fantôme du moine gras lui faire de grands signes enthousiastes.

– Bones, Susan !

– POUFSOUFFLE ! cria à nouveau le chapeau.

Susan se hâta d'aller s'asseoir à côté d'Hannah.

– Boot, Terry ! appela le professeur McGonagall.

– SERDAIGLE ! cria le chapeau.

Cette fois, les applaudissements s'élevèrent de la deuxième table à gauche. Des élèves de Serdaigle accueillirent Terry en lui serrant la main.

Brocklehurst, Mandy fut également envoyée à Serdaigle. Brown, Lavande fut la première à se retrouver à Gryffondor. Une ovation monta de la table située à l'extrême gauche. Les jumeaux se mirent à siffler d'un air joyeux pour saluer son arrivée.

Bulstrode, Millicent fut envoyée à Serpentard. Peut-être était-ce dû à son imagination, après tout ce qu'on lui avait dit sur eux, mais Harry éprouva une impression désagréable en regardant les élèves de Serpentard.

Il commençait vraiment à avoir la nausée, maintenant. Il se souvenait des séances pendant lesquelles on composait les équipes sportives dans son ancienne école. Il était toujours le dernier à être choisi, non parce qu'il était le plus mauvais, mais parce que personne ne voulait prendre le risque de lui manifester la moindre sympathie en présence de Dudley.

– Finch-Fletchey, Justin !

– POUFSOUFFLE !

Harry remarqua que le chapeau prenait parfois le temps de la réflexion avant de se décider. Finnigan, Seamus. Le garçon aux cheveux blonds à côté de Harry resta assis presque une minute entière avant que le chapeau ne l'envoie à Gryffondor.

– Granger, Hermione !

Hermione courut presque jusqu'au tabouret et enfonça frénétiquement le chapeau sur sa tête.

– GRYFFONDOR ! cria le chapeau.

Ron émit un grognement.

Harry eut soudain une de ces horribles pensées qui accompagnent généralement les états de panique. Et s'il n'était pas choisi du tout ? S'il restait là avec le Choixpeau sur la tête sans que rien ne se passe et que le professeur McGonagall finisse par lui annoncer qu'il y avait une erreur et qu'il devait rentrer chez lui par le prochain train ?

Lorsque Neville Londubat, le garçon qui ne cessait de perdre son crapaud, fut appelé, il trébucha et tomba en s'approchant du tabouret. Le Choixpeau mit longtemps à se décider. Enfin, il cria : « GRYFFONDOR. » Neville se précipita aussitôt vers ses camarades sans enlever le chapeau de sa tête et dut revenir le donner à MacDougal, Morag, sous les éclats de rire.

Lorsque son nom fut appelé, Malefoy s'avança d'un pas conquérant vers le tabouret. Dès qu'il lui eut frôlé la tête, le chapeau s'écria :

– SERPENTARD !

La mine satisfaite, Malefoy alla rejoindre ses amis Crabbe et Goyle qui avaient été envoyés à Serpentard, eux aussi.

Il ne restait plus grand monde dans la file des nouveaux.

– Moon… Nott… Le professeur McGonagall appela les noms qui commençaient par « P ». Parkinson… les jumelles Patil… Perks, Sally-Anne… et, enfin…

– Potter, Harry !

Lorsque Harry sortit du rang, des murmures s'élevèrent dans toute la salle.

– Elle a bien dit Potter ?

– *Le* Harry Potter ?

Avant que le chapeau lui tombe devant les yeux en le plongeant dans le noir absolu, Harry eut le temps de voir les têtes qui se tendaient pour mieux le regarder.

– Hum, ce n'est pas facile, dit une petite voix à son oreille.

C'est même très difficile. Je vois beaucoup de courage. Des qualités intellectuelles, également. Il y a du talent et… ho ! ho ! mon garçon, tu es avide de faire tes preuves, voilà qui est intéressant… Voyons, où vais-je te mettre ?

Harry crispa les doigts sur les bords du tabouret. « Pas à Serpentard, pas à Serpentard », pensa-t-il avec force.

– Pas à Serpentard ? dit la petite voix. Tu es sûr ? Tu as d'immenses qualités, sais-tu ? Je le vois dans ta tête et Serpentard t'aiderait singulièrement sur le chemin de la grandeur, ça ne fait aucun doute. Alors ? Non ? Vraiment ? Très bien, si tu es sûr de toi, il vaut mieux t'envoyer à… GRYFFONDOR !

Harry entendit le dernier mot résonner dans la Grande Salle. Il ôta le chapeau et se dirigea, les jambes tremblantes, vers la table des Gryffondor. Soulagé d'avoir échappé à Serpentard, il remarqua à peine qu'on lui réservait la plus longue et la plus bruyante ovation de la soirée. Percy le Préfet se leva et lui serra vigoureusement la main tandis que les jumeaux Weasley scandaient :

– Potter avec nous ! Potter avec nous !

Harry s'assit face au fantôme qui portait une fraise autour du cou. Le spectre lui tapota amicalement le bras et Harry eut soudain l'horrible impression d'avoir plongé la main jusqu'au coude dans un seau d'eau glacée.

À présent, il voyait distinctement la Grande Table des professeurs. Hagrid, qui était assis à l'une des extrémités, lui fit un clin d'œil en levant le pouce. Harry lui sourit. Au centre de la table, trônait dans un large fauteuil d'or massif Albus Dumbledore en personne. Harry le reconnut immédiatement, grâce à la carte qu'il avait trouvée dans le Chocogrenouille. La chevelure argentée de Dumbledore brillait avec autant d'éclat que les fantômes. Harry reconnut également le professeur Quirrell, le jeune homme émotif qu'il avait rencontré au *Chaudron Baveur*. Il portait un grand turban violet qui lui donnait un air bizarre.

Il ne restait plus que trois élèves à répartir. Turpin, Lisa fut envoyée à Serdaigle, puis ce fut le tour de Ron. Il avait le teint verdâtre et Harry croisa les doigts sous la table. Un instant plus tard, le chapeau annonça :

—GRYFFONDOR !

Harry applaudit bruyamment avec les autres tandis que Ron se laissait tomber sur une chaise à côté de lui.

—Bravo, Ron, très bien vraiment, dit Percy d'un ton pompeux tandis que Zabini, Blaise, était envoyé à Serpentard.

Le professeur McGonagall roula son parchemin et emporta le Choixpeau. Harry contempla alors son assiette d'or désespérément vide et se rendit compte à quel point il était affamé. Les Patacitrouilles qu'il avait avalées lui semblaient bien loin.

Albus Dumbledore s'était levé, le visage rayonnant, les bras largement ouverts. On aurait dit que rien ne pouvait lui faire davantage plaisir que de voir tous les élèves rassemblés devant lui.

—Bienvenue, dit-il. Bienvenue à tous pour cette nouvelle année à Poudlard. Avant que le banquet ne commence, je voudrais vous dire quelques mots. Les voici : Nigaud ! Grasdouble ! Bizarre ! Pinçon ! Je vous remercie !

Et il se rassit tandis que tout le monde applaudissait avec des cris de joie. Harry se demanda s'il fallait rire ou pas.

—Il est… un peu fou, non ? demanda-t-il timidement à Percy.

—Fou ? dit Percy d'un ton léger. C'est un génie ! Le plus grand sorcier du monde ! Mais c'est vrai, il est un peu fou. Tu veux des pommes de terre ?

Harry resta bouche bée. Les plats disposés sur la table débordaient à présent de victuailles : roast-beef, poulet, côtelettes de porc et d'agneau, saucisses, lard, steaks, gratin, pommes de terre sautées, frites, légumes divers, sauces onctueuses, ketchup et, il ne savait pour quelle raison, des bonbons à la menthe. Les Dursley n'avaient jamais privé Harry de nourriture, mais il n'avait pas vraiment le droit de manger à sa faim. Dudley se précipitait toujours le premier sur ce que Harry aimait le mieux, même si cela le rendait malade. Harry remplit son assiette d'un peu de tout, sauf de bonbons à la menthe, et se mit à manger avec appétit. Tout était délicieux.

— Tout ça me paraît bien appétissant, soupira le fantôme à fraise en regardant Harry trancher son steak. Il y a presque cinq cents ans maintenant que je n'ai plus rien mangé. Je n'en ai pas besoin, bien sûr, mais ça me manque… Au fait, je ne me suis pas présenté : Sir Nicholas de Mimsy-Porpington, pour vous servir. Fantôme résident à la tour de Gryffondor.

— Je vous connais, s'exclama Ron. Mes frères m'ont parlé de vous. C'est bien vous, Nick Quasi-Sans-Tête ?

— Je préfère que l'on m'appelle Sir Nicholas de Mimsy, dit le fantôme d'un air pincé.

— Quasi-Sans-Tête ? l'interrompit Seamus Finnigan, le garçon aux cheveux blonds. Comment peut-on être quasi sans tête ?

Sir Nicholas sembla offensé. Visiblement, la conversation ne se déroulait pas selon ses vœux.

— Comme ceci, dit-il d'une voix agacée.

Il prit son oreille gauche entre deux doigts et la tira vers le haut. Sa tête bascula alors vers la droite et tomba sur son épaule comme si elle était rattachée à son cou par une charnière. Apparemment, quelqu'un avait essayé de le décapiter, sans réussir à terminer le travail. Satisfait de voir les regards ébahis des nouveaux élèves, Nick Quasi-Sans-Tête remit son chef en place et toussa.

— Alors, les nouveaux Gryffondor, dit-il, j'espère que vous allez nous aider à gagner la coupe des Quatre Maisons, cette année ? Il y a tellement longtemps que Gryffondor ne l'a pas obtenue ! Les Serpentard l'ont remportée six fois de suite ! Le Baron Sanglant en est devenu insupportable de prétention. C'est lui, le fantôme des Serpentard.

Harry jeta un coup d'œil à la table des Serpentard et aperçut un horrible fantôme, les yeux vides, le visage émacié, les vêtements maculés de taches de sang aux reflets d'argent. Il était assis à côté de Malefoy qui, à la grande satisfaction de Harry, n'avait pas l'air enchanté d'occuper cette place.

—Comment a-t-il fait pour être couvert de sang ? demanda avec grand intérêt Seamus Finnigan, le garçon blond.

—Je ne le lui ai jamais demandé, répondit Quasi-Sans-Tête avec délicatesse.

Lorsque tout le monde se fut bien rempli l'estomac, ce qui restait dans les plats disparut peu à peu et la vaisselle redevint étincelante de propreté. Ce fut alors le moment du dessert : crèmes glacées à tous les parfums possibles, tartes aux pommes, éclairs au chocolat, beignets, babas, fraises, gâteau de riz…

Harry se servit. Tandis qu'il prenait un morceau de tarte à la mélasse, les autres se mirent à parler de leurs familles.

—Moi, je suis moitié-moitié, expliqua Seamus. Mon père est un Moldu et ma mère a attendu qu'ils soient mariés pour lui dire qu'elle était une sorcière. Ça lui a fait un choc.

Tout le monde éclata de rire.

—Et toi, Neville ? demanda Ron.

—C'est ma grand-mère qui m'a élevé et c'est une sorcière, répondit Neville. Mais pendant des années, la famille a cru que j'étais un Moldu. Algie, mon grand-oncle, essayait toujours de me prendre par surprise pour voir s'il y avait un peu de magie en moi. Un jour, il m'a poussé dans l'eau, au bout de la jetée de Blackpool et j'ai failli me noyer. Jusqu'à l'âge de huit ans, je n'avais montré aucun don pour la magie. Et puis, un jour, mon grand-oncle qui était venu prendre le thé à la maison m'a pris par les chevilles et s'est amusé à me pendre par une fenêtre du premier étage. Ma grand-tante Enid est venue lui apporter une meringue et il m'a lâché sans le faire exprès. Mais au lieu de tomber normalement, j'ai rebondi dans le jardin jusque sur la route et tout le monde était ravi. Ma grand-mère pleurait de joie. Et je ne les avais jamais vus aussi heureux quand j'ai été appelé à Poudlard. Ils avaient eu peur que je n'aie pas assez de magie en moi pour qu'on m'accepte à l'école. Mon grand-oncle Algie était tellement content qu'il m'a acheté un crapaud.

Assis de l'autre côté de Harry, Percy Weasley et Hermione parlaient des cours.

– J'espère qu'ils vont tout de suite commencer, dit Hermione, il y a tellement de choses à apprendre. Ce qui m'intéresse le plus, c'est la métamorphose. Ça doit être passionnant de transformer quelque chose en quelque chose d'autre. Bien sûr, il paraît que c'est très difficile.

– Il faudra commencer avec de petits objets, par exemple changer une allumette en aiguille… expliqua Percy.

Harry, qui commençait à avoir chaud et sommeil, jeta à nouveau un coup d'œil à la Grande Table. Hagrid vidait son gobelet, le professeur McGonagall bavardait avec Albus Dumbledore et le professeur Quirrell, avec son turban ridicule, parlait à l'un de ses collègues, un homme aux cheveux noirs et gras, le nez crochu, le teint cireux.

Tout se passa en un éclair. Le professeur au nez crochu leva les yeux au-dessus du turban du professeur Quirrell et fixa Harry ; celui-ci ressentit aussitôt une douleur aiguë, fulgurante, à l'endroit de sa cicatrice.

– Aïe ! s'écria Harry en se plaquant une main sur le front.

– Qu'est-ce qu'il y a ? s'inquiéta Percy.

– R… rien…

La douleur avait disparu aussi vite qu'elle était venue. En revanche, Harry n'arrivait pas à chasser la sensation qu'il avait éprouvée en croisant le regard du professeur – la sensation que cet homme ne l'aimait vraiment pas.

– Qui c'est, le prof qui parle avec Quirrell ? demanda-t-il à Percy.

– Tu connais déjà Quirrell ? Pas étonnant qu'il ait l'air si nerveux, l'autre, c'est le professeur Rogue. Il est chargé des cours de potions, mais ça ne lui plaît pas. Tout le monde sait qu'il essaye de prendre la place de Quirrell. Il en connaît un rayon en magie noire, ce Rogue.

Harry observa longuement le professeur Rogue, mais celui-ci ne tourna plus les yeux vers lui.

Lorsque les desserts eurent à leur tour disparu, Albus Dumbledore se leva à nouveau et le silence se fit dans la salle.

– Maintenant que nous avons rassasié notre appétit et étanché notre soif, je voudrais encore dire quelques mots en ce qui concerne le règlement intérieur de l'école. Les première année doivent savoir qu'il est interdit à tous les élèves sans exception de pénétrer dans la forêt qui entoure le collège. Certains de nos élèves les plus anciens feraient bien de s'en souvenir.

Dumbledore tourna ses yeux étincelants vers les jumeaux Weasley.

– Mr Rusard, le concierge, m'a également demandé de vous rappeler qu'il est interdit de faire des tours de magie dans les couloirs entre les cours. La sélection des joueurs de Quidditch se fera au cours de la deuxième semaine. Ceux qui souhaitent faire partie de l'équipe de leur maison devront prendre contact avec Madame Bibine. Enfin, je dois vous avertir que cette année, l'accès au couloir du troisième étage de l'aile droite est formellement interdit, à moins que vous teniez absolument à mourir dans d'atroces souffrances.

Harry éclata de rire, mais il ne fut guère imité.

– Il n'est pas sérieux ? murmura-t-il à Percy.

– Je crois que si, répondit Percy en fronçant les sourcils. C'est bizarre, d'habitude, il nous explique pourquoi on n'a pas le droit d'aller dans certains endroits. La forêt, par exemple, est remplie de bêtes féroces, tout le monde le sait. Il aurait au moins pu nous le dire à nous, les préfets.

– Et maintenant, avant d'aller nous coucher, chantons tous ensemble l'hymne du collège ! s'écria Dumbledore.

Harry remarqua que le sourire des autres professeurs s'était soudain figé. Dumbledore donna un petit coup de baguette magique, comme s'il avait voulu faire partir une mouche posée à son extrémité, et il s'en échappa un long ruban d'or qui s'éleva au-dessus des tables en se tortillant comme un serpent pour former les paroles de la chanson.

– Chacun chantera sur son air préféré, dit Dumbledore. Allons-y !

Et toute l'école se mit à hurler :

Poudlard, Poudlard, Pou du Lard du Poudlard,
Apprends-nous ce qu'il faut savoir,
Que l'on soit jeune ou vieux ou chauve
Ou qu'on ait les jambes en guimauve,
On veut avoir la tête bien pleine
Jusqu'à en avoir la migraine
Car pour l'instant c'est du jus d'âne,
Qui mijote dans nos crânes,
Oblige-nous à tout étudier,
Répète-nous c'qu'on a oublié,
Fais de ton mieux, qu'on se surpasse
Jusqu'à c'que nos cerveaux crient grâce.

Tout le monde termina la chanson à des moments différents. Les jumeaux Weasley furent les derniers à chanter, au rythme lent de la marche funèbre qu'ils avaient choisie. Dumbledore marqua la cadence avec sa baguette magique et lorsqu'ils eurent terminé, il fut l'un de ceux qui applaudirent le plus fort.

– Ah, la musique, dit-il en s'essuyant les yeux. Elle est plus magique que tout ce que nous pourrons jamais faire dans cette école. Et maintenant, au lit. Allez, tout le monde dehors.

Les nouveaux de Gryffondor suivirent Percy hors de la

Grande Salle puis montèrent derrière lui le grand escalier de marbre. Harry eut à nouveau l'impression d'avoir des jambes de plomb, mais cette fois, seuls la fatigue et le plantureux repas en étaient la cause. Il avait tellement sommeil qu'il ne fut même pas surpris de voir les personnages des tableaux accrochés aux murs des couloirs chuchoter et montrer les élèves du doigt sur leur passage. Il ne fut pas davantage étonné de voir que Percy les faisait passer par des portes cachées derrière des tapisseries ou des panneaux coulissants. Ils parcoururent ainsi une distance interminable, bâillant et traînant les pieds, et Harry se demandait s'ils étaient encore loin du but, quand ils s'arrêtèrent brusquement.

Des cannes apparurent soudain devant eux, flottant dans les airs, et se ruèrent sur Percy qui dut faire un pas de côté pour les éviter.

– C'est Peeves, murmura Percy. Un esprit frappeur. Peeves, montre-toi, dit-il en élevant la voix.

Pour toute réponse, un bruit grossier, comme un ballon qui se dégonfle, résonna dans le couloir.

– Tu veux que j'aille prévenir le Baron Sanglant ? menaça Percy.

Il y eut alors un bruit sec et un petit homme au regard noir et méchant, avec une grande bouche, se dessina dans les airs. Il avait les jambes croisées et se cramponnait aux cannes.

– Ooooooooh ! lança-t-il en accompagnant son cri d'une sorte de caquètement mauvais. Voilà les petits nouveaux ! On va bien s'amuser !

Il fondit alors sur eux, obligeant les élèves à se baisser.

– Va-t'en, Peeves, sinon, le Baron sera prévenu. Et je ne plaisante pas ! s'exclama Percy.

Peeves tira la langue et disparut en laissant tomber les cannes sur la tête de Neville. Des armures cliquetèrent sur son passage.

– Il faut faire attention à Peeves, dit Percy en poursuivant son chemin. Le Baron Sanglant est le seul à qui il obéisse. Même nous, les préfets, il ne nous écoute pas. Voilà, on y est.

Tout au bout du couloir était accroché un tableau qui représentait une très grosse dame vêtue d'une robe de soie rose.

– Le mot de passe ? demanda-t-elle.

– Caput Draconis, dit Percy et le tableau pivota aussitôt, laissant voir un trou rond découpé dans le mur.

Ils s'y engouffrèrent un par un et firent la courte échelle à Neville, puis ils se retrouvèrent dans la salle commune de Gryffondor, une salle ronde, confortable et accueillante, remplie de gros fauteuils moelleux.

Percy montra aux nouveaux les deux dortoirs qui leur étaient réservés, celui des filles et celui des garçons. Les garçons montèrent l'escalier en colimaçon qui menait au sommet d'une tour et trouvèrent des lits à baldaquin avec des rideaux de velours d'un rouge profond. Leurs valises avaient déjà été amenées. Trop fatigués pour parler longtemps, ils enfilèrent leur pyjama et se mirent au lit.

– On mange bien ici, hein ? chuchota Ron à Harry à travers les rideaux. Hé, laisse-moi tranquille, Croûtard ! Il est en train de ronger mes draps.

Harry voulut répondre, mais il tomba endormi. Peut-être était-ce à cause de son trop copieux repas qu'il fit un rêve étrange. Il portait le turban du professeur Quirrell et le turban ne cessait de lui répéter qu'il ferait mieux de se faire transférer à Serpentard, car telle était sa destinée. Harry répondait qu'il ne voulait pas aller à Serpentard. Le turban devenait alors de plus en plus lourd. Harry essayait de l'enlever mais il lui serrait douloureusement la tête et il voyait Malefoy qui riait en le regardant s'escrimer en vain, puis Malefoy prenait l'apparence de Rogue, le professeur au nez crochu, et son rire devenait de plus en plus sonore, de plus en plus glacé. Un éclair de lumière verte avait alors jailli et Harry s'était réveillé, le corps tremblant, baigné de sueur.

Il s'était tourné de l'autre côté et s'était rendormi. Le lendemain, lorsqu'il se réveilla, il n'avait plus aucun souvenir du rêve.

8
LE MAÎTRE DES POTIONS

– Là, regarde.

– Où ?

– À côté du grand type roux.

– Avec les lunettes ?

– Tu as vu sa cicatrice ?

Le lendemain, dès qu'il eut quitté le dortoir, Harry entendait murmurer sur son passage. Les élèves qui attendaient à la porte des salles de classe se levaient sur la pointe des pieds pour le voir ou revenaient sur leurs pas pour le croiser à nouveau. Harry, pendant ce temps, essayait de trouver son chemin dans le labyrinthe du château.

Il y avait cent quarante-deux escaliers, à Poudlard, des larges, des étroits, des courbes, des carrés, des délabrés, certains avec une ou deux marches escamotables qu'il fallait se souvenir d'enjamber pour ne pas tomber, ou d'autres qui menaient ailleurs le vendredi. Il y avait aussi les portes qui refusaient de s'ouvrir si on ne le leur demandait pas poliment, ou si on ne les chatouillait pas au bon endroit, et d'autres qui n'étaient que des pans de mur déguisés en portes. Il était aussi très difficile de se souvenir où les choses se trouvaient car tout bougeait sans cesse. Les gens représentés sur les tableaux accrochés aux murs passaient leur temps à se rendre visite les uns aux autres et Harry était persuadé que les armures se promenaient parfois dans les couloirs.

Quant aux fantômes, ils ne facilitaient pas la tâche. C'était toujours un choc désagréable lorsque l'un d'eux traversait une porte au moment où on essayait de l'ouvrir. Quasi-Sans-Tête était toujours heureux d'aider les nouveaux de Gryffondor à trouver leur chemin, mais Peeves, l'esprit frappeur, était pire que deux portes verrouillées et un faux escalier; il bombardait les nouveaux de morceaux de craie, tirait les tapis sous leurs pieds, renversait des corbeilles à papier sur leur tête ou se glissait silencieusement derrière eux et leur attrapait le nez en hurlant: « JE T'AI EU ! » d'une voix perçante.

Mais pire encore que Peeves, si toutefois c'était possible, il y avait Argus Rusard, le concierge. Harry et Ron avaient réussi à se le mettre à dos dès le premier jour. Rusard les avait surpris alors qu'ils essayaient d'ouvrir une porte qui, par malchance, s'était révélée être l'entrée du couloir interdit du troisième étage. Il avait refusé de les croire lorsqu'ils lui avaient expliqué qu'ils s'étaient perdus. Il était convaincu qu'ils avaient tenté de la forcer exprès et il les avait menacés de les enfermer au cachot. Heureusement, le professeur Quirrell qui passait par là était venu à leur secours.

Rusard avait une chatte qui s'appelait Miss Teigne, une créature grisâtre et décharnée avec des yeux globuleux qui brillaient comme des lampes, à l'image de ceux de son maître. Elle sillonnait les couloirs toute seule et dès qu'elle voyait quelqu'un commettre la moindre faute, ne serait-ce que poser un orteil au-delà d'une ligne interdite, elle filait prévenir son maître qui accourait aussitôt en soufflant comme un bœuf.

Rusard connaissait les passages secrets de l'école mieux que personne (à part peut-être les jumeaux Weasley) et pouvait apparaître aussi soudainement que l'un des fantômes. Tous les élèves le détestaient et nombre d'entre eux auraient été ravis de donner un bon coup de pied à Miss Teigne.

Lorsqu'on avait enfin réussi à trouver la salle de classe, il fallait arriver à suivre les cours et Harry découvrit très vite que l'exercice de la magie ne consistait pas seulement à brandir une baguette magique en marmonnant quelques paroles un peu bizarres.

Chaque mercredi soir, ils observaient le ciel au télescope et apprenaient les noms des étoiles ainsi que le mouvement des planètes. Trois fois par semaine, ils étudiaient les plantes et les champignons étranges dans les serres situées à l'arrière du château, sous la direction d'une petite sorcière joliment potelée qui s'appelait le professeur Chourave.

Les cours les plus ennuyeux étaient ceux d'histoire de la magie qui était enseignée par le seul professeur fantôme du collège. Alors qu'il était déjà très vieux, le professeur Binns s'était endormi devant la cheminée de la salle des professeurs et quand il s'était levé le lendemain matin pour aller faire sa classe, il avait laissé son corps derrière lui. Binns parlait sans cesse d'une voix monocorde tandis que les élèves griffonnaient des noms de sorciers célèbres en confondant Emeric le Hargneux et Ulric le Follingue.

Flitwick, le professeur d'enchantements, était un minuscule sorcier qui devait monter sur une pile de livres pour voir par-dessus son bureau. Au début de leur premier cours, pendant qu'il faisait l'appel, il poussa un petit cri aigu en voyant le nom de Harry et tomba à la renverse.

Le professeur McGonagall était très différente. Harry avait vu juste en pensant qu'il valait mieux éviter de la contrarier. Elle était stricte, intelligente et leur parla très directement dès le début du premier cours.

– La métamorphose est une des formes de magie les plus dangereuses et les plus complexes que vous aurez à étudier, avait-elle dit. Quiconque fera du chahut pendant mes cours sera immédiatement renvoyé avec interdiction de revenir. Vous êtes prévenus.

Elle avait alors changé son bureau en cochon puis lui avait redonné sa forme d'origine. La démonstration était impressionnante et les élèves avaient hâte de commencer les cours au plus vite, mais ils s'étaient bientôt rendu compte qu'ils n'étaient pas près d'en faire autant. Après avoir suivi des explications très compliquées, ils avaient commencé à s'exercer en essayant de changer une allumette en aiguille, mais seule Hermione Granger avait obtenu un résultat. Le professeur McGonagall avait montré à toute la classe l'allumette qui avait pris une couleur argentée et dont l'extrémité était devenue pointue et elle avait même accordé à Hermione un de ses rares sourires.

Le cours que tout le monde attendait avec impatience, c'était celui de la défense contre les forces du Mal, mais l'enseignement de Quirrell tournait plutôt à la farce. La salle de classe était imprégnée d'une forte odeur d'ail destiné à éloigner le vampire que le professeur avait rencontré en Roumanie et qu'il craignait de voir arriver un jour à Poudlard. Son turban, avait-il expliqué à ses élèves, lui avait été offert par un prince africain pour le remercier de l'avoir débarrassé d'un zombie, mais son histoire sonnait faux. Quirrell, en effet, avait été incapable de raconter comment il avait combattu le zombie. En plus, le turban dégageait la même odeur que la salle de classe, ce qui avait fait dire aux jumeaux Weasley que le professeur l'avait rempli d'ail pour se protéger en permanence des vampires.

Harry constata avec un grand soulagement qu'il n'avait guère de retard sur ses camarades. Nombre d'entre eux avaient également été élevés dans des familles de Moldus et, tout comme lui, ne s'étaient jamais doutés qu'ils appartenaient au monde de la sorcellerie. Il y avait tant de choses à apprendre que même quelqu'un comme Ron ne tirait pas grand avantage de son appartenance à une vieille famille de sorciers.

Le vendredi, Harry et Ron avaient trouvé tout seuls le chemin de la Grande Salle où était servi le petit déjeuner.

– Qu'est-ce qu'on a, aujourd'hui ? demanda Harry.

– Un cours commun de potions magiques avec les Serpentard, dit Ron. C'est Rogue qui est leur directeur. On dit qu'il essaye toujours de les avantager, on verra bien si c'est vrai.

– J'aimerais bien que McGonagall ait envie de nous avantager, dit Harry.

Le professeur McGonagall était la directrice des Gryffondor, ce qui ne l'avait pas empêchée de leur donner une montagne de devoirs à faire.

Au même moment, le courrier arriva. Harry s'était habitué à voir entrer chaque matin dans la Grande Salle, au moment du petit déjeuner, une centaine de hiboux qui tournoyaient au-dessus des tables en laissant tomber lettres et paquets sur les genoux de leur propriétaire.

Jusqu'à présent, Hedwige n'avait rien apporté à Harry. Parfois, elle venait le voir pour lui mordiller l'oreille et grignoter un morceau de toast avant de retourner dans la volière réservée aux hiboux. Ce matin-là, cependant, elle vint voleter entre la confiture et le sucrier et déposa une lettre dans l'assiette de Harry. Il déchira aussitôt l'enveloppe et en sortit un mot griffonné à la hâte :

Cher Harry,

Je sais que tu es libre le vendredi après-midi. Est-ce que tu aurais envie de venir prendre une tasse de thé avec moi aux alentours de trois heures ? Je voudrais bien savoir comment s'est passée ta première semaine. Réponds-moi en m'envoyant Hedwige.

Hagrid

Harry emprunta la plume de Ron et écrivit rapidement au dos du morceau de papier : « D'accord, à tout à l'heure. » Puis il confia le message à Hedwige qui l'emporta vers son destinataire.

La perspective de prendre le thé avec Hagrid mit un peu de baume au cœur de Harry. Car le cours de potions magiques fut sans nul doute la pire épreuve qu'il ait eu à subir depuis son arrivée au collège.

Lors du banquet de début d'année, Harry avait senti que le professeur Rogue ne l'aimait pas beaucoup. À la fin du premier cours de potions, il se rendit compte qu'il s'était trompé : en réalité, Rogue le haïssait.

Le cours avait lieu dans l'un des cachots. Il y faisait plus froid que dans le reste du château et les animaux qui flottaient dans des bocaux de formol alignés le long des murs rendaient l'endroit encore plus effrayant.

Rogue commença par faire l'appel. Lorsqu'il fut arrivé au nom de Harry, il marqua une pause.

– Ah oui, dit-il. Harry Potter. Notre nouvelle… célébrité.

Drago Malefoy et ses amis Crabbe et Goyle ricanèrent en se cachant derrière leurs mains. Rogue acheva de faire l'appel et releva la tête. Ses yeux étaient aussi noirs que ceux de Hagrid mais ils n'avaient pas la même chaleur. Ils étaient vides et froids comme l'entrée d'un tunnel.

– Vous êtes ici pour apprendre la science subtile et l'art rigoureux de la préparation des potions, dit-il.

Sa voix était à peine plus élevée qu'un murmure, mais on entendait distinctement chaque mot. Tout comme le professeur McGonagall, Rogue avait le don de maintenir sans effort le silence dans une classe.

– Ici, on ne s'amuse pas à agiter des baguettes magiques, je m'attends donc à ce que vous ne compreniez pas grand-chose à la beauté d'un chaudron qui bouillonne doucement en laissant échapper des volutes scintillantes, ni à la délicatesse d'un liquide qui s'insinue dans les veines d'un homme pour ensorceler peu à peu son esprit et lui emprisonner les sens… Je pourrais vous apprendre à mettre la gloire en bouteille, à distiller la grandeur, et même à enfermer la mort dans un flacon si vous étiez autre chose qu'une de ces bandes de cornichons à qui je dispense habituellement mes cours.

Cette entrée en matière fut suivie d'un long silence. Harry et Ron échangèrent un regard en levant les sourcils. Hermione Granger était assise tout au bord de sa chaise et avait visiblement hâte de prouver qu'elle n'avait rien d'un cornichon.

– Potter ! dit soudain Rogue. Qu'est-ce que j'obtiens quand j'ajoute de la racine d'asphodèle en poudre à une infusion d'armoise ?

Poudre de quoi, infusion de quoi ? Harry jeta un coup d'œil à Ron qui parut aussi décontenancé que lui. La main d'Hermione s'était levée à la vitesse d'un boulet de canon.

– Je ne sais pas, Monsieur, répondit Harry

Rogue eut un rictus méprisant.

– Apparemment, la célébrité n'est pas tout dans la vie, dit-il sans prêter la moindre attention à la main levée d'Hermione.

– Essayons encore une fois, Potter, reprit Rogue. Où iriez-vous si je vous demandais de me rapporter un bézoard ?

Hermione leva à nouveau la main comme si elle essayait de toucher le plafond depuis sa chaise, mais Harry n'avait pas la moindre idée de ce que pouvait bien être un bézoard. Il essaya de ne pas regarder Malefoy, Crabbe et Goyle qui étaient secoués d'un fou rire.

– Je ne sais pas, Monsieur, dit-il.

– Vous n'alliez quand même pas vous donner la peine d'ouvrir un de vos livres avant d'arriver ici, n'est-ce pas, Potter ?

Harry se força à ne pas baisser les yeux devant le regard glacé du professeur. En fait, il avait bel et bien ouvert ses livres quand il était encore chez les Dursley, mais Rogue ne pouvait pas exiger de lui qu'il ait retenu tout ce que contenait le manuel intitulé *Mille herbes et champignons magiques*. Rogue ne faisait toujours pas attention à la main frémissante d'Hermione.

— Potter, reprit le professeur, quelle est la différence entre le napel et le tue-loup ?

Cette fois, Hermione se leva, la main toujours tendue au-dessus de sa tête.

— Je ne sais pas, répondit Harry avec calme. Mais je crois qu'Hermione le sait. Vous aurez peut-être plus de chance avec elle.

Il y eut quelques rires. Seamus fit un clin d'œil à Harry. Rogue, en revanche, n'avait pas l'air content.

— Asseyez-vous ! lança-t-il à Hermione. Pour votre information, Potter, sachez que le mélange d'asphodèle et d'armoise donne un somnifère si puissant qu'on l'appelle la Goutte du Mort vivant. Un bézoard est une pierre qu'on trouve dans l'estomac des chèvres et qui constitue un antidote à la plupart des poisons. Quant au napel et au tue-loup, il s'agit de la même plante que l'on connaît aussi sous le nom d'aconit. Alors ? Qu'est-ce que vous attendez pour prendre note ?

Il y eut un soudain bruissement de plumes et de parchemins.

— Et votre impertinence coûtera un point à Gryffondor, Potter, ajouta Rogue.

Il répartit alors les élèves deux par deux et leur fit préparer une potion destinée à soigner les furoncles. Il passait et repassait parmi les élèves, sa longue cape noire flottant derrière lui, en les regardant peser des orties séchées et écraser des crochets de serpent. Chacun eut droit à de sévères critiques, sauf Malefoy pour qui il semblait éprouver de la sympathie. Il leur demanda d'ailleurs de regarder comment celui-ci avait fait bouillir ses limaces à cornes, quand soudain, un nuage de fumée verte accompagné d'un sifflement sonore emplit le cachot. Neville Londubat s'était débrouillé pour faire fondre le chaudron de Seamus et leur potion se répandait sur le carrelage en rongeant les chaussures des élèves. Un instant plus tard, toute la classe était debout sur les tabourets et Neville, aspergé de potion lorsque le chaudron avait fondu, gémissait de douleur tandis que des furoncles rouges et enflammés lui poussaient sur tout le corps.

— Imbécile ! gronda Rogue en faisant disparaître d'un coup de baguette la potion répandue sur le sol. J'imagine que vous avez ajouté les épines de porc-épic avant de retirer le chaudron du feu ?

Neville pleurnichait et des furoncles lui poussaient à présent sur le nez.

— Emmenez-le à l'infirmerie, ordonna Rogue à Seamus.

Puis il se tourna vers Harry et Ron qui avaient préparé leur potion à côté de Neville.

— Potter, pourquoi ne lui avez-vous pas dit qu'il ne fallait pas ajouter les épines tout de suite ? Vous pensiez que s'il ratait sa potion, vous auriez l'air plus brillant ? Voilà qui va coûter un point de plus à Gryffondor.

C'était tellement injuste que Harry ouvrit la bouche pour répliquer, mais Ron lui donna un petit coup de pied derrière leur chaudron pour l'en dissuader.

— Laisse tomber, chuchota-t-il. Il paraît qu'il peut devenir très méchant quand il s'y met.

Lorsqu'ils remontèrent du cachot, une heure plus tard, Harry remuait de sombres pensées et son moral était au plus bas. Il avait fait perdre deux points à Gryffondor dès la première semaine. Pourquoi Rogue le haïssait-il ainsi ?

— Ne t'en fais pas, dit Ron. Rogue enlevait aussi des points à Gryffondor à cause de Fred et George. Est-ce que je peux venir avec toi chez Hagrid ?

À trois heures moins cinq, ils quittèrent le château et traversèrent le parc. Hagrid habitait une petite maison de bois en bordure de la Forêt interdite. Une arbalète et une paire de bottes en caoutchouc étaient posées à côté de la porte.

Lorsque Harry frappa, un grand fracas retentit à l'intérieur de la maison, accompagné d'aboiements sonores. Puis, la voix de Hagrid domina le vacarme :

— Ça suffit, Crockdur ! dit-il. Va-t'en de là.

Le visage hirsute de Hagrid apparut dans l'entrebâillement de la porte.

— Du calme, Crockdur !

Il fit entrer Harry et Ron en s'efforçant de retenir par son collier un énorme molosse noir.

La maison ne comportait qu'une seule pièce. Des jambons et des faisans étaient suspendus au plafond, et une bouilloire en cuivre était posée sur le feu. Un coin de la pièce était occupé par un lit massif recouvert d'une courtepointe en patchwork.

— Faites comme chez vous, dit Hagrid en lâchant Crockdur qui bondit aussitôt sur Ron et entreprit de lui lécher consciencieusement les oreilles. À l'image de son maître, Crockdur était beaucoup moins féroce qu'il ne le paraissait.

— Je vous présente Ron, dit Harry à Hagrid qui versait de l'eau chaude dans une grande théière et disposait des biscuits maison sur une assiette.

— Encore un Weasley, à ce que je vois, remarqua Hagrid en regardant les taches de rousseur de Ron. J'ai passé la moitié de ma vie à poursuivre tes frères jumeaux quand il leur prenait l'envie d'aller faire un tour dans la forêt.

Les biscuits faillirent leur casser les dents, mais Ron et Harry firent semblant de les trouver délicieux. Ils lui racontèrent leur première semaine de classe pendant que Crockdur, la tête posée sur les genoux de Harry, bavait abondamment sur sa robe de sorcier.

Harry et Ron furent enchantés d'entendre Hagrid qualifier Rusard de « vieille ganache ».

– Et un de ces jours, j'aimerais bien présenter son horrible Miss Teigne à Crockdur. À chaque fois que j'entre dans l'école, elle me suit partout. Impossible de se débarrasser d'elle. C'est Rusard qui me l'envoie.

Lorsque Harry lui raconta ce qui s'était passé pendant le cours de Rogue, Hagrid lui fit la même réponse que Ron : il ne fallait pas y prêter attention, Rogue n'avait jamais aimé grand monde parmi ses élèves.

– Mais moi, on dirait vraiment qu'il me hait, insista Harry.

– Tu dis des bêtises, assura Hagrid. Pourquoi donc te haïrait-il ?

Mais Harry remarqua que Hagrid avait détourné les yeux en disant cela.

– Comment va ton frère Charlie ? demanda Hagrid à Ron. Je l'aimais beaucoup. Il savait très bien s'y prendre avec les animaux.

Harry se demanda si Hagrid avait fait exprès de changer de sujet. Pendant que Ron lui parlait de Charlie, il prit un morceau de journal posé sur la table. C'était un article découpé dans *La Gazette du sorcier* :

« LE CAMBRIOLAGE DE GRINGOTTS »

L'enquête sur le cambriolage qui s'est produit le 31 juillet dans les locaux de la banque Gringotts se poursuit. La piste suivie par les enquêteurs devrait les mener dans les milieux de la magie noire.

Les gobelins de Gringotts ont répété que rien n'avait été volé. La chambre forte fracturée avait en effet été vidée le même jour.

« Mais nous ne vous révélerons pas ce qu'elle contenait et, dans votre propre intérêt, nous vous conseillons vivement de ne pas vous mêler de cette affaire », a déclaré le porte-parole des gobelins.

Harry se souvenait de ce que Ron lui avait dit dans le train : il y avait eu une tentative de cambriolage à Gringotts. Mais il ne lui avait pas précisé la date à laquelle elle avait eu lieu.

—Hagrid ! s'exclama Harry. Ce cambriolage à Gringotts s'est passé le jour de mon anniversaire ! Ça aurait pu arriver pendant qu'on y était !

Cette fois, il n'y avait vraiment aucun doute : Hagrid fuyait le regard de Harry. Il poussa un grognement et lui offrit un autre biscuit. Harry relut l'article. La chambre forte fracturée avait été vidée le même jour. Hagrid avait vidé la chambre forte numéro 713, si on pouvait appeler ça vider. Il n'avait pris qu'un petit paquet enveloppé de papier kraft. Était-ce donc cela que les voleurs avaient voulu dérober ?

Lorsqu'il revint au château avec Ron, leurs poches pleines de biscuits qu'ils avaient été trop polis pour refuser, Harry estima qu'aucun des cours qu'il avait suivis jusqu'à présent ne lui avait donné autant à penser que cette visite chez Hagrid. Il se demanda où pouvait bien se trouver le fameux paquet, à présent. Si c'était bien ce que cherchaient les voleurs, Hagrid l'avait emporté juste à temps ! Harry se posait aussi une autre question : Hagrid avait-il quelque chose à lui cacher au sujet de Rogue et de l'antipathie qu'il lui avait manifestée ?

9
DUEL À MINUIT

Harry avait toujours cru qu'il était impossible de rencontrer quelqu'un d'aussi détestable que Dudley, mais c'était avant de faire la connaissance de Drago Malefoy. Les Gryffondor pensaient n'avoir que le cours de potions en commun avec les Serpentard. Hélas, une note au tableau d'affichage les informa que les cours de vol sur balai seraient également communs entre les deux maisons.

– On ne pouvait pas rêver mieux, marmonna Harry. Je n'attendais que ça : me ridiculiser devant Malefoy en essayant de manier un manche à balai.

Les leçons de vol étaient celles qu'il attendait avec le plus d'impatience.

– Qui te dit que tu vas te ridiculiser ? répondit Ron. Je sais que Malefoy se vante toujours d'être un grand joueur de Quidditch, mais ça ne coûte rien de le dire. Il faudra voir sur le terrain.

Il est vrai que Malefoy parlait beaucoup de balais volants. Il racontait sans cesse des histoires dont il était le héros et qui se terminaient invariablement par une poursuite haletante à l'issue de laquelle il échappait de justesse à un hélicoptère piloté par des Moldus. Il n'était d'ailleurs pas le seul à se vanter. À l'en croire, Seamus Finnigan avait également passé le plus clair de son enfance à faire des acrobaties aériennes en pleine campagne. Même Ron racontait à qui voulait l'entendre qu'il avait failli entrer en collision avec un deltaplane alors qu'il pilotait le vieux balai de Charlie. Tous les élèves issus de familles de sorciers parlaient sans cesse de Quidditch. Ron avait déjà eu une longue dispute avec Dean Thomas, qui partageait leur dortoir, à propos du football. Ron ne voyait pas ce qu'on pouvait bien trouver d'intéressant à un jeu qui ne comportait qu'une seule balle et où il était interdit de voler. Un soir Harry avait surpris Ron en train de tapoter une affiche de Dean représentant l'équipe de football de West Ham pour essayer, en vain, de faire bouger les joueurs.

Neville, en revanche, n'était jamais monté sur un balai. Sa grand-mère s'y était toujours opposée. Harry songeait en son for intérieur que c'était une sage décision, étant donné le nombre incroyable d'accidents que Neville avait déjà eu dans sa vie en restant les deux pieds sur terre.

Quant à Hermione, elle redoutait autant que Neville la première leçon de vol, car c'était quelque chose qu'on ne pouvait pas apprendre par cœur dans un livre – et pourtant elle avait essayé !

Le premier cours de balai volant devait avoir lieu le jeudi. Au petit déjeuner, elle leur infligea les stupides conseils en matière de vol qu'elle avait trouvés à la bibliothèque dans un livre intitulé *Le Quidditch à travers les âges*. Neville buvait ses paroles, dans l'espoir d'apprendre quelque chose qui pourrait l'aider à tenir sur un balai mais tous les autres furent ravis que l'arrivée du courrier interrompe la conférence d'Hermione.

Harry n'avait pas reçu la moindre lettre depuis le petit mot de Hagrid, ce que Malefoy avait tout de suite remarqué. Le hibou grand duc de celui-ci lui apportait sans cesse des colis de bonbons qu'il ouvrait avec jubilation à la table des Serpentard.

Ce matin-là, une chouette effraie apporta à Neville un paquet que lui envoyait sa grand-mère. Il l'ouvrit fébrilement et montra à tout le monde une boule de verre de la taille d'une grosse bille qui semblait remplie d'une fumée blanche.

– C'est un Rapeltout! expliqua-t-il. Ça sert à se souvenir de ce qu'on a oublié de faire. Ma grand-mère me l'a envoyé parce qu'elle trouve que je suis étourdi. Regardez, il suffit de la tenir dans sa main, comme ça et si on a oublié quelque chose, elle devient rouge.

Neville fronça les sourcils : dans sa main, la boule était devenue écarlate. Pendant qu'il essayait de se rappeler ce qu'il avait oublié, Drago Malefoy passa près de la table des Gryffondor et prit le Rapeltout des mains de Neville.

Harry et Ron se levèrent d'un bond. Ils n'auraient pas été mécontents d'avoir un prétexte pour se battre avec Malefoy, mais le professeur McGonagall accourut aussitôt.

– Que se passe-t-il ? demanda-t-elle.

– C'est Malefoy qui m'a pris mon Rapeltout, gémit Neville.

Malefoy fit une grimace et laissa retomber la boule de verre sur la table.

– C'était simplement pour jeter un coup d'œil, dit-il avant de s'éloigner en compagnie de Crabbe et de Goyle.

À trois heures et demie, cet après-midi-là, les élèves de Gryffondor sortirent dans le parc pour se rendre sur le lieu de leur première leçon de vol. Le ciel était clair et les vastes pelouses ondulaient sous une faible brise. Le terrain se trouvait du côté opposé à la Forêt interdite dont on voyait les arbres inquiétants se balancer au loin.

Les Serpentard étaient déjà là, ainsi qu'une vingtaine de balais soigneusement alignés sur le sol. Harry avait entendu Fred et George se plaindre de la qualité des balais de l'école qui se mettaient à vibrer quand on volait trop haut ou qui tiraient un peu trop à gauche.

Madame Bibine, le professeur de vol, arriva bientôt. Elle

avait des cheveux courts et gris et des yeux jaunes comme ceux d'un faucon.

– Alors, qu'est-ce que vous attendez ? aboya-t-elle. Mettez-vous chacun devant un balai. Allez, dépêchez-vous !

Harry jeta un coup d'œil à son balai : il était vieux et pas en très bon état.

– Tendez la main droite au-dessus du balai, ordonna Madame Bibine, et dites : « Debout ! »

– DEBOUT ! crièrent les élèves à l'unisson.

Le balai de Harry lui sauta aussitôt dans la main, mais ce fut un des rares à le faire. Celui d'Hermione Granger fit simplement un tour sur lui-même et celui de Neville ne bougea pas. Les balais étaient peut-être comme les chevaux, songea Harry, quand on avait peur, ils le sentaient et le tremblement dans la voix de Neville indiquait clairement qu'il aurait préféré garder les deux pieds sur terre.

Madame Bibine leur montra ensuite comment enfourcher le manche sans glisser. Elle passa devant chacun pour corriger la position et Harry et Ron furent enchantés de l'entendre dire à Malefoy qu'il tenait très mal son balai.

– Et maintenant, dit le professeur, à mon coup de sifflet, vous donnez un coup de pied par terre pour vous lancer. Frappez fort. Vous tiendrez vos balais bien droits, vous vous élèverez d'un ou deux mètres et vous reviendrez immédiatement au sol en vous penchant légèrement en avant. Attention au coup de sifflet. Trois, deux...

Mais Neville était si nerveux et il avait si peur de ne pas réussir à décoller qu'il se lança avant que Madame Bibine ait eu le temps de porter le sifflet à ses lèvres.

– Redescends, mon garçon ! ordonna-t-elle.

Mais Neville s'éleva dans les airs comme un bouchon de champagne. Il était déjà à trois mètres. Il monta jusqu'à six mètres. Harry vit son visage se décomposer tandis qu'il regardait le sol s'éloigner. Il eut un haut-le-corps, glissa du balai et...

BAM! Il y eut un bruit sourd, puis un horrible craquement et Neville se retrouva face contre terre, le nez dans le gazon. Son balai continua de s'élever de plus en plus haut, puis dériva lentement vers la Forêt interdite avant de disparaître à l'horizon.

Madame Bibine était penchée sur Neville, le teint aussi pâle que lui.

– Poignet cassé, murmura-t-elle. Allez, viens mon garçon, lève-toi, ce n'est pas grave.

Elle se tourna alors vers les autres élèves.

– Personne ne bouge pendant que j'emmène ce garçon à l'infirmerie, dit-elle. Et vous laissez les balais par terre, sinon, je vous garantis que vous ne resterez pas longtemps à Poudlard, avant même de prononcer le mot « Quidditch ».

Neville, le visage ruisselant de larmes, la main crispée sur son poignet, clopina à côté de Madame Bibine qui le tenait par l'épaule. Dès qu'ils se furent suffisamment éloignés, Malefoy éclata de rire.

– Vous avez vu sa tête, à ce mollasson ? s'exclama-t-il.

Les Serpentard éclatèrent de rire à leur tour.

– Tais-toi, Malefoy, lança sèchement Parvati Patil.

– Tu prends la défense de Londubat, Parvati ? s'exclama Pansy Parkinson, une fille de Serpentard au visage dur. Je ne savais pas que tu aimais les gros pleurnichards.

– Regardez ! s'écria Malefoy.

Il se précipita soudain à l'endroit où Neville était tombé et ramassa quelque chose dans l'herbe.

– C'est ce truc idiot que sa grand-mère lui a envoyé, dit-il en montrant le Rapeltout qui étincelait dans sa main.

– Donne-moi ça, Malefoy, lança Harry d'une voix très calme.

Tout le monde cessa de parler pour regarder la suite des événements. Malefoy eut un sourire mauvais.

—Je vais le laisser quelque part pour que ce pauvre Neville puisse le retrouver. Au sommet d'un arbre, par exemple.

—Donne ça ! s'écria Harry.

Mais Malefoy avait déjà enfourché son balai et décolla aussitôt. Il n'avait pas menti en disant qu'il savait voler.

—Si tu y tiens tellement, viens le chercher, Potter, cria-t-il en volant autour de la cime d'un chêne.

Harry empoigna son balai.

—Non ! cria Hermione Granger. Madame Bibine nous a dit de ne pas bouger. Tu vas nous attirer des ennuis.

Mais Harry ne fit pas attention à elle. Il enfourcha le balai, donna un grand coup de pied par terre et s'éleva à toute vitesse. L'air lui sifflait aux oreilles et sa robe de sorcier flottait derrière lui.

Il ressentit une joie intense en découvrant soudain qu'il savait faire voler un balai sans avoir eu besoin d'apprendre. C'était quelque chose qui lui paraissait très naturel, très facile, et qui lui donnait une sensation merveilleuse. Lorsqu'il tira sur le manche pour monter encore un peu plus haut, il entendit s'élever de la pelouse les hurlements des filles qui le suivaient des yeux et une exclamation admirative de Ron.

Harry prit alors un virage serré pour faire face à Malefoy qui paraissait stupéfait.

—Donne-moi ça, s'écria Harry, ou je te fais tomber de ton balai !

—Vraiment ? répliqua Malefoy qui essayait d'avoir l'air méprisant mais semblait plutôt inquiet.

D'instinct, Harry savait parfaitement ce qu'il fallait faire. Il se pencha en avant, serra les mains sur le manche et son balai fonça sur Malefoy comme un javelot. Malefoy parvint de justesse à éviter Harry qui prit un virage en épingle à cheveux et fondit à nouveau sur son adversaire. En bas, des élèves applaudirent.

– Alors, Malefoy ! Crabbe et Goyle ne sont plus là pour te sauver la mise ? lança Harry.

Il sembla que Malefoy avait eu la même pensée.

– Attrape, si tu en es capable, cria-t-il.

Et il lança la boule de verre le plus haut possible avant de se précipiter au sol.

Comme dans un film au ralenti, Harry vit la boule s'élever dans les airs puis amorcer sa chute. Il se pencha aussitôt en avant, abaissa le manche à balai et poursuivit la boule en fonçant vers le sol. Des cris se mêlaient au sifflement du vent dans ses oreilles, tandis qu'il fendait l'air à une vitesse vertigineuse. Soudain, il tendit la main et réussit à attraper la boule à une cinquantaine de centimètres du sol, juste à temps pour pouvoir redresser le manche de son balai et atterrir en douceur sur la pelouse, en tenant le Rapeltout au creux de son poing.

– HARRY POTTER !

Cette fois, ce fut son cœur qui sembla plonger dans sa poitrine à la même vitesse que le balai. Le professeur McGonagall courait vers lui. Harry se releva, les jambes tremblantes.

– Jamais depuis que je suis à Poudlard...

Elle était dans un tel état de choc qu'elle n'arrivait presque plus à parler et ses lunettes lançaient des éclairs furieux.

– Comment avez-vous pu oser... ? Vous auriez pu vous rompre le cou...

– Ce n'est pas sa faute, professeur, intervint Ron, c'est Malefoy qui...

– Taisez-vous, Weasley. Venez avec moi, Potter.

Harry aperçut Malefoy, Crabbe et Goyle qui arboraient un air triomphant en le regardant partir sur les talons du professeur McGonagall. Harry savait qu'il allait être renvoyé. Il aurait voulu dire quelque chose pour se défendre, mais il avait l'impression que sa voix refusait de lui obéir. Le professeur McGonagall avançait à grands pas sans même le regarder et il lui fallait courir pour la suivre. C'était trop tard. Il n'avait pas tenu deux semaines. Dans dix minutes, il devrait faire sa valise. Que diraient les Dursley quand ils le verraient sur le pas de la porte ?

Il monta les marches de pierre, puis l'escalier de marbre. Le professeur McGonagall ne disait toujours rien. Elle ouvrait les portes à la volée et arpentait les couloirs, Harry sur ses talons. Peut-être l'emmenait-elle dans le bureau de Dumbledore. Il pensa à Hagrid qui s'était fait renvoyer mais qui avait pu rester à Poudlard comme garde-chasse. Peut-être pourrait-il devenir son assistant ? Il sentit son estomac se nouer à l'idée de voir Ron et les autres devenir sorciers tandis qu'il serait condamné à suivre Hagrid en portant son sac.

Le professeur s'arrêta soudain devant une salle de classe. Elle ouvrit la porte et jeta un coup d'œil par l'entrebâillement.

– Excusez-moi, dit-elle au professeur qui donnait son cours dans la salle.

C'était Flitwick, le professeur d'enchantements.

– Puis-je vous emprunter du bois quelques instants ?

Du bois ? Avait-elle l'intention de lui donner des coups de bâton ? se demanda Harry, déconcerté.

Mais Dubois était en fait un élève de cinquième année, un garçon solide qui avait l'air très étonné d'être ainsi arraché à son cours.

– Venez avec moi, tous les deux, dit le professeur McGonagall.

Ils la suivirent le long du couloir. Dubois lançait à Harry des regards surpris.

– Entrez là, ordonna le professeur.

Elle les fit entrer dans une classe vide où Peeves était occupé à écrire des gros mots au tableau.

– Dehors, Peeves ! aboya-t-elle.

Peeves lança la craie dans une corbeille et fila dans le couloir en poussant des jurons. Le professeur McGonagall claqua la porte derrière lui et se planta devant les deux garçons.

– Potter, je vous présente Olivier Dubois. Dubois, je vous ai trouvé un attrapeur.

L'expression de Dubois passa de la surprise au ravissement.

– Vous parlez sérieusement, professeur ?

– Très sérieusement, répliqua sèchement le professeur McGonagall. Ce garçon a un don. Je n'ai jamais rien vu de semblable. C'était la première fois que vous montiez sur un balai, Potter ?

Harry approuva d'un signe de tête. Il n'avait pas la moindre idée de ce qui se passait, mais apparemment, on n'avait pas l'intention de l'exclure. Il fut soulagé.

– Il a attrapé cette boule de verre après une descente en piqué de quinze mètres, dit le professeur McGonagall. Et il s'en est tiré sans la moindre égratignure. Même Charlie Weasley n'aurait pas été capable d'en faire autant.

Dubois avait à présent la tête de quelqu'un dont le rêve le plus cher vient de se réaliser.

– Tu as déjà assisté à un match de Quidditch, Potter ? demanda-t-il d'une voix enthousiaste.

– Dubois est le capitaine de l'équipe de Gryffondor, précisa le professeur McGonagall

– Il a le physique parfait pour un attrapeur, dit Dubois qui tournait tout autour de Harry pour l'examiner en détail. Léger, rapide… Il va falloir lui trouver un bon balai. Peut-être un Nimbus 2000 ou un Astiqueur 7.

– Je vais aller voir le professeur Dumbledore pour lui demander si on peut faire une entorse au règlement et fournir un balai à un élève de première année. Dieu sait que nous avons besoin d'une meilleure équipe que celle de l'année dernière. Nous avons été littéralement écrasés par les Serpentard. Pendant des semaines, je n'ai plus osé regarder Severus Rogue en face...

Le professeur McGonagall observa Harry d'un air grave par-dessus ses lunettes.

—Je veux que vous suiviez un entraînement intensif, Potter. Vous avez intérêt à vous donner du mal, sinon, je pourrais revenir sur ma décision de ne pas vous punir pour ce que vous venez de faire.

Puis elle eut soudain un sourire.

—Votre père aurait été fier de vous, ajouta-t-elle. Lui aussi était un excellent joueur de Quidditch.

—Tu plaisantes ou quoi ?

C'était l'heure du dîner et Harry venait de raconter à Ron ce qui s'était passé avec le professeur McGonagall.

—Attrapeur ? s'exclama Ron. Mais les première année ne jouent jamais.. Tu vas être le plus jeune joueur depuis...

—Un siècle, acheva Harry. C'est Dubois qui me l'a dit.

Ron était tellement stupéfait qu'il en oublia de manger ce qu'il avait dans son assiette

—Je commence l'entraînement la semaine prochaine, dit Harry. Mais ne le dis à personne. Dubois tient à garder le secret.

Fred et George Weasley venaient d'entrer dans la salle. Ils se précipitèrent sur Harry.

—Bravo, dit George à voix basse. Dubois nous a raconté. Nous aussi, on est dans l'équipe. Comme batteurs.

—Cette année, on gagne la coupe, c'est sûr, dit Fred. On n'avait plus jamais gagné depuis le départ de Charlie, mais cette fois, on a une équipe formidable. Tu dois être vraiment très bon, Harry ! Dubois en sautait de joie.

—Il faut qu'on y aille, dit George. Il paraît que Lee Jordan a trouvé un nouveau passage secret pour sortir de l'école.

—Je parie que c'est celui qui se trouve derrière la statue de Gregory le Hautain. On l'avait déjà repéré dès la première semaine. À tout à l'heure.

Fred et George étaient à peine partis que quelqu'un de beaucoup moins sympathique apparut : c'était Malefoy, accompagné de Crabbe et Goyle.

—Alors, c'est ton dernier repas, Potter ? Quand est-ce que tu retournes chez les Moldus ?

—Tu faisais moins le fier quand tu n'avais pas tes petits copains avec toi, répliqua Harry avec froideur.

Le qualificatif de « petit » ne convenait guère à Crabbe et à Goyle, mais les professeurs étaient nombreux autour de la Grande Table et ni l'un ni l'autre ne put faire grand-chose à part froncer les sourcils.

—Je te prends quand tu veux, dit Malefoy, vexé. Cette nuit si ça te convient. Duel de sorciers. Baguettes magiques uniquement, pas de contact physique. Qu'est-ce qu'il y a ? Tu ne sais pas ce que c'est qu'un duel de sorciers ?

—Bien sûr que si, intervint Ron. Et je veux bien être son second. Et toi, qui tu prends comme second ?

Malefoy se tourna vers Crabbe et Goyle et les évalua du regard.

—Crabbe, dit-il. À minuit, d'accord ? On se retrouve dans la salle des trophées, elle n'est jamais fermée.

Lorsque Malefoy et ses amis furent partis, Ron et Harry se tournèrent l'un vers l'autre.

—Qu'est-ce que c'est que ça, un duel de sorciers ? demanda Harry. Et qu'est-ce que tu entends par second ?

—Le second est là pour prendre ta place si tu es tué, répondit Ron d'un ton dégagé en entamant enfin sa tourte refroidie. Mais on ne meurt que dans les vrais duels, avec de vrais sorciers. Tout ce que vous arriverez à faire, Malefoy et toi, c'est à vous envoyer des étincelles. Vous ne vous y connaissez pas suffisamment en magie pour vous faire du mal. Je suis sûr qu'il s'attendait à ce que tu refuses.

– Et si rien ne se passe quand j'agiterai ma baguette ?

– Jette-la par terre et donne un coup de poing sur le nez de Malefoy, suggéra Ron.

– Excusez-moi, dit une voix.

Harry et Ron levèrent la tête. C'était Hermione Granger.

– On ne peut pas dîner en paix ? grommela Ron.

Hermione ne fit pas attention à lui et s'adressa à Harry :

– J'ai entendu ce que vous vous disiez avec Malefoy. Il n'est pas question que vous vous promeniez la nuit dans le château. Vous avez pensé aux points que vous ferez perdre aux Gryffondor si jamais vous êtes pris ? Et vous serez forcément pris. C'est vraiment très égoïste de votre part.

– Et ça ne te regarde vraiment pas, ajouta Harry.

– Au revoir, bonne soirée, dit Ron.

La nuit promettait de ne pas être de tout repos, pensa Harry tandis qu'il attendait, allongé sur son lit, l'heure d'aller au rendez-vous. Ron avait passé la soirée à lui donner des conseils.

– S'il essaye de te jeter un sort, arrange-toi pour esquiver. Je ne me souviens plus de ce qu'il faut faire pour les neutraliser.

Il y avait de grands risques qu'ils se fassent prendre par Rusard ou Miss Teigne et Harry pensa qu'il tentait un peu trop la chance, mais il avait enfin l'occasion de battre Malefoy une bonne fois pour toutes et il ne fallait pas la laisser échapper.

– Onze heures et demie, murmura Ron. Il est temps d'y aller.

Ils enfilèrent leur robe de chambre, prirent leurs baguettes magiques et descendirent l'escalier en colimaçon qui menait à la salle commune. Quelques braises rougeoyaient encore dans l'âtre et les fauteuils avaient l'air de créatures informes, tapies dans la pénombre. Ils avaient presque atteint le trou qui permettait de sortir de la pièce lorsqu'une voix s'éleva derrière eux.

— Je n'arrive pas à croire que tu puisses faire une chose pareille, Harry.

La lueur d'une lampe tremblota dans l'obscurité et Hermione Granger apparut, vêtue d'une robe de chambre rose, les sourcils froncés.

— Retourne te coucher, toi ! lança Ron avec fureur.

— J'ai failli tout raconter à ton frère, répliqua Hermione. Percy est préfet, il pourrait empêcher ça.

Harry n'avait jamais vu quelqu'un montrer une telle obstination à se mêler des affaires d'autrui.

— Viens, dit-il à Ron.

Il fit pivoter le portrait de la grosse dame et passa par le trou. Mais Hermione n'était pas décidée à abandonner la partie aussi facilement et elle franchit le trou à la suite de Ron en émettant des sifflements d'oie furieuse.

— Vous vous en fichez de Gryffondor ? Vous ne pensez qu'à vous-mêmes ? Je ne veux pas que ce soit Serpentard qui gagne la coupe et que vous nous fassiez perdre tous les points que j'ai gagnés avec McGonagall.

— Va-t'en.

— Très bien, mais je vous aurai prévenus. Demain, quand vous serez dans le train parce qu'on vous aura renvoyés, vous vous souviendrez de ce que je vous ai dit. Vous êtes vraiment des...

Mais ils ne surent pas ce qu'ils étaient car en voulant faire à nouveau pivoter le portrait de la grosse dame pour retourner dans son dortoir, Hermione s'aperçut que la toile était vide. La grosse dame était allée se promener, laissant Hermione à la porte.

— Qu'est-ce que je vais faire, maintenant ? dit-elle d'une petite voix aiguë.

– Ça te regarde, répondit Ron. Nous, il faut qu'on y aille, sinon on va être en retard.

Mais avant qu'ils aient atteint le bout du couloir, Hermione les avait rattrapés.

– Je viens avec vous, dit-elle.

– Certainement pas.

– Vous ne croyez pas que je vais attendre là que Rusard vienne me chercher ? S'il nous trouve tous les trois, je lui dirai la vérité, que j'ai essayé de vous faire revenir mais que je n'ai pas pu. Vous pourrez témoigner en ma faveur.

– Tu ne manques pas de culot ! répliqua Ron à voix haute.

– Taisez-vous, tous les deux, dit sèchement Harry. J'ai entendu quelque chose.

On aurait dit quelqu'un qui reniflait.

– Miss Teigne ? chuchota Ron en scrutant l'obscurité.

Mais ce n'était pas elle. C'était Neville Londubat. Il était couché sur le sol, en chien de fusil, et dormait profondément. Lorsque les trois autres s'approchèrent, il se réveilla en sursaut.

– Ah ! Vous m'avez enfin retrouvé ! dit-il. Ça fait des heures que je suis là. Je n'arrivais pas à me souvenir du nouveau mot de passe pour retourner au dortoir.

– Ne parle pas trop fort, dit Ron. Le mot de passe, c'est Groin de porc, mais ça ne te servira à rien, la grosse dame est allée se promener.

– Comment va ton poignet ? demanda Harry.

– Très bien, dit Neville. Madame Pomfresh m'a arrangé ça en deux minutes.

– Parfait. À plus tard, Neville, on a quelque chose à faire.

– Ne me laissez pas tout seul ! dit Neville en se relevant. Le Baron Sanglant est déjà passé deux fois.

Ron regarda sa montre et jeta un coup d'œil furieux à Hermione et à Neville.

– Si on se fait attraper à cause de vous, dit-il, je vous jure que j'apprendrai à vous jeter un sort dont vous ne vous remettrez pas.

Hermione s'apprêtait à répondre, mais Harry lui fit signe de se taire et se remit en chemin. Ils parcoururent des couloirs zébrés de rayons de lune qui projetaient l'ombre des croisées sur le sol. À chaque tournant, Harry s'attendait à se trouver nez à nez avec Rusard ou Miss Teigne, mais ils eurent de la chance et parvinrent à monter sans encombre au troisième étage où se trouvait la salle des trophées.

Malefoy et Crabbe n'étaient pas encore arrivés. Derrière les vitrines de cristal, des coupes, des écus, des plateaux, des statuettes d'or et d'argent étincelaient dans la pénombre, à la lueur du clair de lune. Harry sortit sa baguette magique, au cas où Malefoy se serait caché quelque part pour l'attaquer par surprise. Ils attendirent quelques minutes, mais rien ne se produisit.

– Il est en retard. Peut-être qu'il s'est dégonflé, murmura Ron.

Au même instant, un bruit dans la pièce voisine les fit sursauter. Harry brandit sa baguette et ils entendirent une voix, mais ce n'était pas celle de Malefoy.

– Cherche ma belle, cherche bien, ils doivent se cacher dans un coin.

C'était Rusard qui parlait à Miss Teigne. Frappé d'horreur, Harry fit des signes désespérés aux trois autres pour qu'ils s'enfuient le plus vite possible. Ils filèrent en silence jusqu'à la porte opposée et parvinrent tout juste à la franchir avant que Rusard entre dans la salle des trophées.

– Il y a quelqu'un qui doit se cacher quelque part, marmonna-t-il derrière eux.

Suivi des trois autres, Harry s'engagea dans une longue galerie où s'alignaient des armures. Ils entendaient Rusard qui se rapprochait et Neville poussa brusquement un cri apeuré. Il se mit à courir, trébucha, essaya de se rattraper en saisissant Ron par la taille et tous deux tombèrent en renversant une armure.

Le vacarme qui s'ensuivit aurait suffi à réveiller tout le château.

– ON FILE ! cria Harry et ils se mirent à courir sans se donner le temps de se retourner.

Parvenus à l'extrémité de la galerie aux armures, ils prirent un virage serré et foncèrent à toutes jambes à travers un dédale de couloirs. Harry avait pris la tête du groupe sans avoir la moindre idée de l'endroit où ils se trouvaient, ni de la direction qu'ils suivaient. Ils passèrent derrière une tapisserie et s'engouffrèrent dans un passage secret qu'ils parcoururent sans ralentir l'allure. Ils se retrouvèrent alors près de la salle où avaient lieu les cours d'enchantements et qui était située à des kilomètres de la salle des trophées.

– Je crois bien qu'on l'a semé, dit Harry, hors d'haleine, s'appuyant contre un mur froid et s'essuyant le front.

Neville, plié en deux par un point de côté, essayait de retrouver sa respiration en émettant toutes sortes de bruits bizarres.

– Je... vous... avais prévenus ! dit Hermione, le souffle court, la main sur sa poitrine endolorie.

– Il faut retourner à la tour de Gryffondor, dit Ron. Et on a intérêt à se dépêcher.

– Malefoy t'a tendu un piège, dit Hermione à Harry, j'espère que tu t'en rends compte. Il n'avait pas la moindre intention d'aller au rendez-vous. Mais il a dû dire à Rusard que quelqu'un s'apprêtait à entrer dans la salle des trophées.

Harry pensa qu'elle avait sans doute raison, mais il n'allait certainement pas le reconnaître.

– Allons-y, dit-il.

Ce n'était pas si simple, cependant. Il avait à peine fait dix mètres qu'ils virent quelque chose jaillir d'une salle de classe, juste devant leur nez. C'était Peeves, l'esprit frappeur. En les voyant, il poussa une exclamation ravie.

—Tais-toi, Peeves. À cause de toi, on va se faire renvoyer.

—Alors, les petits nouveaux, on se promène dans les couloirs à minuit ? demanda-t-il de sa voix aigre.

—Ne nous dénonce pas, s'il te plaît, supplia Harry.

—Je devrais le dire à Rusard, déclara-t-il d'une voix vertueuse. Pour votre propre bien, ajouta-t-il, les yeux brillants de malice.

—Fiche le camp, laisse-nous passer, lança Ron en faisant un geste pour écarter Peeves.

C'était une grave erreur.

—ÉLÈVES HORS DU DORTOIR ! hurla aussitôt Peeves. ÉLÈVES HORS DU DORTOIR DANS LE COULOIR DES ENCHANTEMENTS !

Ils se baissèrent pour passer sous l'esprit frappeur et coururent à toutes jambes jusqu'au bout du couloir où ils tombèrent sur une porte verrouillée.

—On est fichus, gémit Ron tandis qu'ils essayaient vainement d'ouvrir la porte. C'est la fin, pour nous !

Ils entendaient les bruits de pas de Rusard qui courait le plus vite qu'il pouvait dans la direction d'où provenaient les cris de Peeves.

—Pousse-toi, grogna Hermione.

Elle prit la baguette magique de Harry, tapota la serrure et murmura·

—*Alohomora* !

Il y eut alors un déclic et la porte pivota sur ses gonds. Ils se précipitèrent dans l'ouverture, refermèrent aussitôt derrière eux et collèrent l'oreille contre le panneau pour écouter ce qui se passait.

—Où sont-ils allés, Peeves ? demandait Rusard. Vite, dis-moi.

– On dit : où sont-ils allés s'il te plaît, quand on est poli.

– Ça suffit, Peeves, ce n'est pas le moment de faire l'idiot. Par où sont-ils partis ?

– Je dirai quelque chose quand on me dira s'il te plaît, chantonna Peeves de son ton le plus exaspérant.

– Bon, d'accord. S'il te plaît.

– QUELQUE CHOSE ! Ha ! Ha ! Ha ! Je vous avais prévenu. Je dirai « quelque chose » quand on me dira s'il te plaît ! Ha ! Ha ! Ha !

Harry et les trois autres entendirent un bruit semblable à une rafale de vent. C'était Peeves qui prenait la fuite tandis que Rusard lançait des jurons furieux.

– Il pense que la porte est verrouillée, chuchota Harry. Je crois qu'on va s'en tirer. Qu'est-ce qu'il y a ? dit-il à Neville qui le tirait par la manche depuis un bon moment.

Comme Neville insistait, Harry se retourna. Pendant un instant, il se demanda s'il ne faisait pas un cauchemar. Avec tout ce qui venait de se passer, c'en était trop !

Car ils ne se trouvaient pas dans une salle, comme il l'avait cru tout d'abord, mais dans un couloir. Plus précisément, dans le couloir interdit du troisième étage. Et à présent, ils comprenaient pourquoi l'endroit était interdit.

Devant leurs yeux, un chien monstrueux remplissait tout l'espace entre le sol et le plafond. L'animal avait trois têtes : trois paires d'yeux étincelant d'une lueur démente, trois museaux qui les flairaient en frémissant avec avidité et trois gueules bavantes hérissées d'énormes crocs jaunâtres d'où pendaient des filets de salive épais comme des cordes.

Le chien se tenait immobile, ses six yeux fixés sur eux. S'il ne les avait pas encore dévorés, c'était sans doute parce qu'ils l'avaient pris par surprise, pensa Harry, mais à en juger par ses grognements qui roulaient comme le tonnerre, il n'allait pas tarder à leur bondir dessus.

168

Harry chercha à tâtons la poignée de la porte. Entre Rusard et la mort, il choisissait Rusard.

Ils sortirent à reculons, claquèrent la porte derrière eux et se mirent à courir le long du couloir à une telle vitesse qu'ils avaient presque l'impression de voler. Rusard avait dû les chercher ailleurs, car ils ne l'aperçurent nulle part, mais peu leur importait, ils n'avaient plus qu'une idée en tête : mettre le maximum de distance entre le monstre et eux. Ils ne s'arrêtèrent de courir que lorsqu'ils furent revenus devant le portrait de la grosse dame, au septième étage.

– Où êtes-vous donc allés ? demanda le portrait en voyant leurs robes de chambre qui pendaient sur leurs épaules et leurs visages écarlates, luisants de sueur.

– Aucune importance, répliqua Harry, pantelant. Groin de porc, Groin de porc. Vite !

Le tableau pivota aussitôt. Ils s'engouffrèrent dans la salle commune et se laissèrent tomber dans des fauteuils, tremblant de tous leurs membres.

Ils restèrent un long moment silencieux. Neville avait l'air d'avoir perdu à tout jamais l'usage de la parole.

– Mais qu'est-ce qui leur prend de garder un truc pareil dans une école ? dit enfin Ron. S'il y a un chien au monde qui a besoin d'exercice, c'est bien celui-là !

Hermione avait retrouvé à la fois son souffle et son mauvais caractère.

– Ça vous arrive de vous servir de vos yeux ? lança-t-elle. Vous n'avez pas vu sur quoi il était ?

– Il était par terre, non ? répondit Harry. Je n'ai pas regardé ses pattes, j'avais suffisamment à voir avec ses têtes.

– Non, il n'était pas par terre, il était sur une trappe. On l'a mis là pour garder quelque chose, c'est évident.

Elle se leva et les fixa d'un regard flamboyant.

– J'espère que vous êtes contents de vous. On aurait pu se

faire tuer, ou pire, être renvoyés. Et maintenant, si ça ne vous dérange pas, je vais me coucher.

Ron la regarda partir, bouche bée.

– Non, ça ne nous dérange pas, dit-il. On dirait vraiment que c'est nous qui l'avons obligée à venir !

Harry, lui, remonta dans le dortoir en pensant à ce qu'avait dit Hermione. Le chien était là pour garder quelque chose. Qu'avait dit Hagrid, déjà ? Que Gringotts était le meilleur endroit pour cacher un objet – en dehors de Poudlard, peut-être.

Apparemment, Harry avait découvert où se trouvait désormais le petit paquet enveloppé de papier kraft que Hagrid était allé chercher dans la chambre forte numéro 713.

10
HALLOWEEN

Le lendemain, Malefoy n'en crut pas ses yeux lorsqu'il vit que Harry et Ron étaient toujours à Poudlard, l'air fatigué, mais la mine joyeuse. Au matin, Harry et Ron trouvaient finalement que cette rencontre avec le chien aux trois têtes était une belle aventure et ils avaient hâte d'en connaître d'autres. Harry avait révélé à Ron l'existence du paquet transféré de Gringotts à Poudlard et ils s'étaient longuement demandé ce qui pouvait bien justifier une protection aussi dissuasive.

– Ou bien c'est quelque chose qui a beaucoup de valeur, ou bien c'est un truc très dangereux, dit Ron.

– Ou bien les deux, ajouta Harry.

Mais pour l'instant, la seule chose qu'ils savaient de cet objet mystérieux, c'était qu'il était long de cinq centimètres environ. Et sans indice supplémentaire, ils n'avaient aucune chance d'en savoir davantage.

En revanche, ni Hermione, ni Neville ne montraient le moindre intérêt pour ce qui se trouvait sous la trappe. Tout ce qui comptait, pour Neville, c'était de ne plus jamais se retrouver en présence du chien.

Hermione refusait désormais de parler à Ron et Harry, ce qui leur paraissait plutôt avantageux. Tout ce qu'ils souhaitaient, à présent, c'était se venger de Malefoy et l'occasion leur en fut donnée une semaine plus tard, à l'heure de la distribution du courrier.

Au moment où les hiboux envahirent la Grande Salle, comme chaque matin, l'attention des élèves fut aussitôt attirée par un long paquet que portaient une demi-douzaine de grandes chouettes effraie. Harry était aussi intrigué que les autres et il fut stupéfait lorsque les hiboux laissèrent tomber le paquet devant lui, en envoyant au passage son assiette d'œufs au bacon sur le carrelage. Un autre hibou passa juste après pour déposer une lettre sur le paquet.

Harry eut la bonne idée de commencer par lire la lettre dans laquelle il était écrit :

N'OUVREZ PAS LE PAQUET PENDANT QUE VOUS SEREZ À TABLE.
Il contient votre nouveau Nimbus 2000, mais je ne veux pas que tout le monde sache que vous avez votre propre balai. Sinon, les autres en voudront un aussi. Olivier Dubois vous attend ce soir à sept heures sur le terrain de Quidditch pour votre première séance d'entraînement.

Professeur McGonagall

Harry montra la lettre à Ron en éprouvant les plus grandes difficultés à ne pas laisser éclater sa joie.

– Un Nimbus 2000, marmonna Ron avec envie. Je n'ai même jamais eu l'occasion d'en toucher un.

Ils se hâtèrent de quitter la salle pour aller déballer le paquet loin des regards. Mais Crabbe et Goyle leur barrèrent le chemin de l'escalier et Malefoy prit le paquet des mains de Harry.

– Ça m'a l'air d'être un balai, dit Malefoy en tâtant le paquet.

Il le lui rendit avec une expression de mépris mêlée d'envie.

– Cette fois, tu es fichu, Potter, les première année n'ont pas le droit d'avoir de balai.

Ron ne put se retenir.

– Ce n'est pas n'importe quel balai, dit-il, c'est un Nimbus 2000. C'est quoi, déjà, la marque du tien ? Un Comète 260, c'est ça ? Les Comète, c'est pas mal quand on n'y regarde pas de trop près. Mais évidemment, les Nimbus, c'est une autre classe.

– Qu'est-ce que tu en sais, Weasley, répliqua Malefoy. Tu n'aurais même pas de quoi te payer la moitié d'un manche. Toi et tes frères, vous les achetez brindille par brindille.

Avant que Ron ait eu le temps de répondre, le professeur Flitwick apparut à côté de Malefoy.

– J'espère que vous n'êtes pas en train de vous disputer ? couina le professeur.

– Potter s'est fait envoyer un balai, répliqua Malefoy.

– Oui, oui, bien sûr, répondit le professeur Flitwick en gratifiant Harry d'un sourire rayonnant. Le professeur McGonagall m'a mis au courant. De quel modèle s'agit-il ?

– C'est un Nimbus 2000, Monsieur, dit Harry qui s'efforça de ne pas éclater de rire devant l'expression horrifiée de Malefoy. Et c'est grâce à Malefoy que j'ai pu l'avoir.

Puis Harry et Ron montèrent l'escalier en essayant de ne pas rire trop fort, tandis que Malefoy ne parvenait pas à dissimuler sa rage et son trouble.

– S'il n'avait pas volé le Rapeltout de Neville, je ne ferais pas partie de l'équipe, gloussa Harry.

– Alors, j'imagine que tu prends ça comme une récompense pour avoir violé le règlement ? lança une voix courroucée derrière eux.

Hermione montait l'escalier à grands pas en jetant un coup d'œil désapprobateur au paquet que portait Harry.

– Je croyais que tu ne nous parlais plus ? dit Harry.

– Oui, tu devrais continuer, dit Ron, ça nous fait beaucoup de bien.

Hermione s'éloigna d'eux, le nez en l'air.

Ce jour-là, Harry eut beaucoup de mal à se concentrer sur ce qui se passait en classe. Il ne cessait de penser à son balai rangé sous son lit ou au terrain de Quidditch où il allait apprendre à jouer le soir même. Il avala son dîner sans faire attention à ce qu'il mangeait et se rua avec Ron dans le dortoir pour déballer enfin le Nimbus 2000.

—Eh ben dis donc, soupira Ron avec admiration.

Même aux yeux de Harry qui n'y connaissait rien, le balai paraissait superbe. Il avait une forme élégante, avec un manche d'acajou étincelant et un long faisceau de brindilles droites et lisses. La marque Nimbus 2000 était gravée en lettres d'or à une extrémité du manche.

Peu avant sept heures, il quitta le château et se rendit sur le terrain de Quidditch dans la lumière du crépuscule. C'était la première fois qu'il entrait dans le stade. Il était entouré de gradins installés en hauteur qui permettaient aux spectateurs d'être suffisamment haut placés pour ne rien perdre du spectacle. À chaque bout du terrain, étaient plantés des poteaux en or surmontés de larges cercles verticaux. Ils ressemblaient un peu à ces bâtonnets en plastique à travers lesquels les enfants moldus soufflent des bulles, sauf que ces poteaux-là faisaient quinze mètres de hauteur.

Impatient d'essayer son balai, Harry l'enfourcha sans attendre l'arrivée de Dubois et décolla aussitôt. La sensation était extraordinaire, le Nimbus 2000 enchaînait les virages à la moindre caresse, montait en chandelle, descendait en piqué, passait à travers les cercles d'or, fonçait à toute vitesse sur toute la longueur du terrain.

—Hé, Potter ! Redescends !

Olivier Dubois venait d'arriver avec une grosse boîte en bois sous le bras. Harry atterrit auprès de lui.

—C'était vraiment très bien, dit-il, les yeux étincelants. Je comprends ce que McGonagall voulait dire... Tu as vraiment un don. Ce soir, je vais simplement t'apprendre les règles, ensuite, tu participeras aux entraînements trois fois par semaine.

Il ouvrit la boîte. À l'intérieur, il y avait quatre balles de tailles différentes.

—Alors, voilà, dit Dubois. Le Quidditch a des règles très simples même s'il est très difficile d'y jouer. Chaque équipe comporte sept joueurs. Trois d'entre eux sont des poursuiveurs.

—Trois poursuiveurs, répéta Harry pendant que Dubois prenait une grosse balle rouge vif de la taille d'un ballon de football.

—Cette balle s'appelle un Souafle, expliqua Dubois. Les poursuiveurs se passent le Souafle les uns aux autres et essayent de le lancer à travers un des cercles d'or pour marquer un but. Chaque but rapporte dix points. Tu me suis ?

—Le poursuiveur lance le Souafle à travers les cercles pour marquer un but. En fait c'est une sorte de basket-ball à six paniers qu'on joue sur des balais.

—C'est quoi, ça, le basket-ball ? demanda Dubois, intéressé.

—Peu importe, continue.

—Dans chaque équipe, il y a un autre joueur qu'on appelle le gardien. Le gardien de l'équipe des Gryffondor, c'est moi Mon rôle consiste à tourner autour des poteaux pour empêcher les poursuiveurs de l'équipe adverse de marquer.

—Trois poursuiveurs, un gardien, dit Harry qui était bien décidé à faire entrer tout ça dans sa tête. Et ils jouent avec le Souafle. D'accord, compris. Et les autres balles, elles servent à quoi ?

—Je vais te montrer. Tiens, prends ça.

Dubois lui tendit une batte un peu plus courte que les battes de base-ball.

—Je vais t'expliquer ce que sont les Cognards.

Il montra à Harry deux balles noires identiques, légèrement plus petites que le Souafle rouge. Harry remarqua que les deux balles essayaient de se dégager des lanières qui les maintenaient dans la boîte.

—Recule un peu, dit Dubois.

Il se pencha et libéra l'un des Cognards. Aussitôt, la balle noire sauta en l'air et se précipita droit sur la figure de Harry. Celui-ci donna un grand coup de batte dans la balle pour l'empêcher de lui casser le nez et l'envoya zigzaguer un peu plus loin. La balle revint alors à la charge et s'attaqua cette fois à Dubois qui plongea sur elle et parvint à l'immobiliser sur le sol.

—Tu vois ? dit Dubois, le souffle court en forçant le Cognard à rentrer dans sa boîte. Les Cognards essayent de frapper les joueurs pour les faire tomber de leur balai. C'est pourquoi chaque équipe comporte également deux batteurs. Dans la nôtre, ce sont les jumeaux Weasley qui occupent ce poste. Leur rôle consiste à protéger les joueurs de leur équipe des attaques des Cognards et de les renvoyer dans le camp d'en face. Ça va, tu as tout compris ?

—Trois poursuiveurs essayent de marquer des buts avec le Souafle. Le gardien protège les buts, les batteurs tiennent les Cognards à distance, récita Harry.

—Très bien.

—Euh… Est-ce que les Cognards ont déjà tué quelqu'un ? demanda Harry en essayant d'adopter un ton dégagé.

—Jamais à Poudlard. On a déjà eu des mâchoires fracturées, mais rien de plus. Passons au dernier membre de l'équipe. Il s'agit de l'attrapeur. C'est-à-dire toi. Et tu n'auras pas à te soucier du Souafle ni des Cognards.

—Sauf s'ils me fracassent le crâne…

—Ne t'inquiète pas, tu peux faire confiance aux Weasley pour s'occuper des Cognards. Eux-mêmes sont des espèces de Cognards humains.

Dubois prit dans la boîte la quatrième et dernière balle. Comparée aux trois autres, elle paraissait minuscule. De la taille d'une grosse noix, elle était d'un or étincelant et pourvue de petites ailes d'argent qui battaient sans cesse.

–Ceci, dit Dubois, c'est le Vif d'or, la plus importante des quatre balles. Elle est très difficile à attraper à cause de sa rapidité et de sa petite taille. C'est l'attrapeur qui est chargé de la saisir. Il doit se faufiler parmi les autres joueurs pour essayer de l'attraper avant l'équipe adverse. Car l'attrapeur qui parvient à s'emparer du Vif d'or fait gagner cent cinquante points à son équipe, ce qui lui assure pratiquement la victoire. C'est pourquoi les attrapeurs sont si souvent victimes de coup bas. Un match de Quidditch ne se termine que lorsque le Vif d'or a été attrapé. C'est pour ça que les matches peuvent durer indéfiniment. Je crois que le record est de trois mois. Il fallait sans cesse fournir des remplaçants pour que les joueurs puissent dormir un peu. Voilà. Tu as des questions à poser ?

Harry fit non de la tête. Il avait très bien compris ce qu'il avait à faire, le problème, c'était d'y arriver.

–On va commencer l'entraînement sans le Vif d'or, dit Dubois en rangeant soigneusement la petite balle dans la boîte. Il fait trop sombre, on pourrait le perdre. On utilisera ça à la place.

Il sortit de sa poche un sac de balles de golf ordinaires et quelques minutes plus tard, Harry et lui volaient sur leurs balais, Dubois jetant de toutes ses forces les balles de golf dans tous les sens pour que Harry les attrape. Harry n'en rata pas une seule et Dubois en fut enchanté. Au bout d'une demi heure, la nuit étant tombée, ils durent mettre fin à la séance d'entraînement.

–Cette année, la coupe de Quidditch sera gravée au nom des Gryffondor, assura Dubois d'un ton joyeux tandis qu'ils retournaient vers le château. Je ne serais pas étonné que tu deviennes encore meilleur que Charlie Weasley. Et pourtant, il aurait pu jouer dans l'équipe d'Angleterre s'il n'était pas parti à la chasse aux dragons.

Harry était si occupé par ses cours et ses séances d'entraînement qu'il ne voyait plus le temps passer. Il ne s'était pas rendu compte qu'il était à Poudlard depuis déjà deux mois. Il se sentait beaucoup mieux au château qu'à Privet Drive, c'était là désormais que se trouvait son vrai foyer. Quant aux cours, ils lui paraissaient de plus en plus intéressants, maintenant qu'ils avaient assimilé les notions les plus élémentaires.

Au matin de Halloween, les élèves se réveillèrent dans une délicieuse odeur de citrouille qui flottait dans les couloirs Mieux encore, le professeur Flitwick leur annonça qu'il allait leur apprendre à faire voler des objets. Tout le monde en rêvait depuis qu'ils l'avaient vu envoyer le crapaud de Neville à travers la classe dans un magnifique vol plané. Le professeur Flitwick demanda aux élèves de se répartir en équipes de deux. Harry avait Seamus Finnigan pour partenaire (ce fut un soulagement car Neville lui avait lancé un regard plein d'espoir). Ron, lui, dut faire équipe avec Hermione Granger. Il était difficile de dire qui en était le plus fâché, Hermione ou Ron. Elle ne leur avait plus parlé depuis le jour où le balai de Harry était arrivé.

— N'oubliez surtout pas ce mouvement du poignet que nous avons appris, couina le professeur Flitwick, perché sur sa pile de livres, comme d'habitude. Le poignet bien souple, levez, tournez, rappelez-vous, levez, tournez. Et prononcez distinctement la formule magique, c'est très important. N'oubliez jamais le sorcier Baruffio qui avait un défaut de prononciation et dont la femme s'est retrouvée avec un bison sur les épaules au lieu d'un vison.

C'était très difficile. Harry et Seamus levèrent, tournèrent, mais la plume qu'ils auraient dû envoyer dans les airs restait immobile sur la table. Seamus s'énerva tellement qu'il la toucha du bout de sa baguette magique et y mit le feu. Harry dut l'éteindre avec son chapeau.

À la table voisine, Ron n'avait pas beaucoup plus de chance.

– *Wingardium Leviosa*! s'écriait-il en agitant ses longs bras comme un moulin à vent.

– Tu ne prononces pas bien, lança Hermione. Il faut dire *Win-gar-dium Leviosa* en accentuant bien le « gar ».

– Tu n'as qu'à le faire si tu es si intelligente, répliqua Ron.

Hermione releva les manches de sa robe, donna un coup de baguette magique et articula nettement: *Wingardium Leviosa*!

Leur plume s'éleva alors dans les airs, et s'immobilisa à plus d'un mètre au-dessus de leur tête.

– Bravo, très bien! s'écria le professeur Flitwick en applaudissant. Regardez tous, Miss Granger a réussi!

Ce qui eut pour effet de porter à son comble l'exaspération de Ron.

– Ça ne m'étonne pas que personne ne puisse la supporter, dit Ron à Harry à la fin du cours. C'est un vrai cauchemar, cette fille-là!

Quelqu'un les dépassa en bousculant Harry. C'était Hermione. Elle était en larmes, à la grande surprise de Harry.

– J'ai l'impression qu'elle t'a entendu, dit-il.

– Et alors? répliqua Ron qui sembla soudain un peu mal à l'aise. Elle a bien dû se rendre compte qu'elle n'avait pas d'amis.

Hermione ne se rendit pas au cours suivant et personne ne la vit plus de tout l'après-midi. En se rendant à la Grande Salle où devait être servi le dîner de Halloween, Harry et Ron entendirent Parvati Patil dire à son amie Lavande qu'Hermione s'était enfermée dans les toilettes des filles pour y pleurer tout à son aise et qu'elle ne voulait surtout pas être dérangée. Ron parut de plus en plus mal à l'aise, mais un instant plus tard, ils pénétrèrent dans la Grande Salle spécialement décorée pour Halloween, et les pleurs d'Hermione leur sortirent aussitôt de la tête.

Des milliers de chauves-souris voletaient dans la salle et fondaient sur les tables en de gros nuages noirs qui faisaient vaciller les flammes des chandelles à l'intérieur des citrouilles évidées. Les mets du festin apparurent tout à coup dans les plats d'or, comme lors du banquet de début d'année.

Harry avait commencé à se servir d'une pomme de terre en robe des champs lorsque le professeur Quirrell entra dans la salle en courant, le turban de travers, le visage déformé par la terreur. Tout le monde le regarda se précipiter sur le professeur Dumbledore, s'effondrer à moitié sur la table et balbutier, hors d'haleine :

– Un troll... dans les cachots... je voulais vous prévenir...

Puis il tomba évanoui sur le sol.

Il y eut alors un grand tumulte dans la salle et le professeur Dumbledore dut faire exploser des gerbes d'étincelles pourpres à l'extrémité de sa baguette magique pour rétablir le silence.

– Messieurs les préfets, veuillez ramener immédiatement vos condisciples dans les dortoirs de vos maisons respectives, ordonna-t-il.

Percy fut à son affaire.

– Suivez-moi ! lança-t-il. Les première année, vous restez bien groupés ! Vous n'aurez rien à craindre du troll si vous m'obéissez ! Restez derrière moi. Attention, écartez-vous, laissez passer les première année ! Allons, écartez-vous, je suis préfet, figurez-vous !

– Comment un troll a-t-il pu entrer dans le château ? s'étonna Harry tandis qu'ils montaient l'escalier.

– Je n'en sais rien, il paraît qu'ils sont complètement idiots, dit Ron. Peut-être que Peeves l'a fait venir en guise de blague pour Halloween.

Ils se frayèrent un chemin à travers un groupe d'élèves de Poufsouffle qui refluaient en désordre.

– Au fait, dit Harry en saisissant le bras de Ron. Je viens d'y penser. Hermione…

– Quoi, Hermione ?

– Elle n'est pas au courant, pour le troll.

Ron se mordit la lèvre.

– Bon, d'accord, on va la chercher, dit-il, mais il vaut mieux que Percy ne nous voie pas.

Ils rejoignirent discrètement les Poufsouffle qui partaient dans l'autre sens, se glissèrent dans un couloir latéral et se précipitèrent vers les toilettes des filles. Ils venaient de tourner le coin lorsqu'ils entendirent derrière eux des pas précipités. Ron poussa aussitôt Harry derrière la statue d'un griffon. Ils jetèrent un coup d'œil et aperçurent le professeur Rogue qui traversa le couloir et disparut.

– Qu'est-ce qu'il fait là ? murmura Harry. Il devrait être descendu dans les cachots avec les autres profs

– Aucune idée.

Ils se faufilèrent en silence dans l'autre couloir pour essayer de voir où allait Rogue.

– Il monte au troisième étage, dit Harry.

– Tu sens cette odeur ? chuchota Ron.

Une odeur nauséabonde flottait en effet dans le couloir, un mélange de vieille chaussette et de toilettes mal entretenues. Ils entendirent alors un grognement sourd et un bruit de pas sonores, comme des pieds géants qui martelaient le sol. Ron montra du doigt un autre couloir qui partait vers la gauche : tout au bout, une masse énorme s'était mise en mouvement et avançait dans leur direction. Ils se recroquevillèrent dans l'obscurité et regardèrent la chose apparaître à la lueur d'une fenêtre que traversait un rayon de lune.

C'était un spectacle épouvantable. Près de quatre mètres de

hauteur, une peau grise et terne comme de la pierre, un corps couvert de verrues, qui avait l'air d'un énorme rocher au sommet duquel était plantée une petite tête chauve de la taille d'une noix de coco. La créature avait des jambes courtes, épaisses comme des troncs d'arbre avec des pieds plats hérissés de pointes. L'odeur pestilentielle qu'elle dégageait défiait l'imagination. Le monstre tenait une gigantesque massue qui traînait par terre au bout de son bras d'une longueur interminable.

Le troll s'arrêta devant une porte et jeta un coup d'œil. Il agita ses longues oreilles comme s'il réfléchissait, puis il se baissa et s'engouffra lentement dans l'ouverture.

— La clé est dans la serrure, murmura Harry. On pourrait l'enfermer.

— Bonne idée, dit Ron, un peu nerveux.

La bouche sèche, ils s'approchèrent avec précaution de la porte ouverte, en priant pour que le troll n'ait pas l'idée de sortir au même moment. D'un bond, Harry parvint à attraper la clé, à claquer la porte et à la verrouiller.

Ravis de leur victoire, ils se mirent à courir le long du couloir, mais un cri perçant les arrêta net. C'était un cri déchirant, désespéré, et il venait de derrière la porte qui retenait le troll prisonnier.

— Oh non, dit Ron, aussi pâle que le Baron Sanglant.

— C'était la porte des toilettes des filles, balbutia Harry, horrifié.

— Hermione ! s'exclamèrent-ils ensemble.

Ils n'avaient pas d'autre choix que de faire volte-face et de se précipiter pour aller rouvrir la porte. Les doigts tremblants, Harry dut s'y prendre à plusieurs reprises pour tourner la clé dans la serrure. Lorsqu'il parvint enfin à pousser la porte, Hermione Granger, plaquée contre le mur du fond, paraissait sur le point de s'évanouir. Le troll s'avançait vers elle en arrachant les lavabos des murs sur son passage.

– Essaye de l'attirer ailleurs ! lança Harry à Ron.

Il ramassa un robinet et le jeta de toutes ses forces contre le mur. Le troll s'arrêta à deux mètres d'Hermione, se retourna d'un mouvement lent et lourd et cligna ses petits yeux stupides pour essayer de voir ce qui venait de faire ce bruit. Son regard mauvais tomba alors sur Harry. Le troll hésita un instant, puis s'avança vers lui en soulevant sa grosse massue.

– Ohé, petite tête ! cria Ron qui s'était glissé de l'autre côté de la pièce.

Il lui jeta un tuyau, mais le troll ne sentit pas le choc sur son épaule. Il avait entendu le cri, en revanche, et il s'arrêta à nouveau, tournant vers Ron son mufle repoussant, ce qui donna à Harry le temps de passer derrière lui et de se précipiter sur Hermione.

– Viens ! Cours ! cria-t-il en essayant de la tirer vers la porte.

Mais elle était incapable de faire un geste et restait collée au mur, la bouche grande ouverte, figée de terreur. Leurs cris qui s'étaient répercutés en écho dans le couloir avaient rendu le troll fou furieux. Il poussa un rugissement et marcha droit sur Ron qui était le plus près de lui et n'avait aucune issue. Empoignant sa baguette magique, Harry fit alors quelque chose qui était à la fois très courageux et très stupide : il prit son élan, sauta au cou du troll et parvint à s'accrocher derrière lui. Le troll ne sentait pas le poids de Harry, en revanche, il sentait très bien la baguette magique qui lui était entrée droit dans une narine. Avec un cri de douleur, la créature se trémoussa et brandit sa massue, Harry toujours accroché à son cou. À tout instant, le troll pouvait le jeter à terre d'un coup de patte ou réussir à lui abattre sa massue sur la tête.

Hermione s'était effondrée sur le sol, à moitié évanouie. Ron sortit sa propre baguette magique, sans très bien savoir ce qu'il allait en faire. À tout hasard, il prononça la formule qu'ils avaient apprise au cours du professeur Flitwick :

–*Wingardium Leviosa !*

Aussitôt, la massue s'arracha toute seule de la main du troll, s'éleva très haut dans les airs, se retourna lentement et s'abattit avec un craquement sinistre sur la tête de son propriétaire. La créature vacilla, puis tomba en avant, face contre terre, avec un bruit sourd qui fit trembler toute la pièce.

Harry, entraîné dans sa chute, se releva, les jambes flageolantes, le souffle court. Ron était resté immobile, la baguette toujours levée, contemplant la masse inanimée du monstre.

Ce fut Hermione qui rompit le silence :

–Il... il est mort ?

–Je ne crois pas, dit Harry. Il doit être simplement assommé.

Il se pencha et récupéra sa baguette magique qui était restée enfoncée dans la narine du troll. Elle était à présent couverte d'une espèce de colle grise pleine de grumeaux.

–Beuââârk ! De la morve de troll...

Il essuya la baguette sur le pantalon du monstre.

Un claquement soudain et des bruits de pas sonores leur firent lever la tête. Ils ne s'étaient pas rendu compte du vacarme qu'ils avaient produit, mais bien entendu, les rugissements et la chute du troll n'étaient pas passés inaperçus. Un instant plus tard, le professeur McGonagall fit irruption dans la pièce, suivie de près par Rogue et Quirrell qui fermait la marche. Quirrell jeta un coup d'œil au troll, laissa échapper un gémissement et s'assit sur un siège de toilettes, une main sur le cœur.

Rogue se pencha sur le troll. Le professeur McGonagall regardait Ron et Harry qui ne l'avaient jamais vue aussi furieuse Ses lèvres étaient livides. L'espoir de gagner cinquante points pour Gryffondor s'évanouit aussitôt.

–Qu'est-ce qu'il vous est passé par la tête ? dit-elle avec une colère froide.

Harry échangea un regard avec Ron qui tenait toujours sa baguette en l'air.

— Vous pouvez vous estimer heureux de ne pas vous être fait tuer, poursuivit le professeur McGonagall. Pourquoi n'êtes-vous pas dans votre dortoir ?

Rogue jeta à Harry un regard féroce. Harry baissa les yeux, alors qu'il aurait préféré que Ron rabatte sa baguette. Une petite voix s'éleva alors :

— Professeur McGonagall, ne soyez pas trop sévère, s'il vous plaît. Ils étaient venus me chercher.

— Miss Granger !

Hermione avait réussi à se relever.

— J'étais partie à la recherche du troll parce que je... je croyais pouvoir m'en occuper moi-même. J'ai lu beaucoup de choses sur les trolls...

Stupéfait, Ron lâcha sa baguette magique. Hermione Granger venait de mentir à un professeur !

— S'ils ne m'avaient pas retrouvée, je serais morte à l'heure qu'il est. Harry lui a enfoncé sa baguette magique dans le nez et Ron a réussi à l'assommer avec sa propre massue. Ils n'ont pas eu le temps d'aller chercher quelqu'un d'autre. Le troll était sur le point de me tuer quand ils sont arrivés.

Harry et Ron essayèrent de faire comme si eux aussi découvraient cette histoire.

— Dans ce cas... dit le professeur McGonagall en les fixant tous les trois. Mais laissez-moi vous dire, Miss Granger, que vous êtes bien sotte d'avoir cru que vous pourriez vaincre un troll des montagnes à vous toute seule.

Hermione baissa la tête. Harry resta silencieux. Voir Hermione faire semblant d'avoir enfreint le règlement pour leur sauver la mise, c'était comme si Rogue s'était mis à leur distribuer des bonbons.

— Miss Granger, votre conduite coûtera cinq points à Gryffondor, dit le professeur McGonagall. Vous me décevez beaucoup. Si vous n'êtes pas blessée, vous feriez bien de retourner dans votre tour. Les élèves terminent le repas de Halloween dans leurs maisons respectives.

Hermione s'en alla aussitôt.

Le professeur McGonagall se tourna alors vers Harry et Ron.

— Je vous répète que vous avez eu beaucoup de chance, mais il est vrai qu'il n'y a pas beaucoup d'élèves de première année qui auraient été capables de combattre un troll adulte. Vous faites gagner cinq points chacun à Gryffondor. Le professeur Dumbledore sera informé de tout cela. Vous pouvez partir.

Ils se dépêchèrent de sortir de la pièce et montèrent les escaliers en silence. En dehors de tout le reste, c'était un grand soulagement de pouvoir échapper à l'horrible odeur du troll.

— On aurait dû gagner plus de dix points, marmonna Ron.

— Cinq, tu veux dire. Une fois qu'on a enlevé ceux qu'a perdus Hermione.

— C'était bien de sa part de nous tirer d'affaire, admit Ron. Mais enfin, on lui a vraiment sauvé la vie.

— Elle n'en aurait peut-être pas eu besoin si on ne l'avait pas enfermée avec la créature, lui rappela Harry.

Ils étaient arrivés devant le portrait de la grosse dame.

— Groin de porc, dirent-ils et le tableau les laissa passer.

La pièce commune était bondée et bruyante. Tout le monde mangeait, sauf Hermione qui les attendait à la porte. Il y eut un moment de silence gêné, puis, sans se regarder, chacun dit « Merci » et se rua sur les assiettes pleines de victuailles.

À compter de ce moment, Hermione devint amie avec Ron et Harry. Il se crée des liens particuliers lorsqu'on fait ensemble certaines choses. Abattre un troll de quatre mètres de haut, par exemple.

11
LE MATCH DE QUIDDITCH

Le temps froid de novembre enveloppa de glace les montagnes qui entouraient l'école et la surface du lac prit une couleur d'acier. Chaque matin, le sol était couvert de givre et l'on voyait Hagrid qui dégivrait les balais sur le terrain de Quidditch. Il était emmitouflé dans un long manteau en peau de taupe, et portait des gants en peau de lapin et d'énormes bottes en peau de castor.

La saison de Quidditch avait commencé. Le samedi suivant, Harry allait jouer son premier match après des semaines d'entraînement : Gryffondor contre Serpentard. Si Gryffondor gagnait, son équipe prendrait la deuxième place du championnat.

Presque personne n'avait vu Harry s'entraîner. Il était devenu l'arme secrète de l'équipe et Dubois le gardait soigneusement à l'écart. Il y avait eu des fuites, cependant, et l'on savait qu'il jouerait au poste d'attrapeur. Harry ne savait pas ce qu'il y avait de pire pour lui : ceux qui lui affirmaient qu'il allait être brillant, ou ceux qui lui promettaient de le suivre avec un matelas pour amortir sa chute. En tout cas, l'amitié d'Hermione avait été utile à Harry. Elle l'avait aidé à faire ses devoirs pour compenser le temps qu'il passait à s'entraîner et elle lui avait également prêté *Le Quidditch à travers les âges* dont la lecture s'était révélée très instructive.

Harry avait notamment appris qu'il existait sept cents fautes possibles au Quidditch et qu'elles avaient toutes été commises au cours d'un match de la Coupe du Monde en 1473. Que les attrapeurs étaient généralement les joueurs les plus petits et les plus rapides et qu'ils étaient exposés aux accidents les plus graves. Que des arbitres avaient parfois disparu pour réapparaître des mois plus tard dans le désert du Sahara et qu'enfin on mourait rarement au cours des matches de Quidditch.

Hermione était un peu moins à cheval sur le règlement depuis que Harry et Ron l'avaient sauvée du troll et elle se montrait beaucoup plus aimable.

La veille du premier match de Quidditch, Hermione, Harry et Ron s'étaient retrouvés dans la cour pendant la récréation. La température était glaciale, mais Hermione avait réussi à fabriquer par un tour de magie un feu vif et clair qu'elle pouvait transporter dans un bocal de confiture et qui répandait une douce chaleur. Debout côte à côte, ils se réchauffaient à la flamme bleue du bocal en la cachant soigneusement derrière eux, de peur qu'on la leur confisque, lorsqu'ils virent Rogue traverser la cour. Harry remarqua aussitôt qu'il boitait. Rogue décela sans doute une vague culpabilité dans l'expression de leur visage et il clopina droit vers eux. Il n'avait pas vu le feu, mais, de toute évidence, il cherchait quelque chose à leur reprocher.

—Qu'est-ce que vous avez là, Potter ? demanda-t-il.

C'était *Le Quidditch à travers les âges*. Harry lui montra le livre.

—Il est interdit d'emporter les livres de la bibliothèque en dehors des murs du château, fit observer Rogue. Donnez-le-moi et j'enlève cinq points à Gryffondor.

—Ça, c'est une règle qu'il vient d'inventer, marmonna Harry en colère tandis que Rogue s'éloignait en claudiquant. Je me demande ce qu'il s'est fait à la jambe.

– Je n'en sais rien, mais j'espère que ça lui fait mal, dit Ron d'un ton amer.

La salle commune de Gryffondor était particulièrement bruyante, ce soir-là. Harry, Ron et Hermione étaient assis près de la fenêtre. Hermione vérifiait leurs devoirs pour le cours d'enchantements. Elle ne les aurait jamais laissés copier sur elle (sinon, comment feriez-vous pour apprendre quelque chose ?), mais elle leur donna quand même toutes les bonnes réponses en relisant leurs notes.

Harry ne tenait plus en place. Il voulait récupérer son livre en espérant que la lecture l'aiderait à se détendre avant le match du lendemain. Et d'ailleurs, pourquoi devrait-il avoir peur de Rogue ? Harry annonça à Ron et à Hermione qu'il avait l'intention d'aller voir Rogue pour lui demander son livre.

– Moi, je reste ici, répondirent en chœur les deux autres.

Harry était convaincu que Rogue ne pourrait pas refuser si d'autres professeurs étaient présents et entendaient sa requête.

Il descendit dans la salle des professeurs et frappa à la porte. Personne ne répondit. Il frappa à nouveau. Toujours rien.

Rogue avait peut-être laissé le livre dans la salle ? Après tout, il pouvait bien jeter un coup d'œil. Il entrouvrit la porte, regarda à l'intérieur et se figea d'horreur.

Rogue et Rusard étaient seuls dans la pièce. Rogue avait relevé sa robe de sorcier au-dessus des genoux et Harry vit une blessure sanglante sur une de ses jambes. Rusard avait préparé des pansements et les donnait à Rogue.

– Sale bestiole, disait celui-ci. Comment voulez-vous qu'on surveille ses trois têtes à la fois ?

Harry essaya de refermer la porte en silence, mais...

– POTTER !

Le visage déformé par la fureur, Rogue laissa aussitôt

retomber le bas de sa robe pour cacher sa jambe. Harry sentit sa gorge se serrer.

— Je… je voulais simplement vous demander si je pourrais reprendre mon livre, balbutia-t-il.

— SORTEZ ! SORTEZ IMMÉDIATEMENT !

Harry s'éloigna aussitôt, avant que Rogue ait eu le temps d'enlever d'autres points à Gryffondor, et remonta l'escalier quatre à quatre.

— Alors, tu l'as eu, ton livre ? demanda Ron lorsqu'il eut rejoint la salle commune. Eh bien, qu'est-ce qui t'arrive ?

Dans un murmure, Harry raconta à Ron et à Hermione ce qu'il venait de voir.

— Vous comprenez ce que ça veut dire ? conclut-il, le souffle court. Il a essayé de passer devant le chien à trois têtes le soir de Halloween. C'était là qu'il allait quand on l'a vu. Il essaye de s'emparer de ce que garde le chien ! Et je suis prêt à parier mon balai qu'il a laissé entrer ce troll exprès pour faire diversion.

Hermione ouvrit de grands yeux.

— Il n'aurait pas fait une chose pareille ! dit-elle. Même s'il est désagréable, il n'essaierait pas de voler quelque chose que Dumbledore a mis en lieu sûr.

— Tu crois vraiment que tous les profs sont des saints ? rétorqua Ron. Moi, je suis d'accord avec Harry, je n'ai pas la moindre confiance en Rogue. Mais je me demande ce que ce chien peut bien garder.

La même question tournait dans la tête de Harry lorsqu'il alla se coucher. Il aurait bien voulu dormir, mais il n'arrivait pas à trouver le sommeil : Neville ronflait bruyamment et il revoyait sans cesse l'expression féroce du visage de Rogue lorsqu'il l'avait surpris en train de soigner sa jambe dans la salle des professeurs.

Au matin, le ciel était clair, l'air sec et froid. La Grande

Salle sentait bon la saucisse frite et retentissait de conversations joyeuses qui portaient toutes sur le match de Quidditch.

– Il faut absolument que tu manges quelque chose.

– Je ne veux rien.

– Un simple morceau de toast, l'encouragea Hermione.

– Je n'ai pas faim.

L'approche de son premier match lui nouait l'estomac. Dans une heure à peine, il serait sur le terrain.

– Harry, il faut que tu prennes des forces, dit Seamus Finnigan. Les attrapeurs sont toujours la cible principale de l'équipe adverse.

– Merci, Seamus, dit Harry en le regardant couvrir ses saucisses de ketchup.

Vers onze heures, toute l'école était rassemblée sur les gradins du stade. De nombreux élèves étaient équipés de jumelles. Les sièges avaient beau être en hauteur, il était parfois difficile de suivre. Ron, Hermione, Neville, Seamus et Dean s'étaient assis côte à côte tout en haut et avaient déployé une grande bannière sur un des draps que Croûtard avait détruits. Ils y avaient écrit : « Potter président ». Hermione avait même réussi un tour de magie qui avait rendu les lettres lumineuses. Dean avait dessiné en dessous un énorme lion Gryffondor.

Pendant ce temps, dans les vestiaires, Harry et les autres joueurs revêtaient la robe rouge de leur équipe. Les Serpentard, eux, étaient habillés en vert.

Dubois s'éclaircit la gorge.

– Messieurs, dit-il.

– Et Mesdemoiselles, ajouta Angelina Johnson qui jouait dans l'équipe au poste de poursuiveur.

– D'accord, Messieurs et Mesdemoiselles, corrigea Dubois. Nous y voilà.

– Le grand jour est arrivé, dit Fred Weasley.

– Celui que nous attendions tous, ajouta George.

– On connaît le discours d'Olivier par cœur, dit Fred à Harry. On était déjà dans l'équipe l'année dernière.

– Taisez-vous, vous deux, coupa Dubois. C'est la meilleure équipe que nous ayons eue à Gryffondor depuis des années. On va gagner, je le sais.

Il eut un regard noir qui signifiait : « Sinon, gare à vous ! »

– Allez, c'est l'heure. Bonne chance à tous.

Harry, les jambes tremblantes, suivit Fred et George sur le terrain où ils furent accueillis par des acclamations enthousiastes.

Debout au milieu du terrain, son balai à la main, Madame Bibine était chargée d'arbitrer le match.

– Je veux que la rencontre soit placée sous le signe du fair-play, prévint-elle lorsque tous les joueurs se furent rassemblés autour d'elle.

Harry remarqua qu'elle s'adressait tout particulièrement à Marcus Flint, le capitaine de l'équipe des Serpentard. Flint semblait avoir du sang de troll dans les veines. Du coin de l'œil, Harry aperçut la bannière flottante dont l'inscription « Potter président » étincelait comme une enseigne au néon. Cette brève vision lui redonna courage.

– En position sur vos balais, s'il vous plaît.

Harry enfourcha son Nimbus 2000.

Madame Bibine donna alors un grand coup de sifflet et les quinze balais s'élevèrent aussitôt dans les airs.

– Angelina Johnson, de l'équipe de Gryffondor, s'empare immédiatement du Souafle, dit le commentateur. Cette fille est décidément un excellent poursuiveur, et en plus, elle est plutôt jolie...

– JORDAN !

– Excusez-moi, professeur.

Le commentaire du match était assuré par Lee Jordan, un ami des jumeaux Weasley et le professeur McGonagall le surveillait de près.

– Angelina passe à Alicia Spinnet, qui jouait l'année dernière comme suppléante. Nouvelle passe à Johnson et… non, c'est Marcus Flint, le capitaine des Serpentard qui reprend le Souafle et qui vole comme un aigle vers les buts adverses, il va mar… non, le tir est arrêté par Olivier Dubois, le gardien de Gryffondor. Gryffondor reprend le Souafle avec Katie Bell qui fait un joli plongeon pour éviter Flint et – AÏE – voilà qui a dû faire mal, un Cognard en pleine tête – le Souafle aux Serpentard – Adrian Pucey se précipite vers les buts, mais il est arrêté par un deuxième Cognard envoyé par Fred ou George Weasley, impossible d'être plus précis. En tout cas, c'est un joli coup du batteur de Gryffondor et Johnson reprend le Souafle sans aucun adversaire devant elle. Elle vole vraiment, c'est le cas de le dire, elle évite un Cognard, les buts sont devant elle, vas-y, Angelina – Bletchley, le gardien de but, plonge et GRYFFONDOR MARQUE !

Sur les gradins, les supporters de Gryffondor saluèrent l'exploit avec des cris de joie tandis que les partisans des Serpentard se répandaient en lamentations.

– Poussez-vous un peu, là.

– Hagrid !

Ron et Hermione se serrèrent pour laisser à Hagrid la place de s'asseoir à côté d'eux.

– Je regardais depuis ma cabane, dit Hagrid en tapotant une grosse paire de jumelles accrochées autour de son cou. Mais c'est pas la même chose que d'être dans le stade. On n'a pas encore vu le Vif d'or ?

– Non, dit Ron. Harry n'a pas eu grand-chose à faire pour le moment.

Méfie-toi, ceci dit, recommanda Hagrid en relevant ses jumelles et observant le ciel en direction de Harry, réduit à un point.

À califourchon sur son balai, Harry volait bien au-dessus

du terrain, scrutant l'espace autour de lui dans l'espoir d'aper
cevoir le Vif d'or.

– Garde une certaine distance jusqu'à ce que tu voies le Vif
d'or, lui avait recommandé Dubois. Tâche de ne pas te faire
attaquer sauf si tu ne peux pas faire autrement.

Lorsque Angelina avait marqué le premier but, Harry avait
fait quelques loopings pour manifester sa joie, mais il n'avait
pas encore eu l'occasion d'intervenir dans le jeu. Puis soudain, un éclat d'or brilla dans l'air, mais c'était un reflet d'une
montre des frères Weasley. Harry vit alors un Cognard foncer
sur lui comme un boulet de canon mais il parvint à l'éviter et
Fred Weasley se lança à sa poursuite.

– Ça va, Harry ? cria-t-il, furieux, en envoyant le Cognard
vers Marcus Flint.

– Serpentard reprend le Souafle, dit Lee Jordan. Le poursuiveur Pucey évite deux Cognards, les deux frères Weasley
et Bell, la poursuiveuse, et fonce vers – attendez un peu – est-
ce que c'était le Vif d'or ?

Un murmure parcourut la foule tandis qu'Adrian Pucey perdait le Souafle, trop occupé à regarder par-dessus son épaule
l'éclat d'or qui venait de passer à côté de son oreille gauche.

Le cœur battant, Harry plongea aussitôt dans sa direction.
Terence Higgs, l'attrapeur des Serpentard l'avait vu également et ils foncèrent côte à côte pour essayer de l'attraper.
Les poursuiveurs semblaient s'être désintéressés du jeu et
regardaient les deux attrapeurs au coude à coude.

Harry fut plus rapide que Higgs. Il voyait la petite balle agiter ses ailes un peu plus loin devant lui et il fit donner toute
la puissance de son balai.

– VLAN !

Un grand cri de rage monta alors des gradins réservés aux
Gryffondor. Marcus Flint avait essayé de bloquer Harry et le
Nimbus 2000 avait violemment dévié de sa trajectoire.

Harry, cramponné au manche, parvint de justesse à se maintenir sur son balai.

– Faute ! hurlèrent les supporters de Gryffondor.

Madame Bibine rappela Flint à l'ordre et ordonna un coup franc en faveur des Gryffondor. Bien entendu, la confusion qui régnait sur le terrain avait permis au Vif d'or de s'échapper.

– Renvoyez-le ! hurla Dean Thomas dans les gradins. Carton rouge !

– On n'est pas au football, l'interrompit Ron. On ne peut pas renvoyer les joueurs, au Quidditch – et d'abord, qu'est-ce que c'est qu'un carton rouge ?

Mais Hagrid approuvait Dean.

– On devrait changer les règles, Flint aurait pu faire tomber Harry de son balai.

Lee Jordan avait du mal à ne pas prendre parti.

– Donc, après cette scandaleuse tricherie…

– Jordan ! protesta le professeur McGonagall.

– Je voulais dire après cette faute révoltante..

– Jordan, je vous préviens…

– D'accord, d'accord. Flint a failli tuer l'attrapeur de Gryffondor, ce qui aurait pu arriver à n'importe qui et donc Gryffondor bénéficie d'un penalty repris par Spinnet et c'est Gryffondor qui garde le Souafle.

Lorsque le jeu eut repris, Harry évita un nouveau Cognard qui fonçait sur lui. Au même moment, son balai fit une violente embardée. Pendant une fraction de seconde, il crut qu'il allait tomber. Il serra les mains et les genoux sur le manche et à nouveau le balai eut un sursaut, comme un cheval de rodéo qui aurait essayé de le désarçonner. Harry s'efforça de virer en direction des buts de Gryffondor et fut tenté de demander un temps mort à Dubois, quand soudain il se rendit compte que son Nimbus 2000 ne répondait plus. Il refusait de tourner et zigzaguait à sa guise en multipliant les embardées.

Lee Jordan continuait de commenter :

— Serpentard prend le Souafle avec Flint — qui double Spinnet — double Bell — un Cognard le frappe au visage, j'espère qu'il a le nez cassé — non, non, je plaisantais, professeur… Oh non ! SERPENTARD MARQUE !

Les supporters de Serpentard poussèrent des acclamations. Pendant ce temps, personne ne semblait avoir remarqué le comportement étrange du balai de Harry. Le Nimbus 2000 prenait lentement de l'altitude en continuant ses soubresauts.

— Je ne sais pas ce que fabrique Harry, grommela Hagrid qui l'observait avec ses jumelles. Je me demande s'il n'a pas perdu le contrôle de son balai… Ça m'étonnerait, pourtant…

Brusquement, des doigts se pointèrent en direction de Harry. Son balai s'était mis à tourner sur lui-même et il parvenait tout juste à se cramponner au manche. La foule laissa échapper une exclamation de terreur. Le Nimbus 2000 venait de faire une embardée plus violente que les autres, désarçonnant Harry qui avait réussi à se rattraper au manche d'une seule main et restait suspendu dans le vide.

— Vous croyez que le balai a pris un coup quand Flint a bloqué Harry ? s'inquiéta Seamus.

— Impossible, répondit Hagrid d'une voix tremblante. Il n'y a que la magie noire qui puisse dérégler un balai. Aucun élève n'arriverait à faire ça à un Nimbus 2000.

À cet instant, Hermione arracha les jumelles des mains de Hagrid, mais au lieu de les diriger vers Harry, elle les pointa sur la foule des spectateurs.

— Qu'est-ce que tu fais ? grommela Ron, le teint grisâtre.

— Je le savais, dit Hermione d'une voix haletante. C'est Rogue. Regarde !

Ron s'empara des jumelles. Rogue se trouvait au milieu des gradins qui leur faisaient face. Il fixait Harry des yeux et ses lèvres remuaient comme s'il avait récité des formules magiques.

196

– Il est en train de jeter un sort au balai, dit Hermione.

– Qu'est-ce qu'on fait ?

– Je m'en occupe.

Avant que Ron ait pu ajouter un mot, Hermione avait disparu. Ron dirigea les jumelles vers Harry. Son balai vibrait avec une telle force que Harry ne pourrait pas tenir très longtemps. Les spectateurs horrifiés s'étaient levés et regardaient les frères Weasley qui essayaient d'attraper Harry pour le prendre sur leur balai, mais leurs efforts étaient inutiles. Chaque fois qu'ils approchaient, le Nimbus 2000 prenait encore un peu plus d'altitude pour rester hors de leur portée. Ils firent alors des cercles au-dessous de Harry en espérant le rattraper s'il tombait. Pendant ce temps, Marcus Flint s'était emparé du Souafle et avait marqué cinq buts dans l'indifférence générale.

Hermione s'était frayé un chemin jusqu'aux gradins où se trouvait Rogue et courait à présent le long de la rangée qui était juste derrière la sienne. Au passage, elle bouscula le professeur Quirrell qui tomba tête la première. Sans prendre la peine de s'excuser, elle poursuivit sa course et parvint à la hauteur de Rogue. Elle s'accroupit alors derrière lui, sortit sa baguette et murmura une formule magique. Aussitôt, la baguette projeta des gerbes d'étincelles bleues sur la robe de Rogue.

Le professeur mit quelques secondes à se rendre compte que le bas de sa robe de sorcier avait pris feu. Le cri d'horreur qu'il poussa prouva à Hermione qu'elle avait réussi son coup. Une autre formule magique fit alors rentrer les flammes dans le bocal qu'elle avait dans la poche et elle repartit à quatre pattes le long de la rangée. Rogue ne s'était aperçu de rien, mais elle avait réussi à détourner son attention. Là-haut, loin au-dessus du terrain, Harry put soudain faire un rétablissement et reprendre une position normale sur son balai.

– Neville, regarde ! Elle a réussi ! s'exclama Ron, à l'autre bout du stade.

Neville sanglotait depuis cinq bonnes minutes, la tête enfouie dans la veste de Hagrid.

Lorsque Harry redescendit en piqué vers le sol, la foule vit qu'il avait une main plaquée contre sa bouche, comme s'il était sur le point de vomir. Il atterrit brutalement sur la pelouse du stade, toussa et un objet doré tomba alors au creux de sa main.

– J'ai attrapé le Vif d'or ! hurla-t-il en l'agitant au-dessus de sa tête.

Et le match prit fin dans la plus totale confusion.

Vingt minutes plus tard, Marcus Flint continuait de hurler :

– Il ne l'a pas attrapé, il a failli l'avaler !

Mais aucune règle du jeu ne l'interdisait, Gryffondor avait donc bel et bien remporté le match par cent soixante-dix points contre soixante, comme Lee Jordan le hurlait toujours de joie. Harry, cependant, n'entendit rien de ce qui se disait sur le terrain. Il prenait un thé fort dans la cabane de Hagrid, en compagnie de Ron et d'Hermione.

– C'est Rogue qui a fait le coup, affirma Ron. On l'a vu, Hermione et moi. Il était en train de jeter un sort à ton balai. Il te fixait des yeux en marmonnant des formules magiques.

– Allons, ce sont des bêtises, répliqua Hagrid qui n'avait pas entendu un mot de ce que Ron et Hermione s'étaient dit sur les gradins. Pourquoi Rogue aurait-il fait ça ?

Harry, Ron et Hermione échangèrent un regard en se demandant ce qu'ils pouvaient bien lui répondre. Harry décida de dire la vérité.

– J'ai fait une découverte à son sujet, annonça-t-il à Hagrid. Il a essayé de passer devant le chien à trois têtes le soir de Halloween et il s'est fait mordre. Il voulait sûrement voler ce que le chien doit garder.

Hagrid lâcha la théière.

– Vous avez vu Touffu ? s'exclama-t-il.

– Touffu ?

– Il est à moi. Je l'ai acheté à un ami grec que j'ai rencontré dans un pub l'année dernière. Je l'ai prêté à Dumbledore pour garder…

Hagrid s'interrompit.

– Garder quoi ? demanda avidement Harry.

– Non, ça suffit, ne me posez plus de questions, répondit Hagrid d'un ton bourru. C'est top secret.

– Mais Rogue essaye de voler ce que garde votre chien.

– Ce sont des bêtises, répéta Hagrid. Rogue est un professeur de Poudlard, il ne ferait jamais une chose pareille.

– Dans ce cas, pourquoi a-t-il essayé de tuer Harry ? s'écria Hermione, que les événements de l'après-midi avaient marquée. Je sais ce que ça veut dire de jeter un sort. J'ai tout lu là-dessus ! Il faut fixer les yeux sur l'objet ou la personne visés et Rogue n'a pas cillé une seule fois, je l'ai bien vu !

– Et moi, je te dis que tu as tort, s'emporta Hagrid. Je ne sais pas pourquoi le balai de Harry s'est comporté de cette manière, mais jamais Rogue n'essaierait de tuer un élève ! Maintenant, écoutez-moi bien, tous les trois. Vous êtes en train de vous mêler de choses qui ne vous regardent absolument pas. Et c'est très dangereux. Alors, oubliez ce chien et oubliez ce qu'il garde, c'est une affaire entre le professeur Dumbledore et Nicolas Flamel…

– Ah, tiens ! s'exclama Harry. Il y a donc un nommé Nicolas Flamel dans le coup ?

Hagrid eut soudain l'air furieux contre lui-même.

12
LE MIROIR DU RISÉD

Noël approchait. Un jour de la mi-décembre, Poudlard se réveilla sous une épaisse couche de neige. Le lac avait gelé et les jumeaux Weasley reçurent une punition pour avoir fabriqué des boules de neige magiques qui suivaient Quirrell partout où il allait en visant son turban. Hagrid s'occupait de soigner les quelques hiboux qui arrivaient à traverser l'air glacé pour apporter le courrier, frigorifiés.

Tout le monde attendait les vacances avec impatience. Des feux chauffaient la Grande Salle et la salle commune de Gryffondor mais les couloirs étaient parcourus de courants d'air glacés et un vent polaire faisait trembler les fenêtres des salles de classe. Le pire, c'était les cours du professeur Rogue, dans le cachot glacial où les élèves se serraient contre les chaudrons pour essayer de se protéger du froid.

—Je plains beaucoup les malheureux qui devront rester à Poudlard pendant les vacances parce que personne n'en veut à la maison, lança un jour Malefoy pendant un cours de potions.

Il avait dit cela en regardant Harry. Crabbe et Goyle pouffèrent de rire, mais Harry n'y prêta aucune attention. Malefoy avait été plus désagréable que jamais depuis le match de Quidditch. Dégoûté par la défaite des Serpentard, il avait essayé de mettre les rieurs de son côté en répétant partout que la prochaine fois, on pourrait remplacer Harry par un crapaud en train de bâiller. Mais il s'était très vite rendu compte que sa plaisanterie n'amusait personne car tout le monde avait été impressionné par la virtuosité avec laquelle Harry avait réussi à s'accrocher à son balai. Jaloux et furieux, Malefoy se consolait en saisissant toutes les occasions de rappeler que Harry n'avait pas de famille digne de ce nom.

Harry, en effet, n'irait pas à Privet Drive pour Noël. Le professeur McGonagall était passée dans les classes la semaine précédente pour faire la liste des élèves qui resteraient à Poudlard pour les vacances et il avait été le premier à s'inscrire. Mais il n'en éprouvait aucun regret. Au contraire, il allait probablement connaître le meilleur Noël de sa vie. Ron et ses frères passeraient également leurs vacances au collège, car Mr et Mrs Weasley devaient se rendre en Roumanie pour aller voir leur fils Charlie.

Lorsqu'ils sortirent du cours de potions, un énorme sapin avançait dans le couloir en haletant, soufflant, ahanant. Les deux pieds immenses qu'on voyait dépasser trahissaient la présence de Hagrid derrière le sapin.

– Vous avez besoin d'aide ? demanda Ron en passant la tête parmi les branchages.

– Non, non, ça va, merci.

– Vous pourriez dégager le chemin ? lança derrière eux la voix sèche de Malefoy. Tu essayes de te faire un peu d'argent de poche, Weasley ? Tu vises la place de garde-chasse quand tu sortiras de Poudlard ? C'est vrai que pour quelqu'un de ta famille, la cabane de Hagrid doit avoir l'air d'un palace.

Ron se rua sur Malefoy au moment même où Rogue montait l'escalier.

– WEASLEY !

Ron lâcha Malefoy.

– Il a été provoqué, professeur, dit Hagrid en montrant sa grosse tête hirsute derrière le sapin. Malefoy a insulté sa famille

—C'est possible, Hagrid, mais il est interdit de se battre, à Poudlard, répliqua Rogue d'un ton doucereux. Cinq points de moins pour Gryffondor, Weasley, et estimez-vous heureux que ce ne soit pas davantage. Allez, filez, maintenant.

Avec un ricanement, Malefoy, Crabbe et Goyle avancèrent dans le couloir en repoussant le sapin qui répandit des aiguilles sur le sol.

—Je l'aurai, dit Ron entre ses dents. Un de ces jours, je l'aurai.

—Je les déteste, ces deux-là, ajouta Harry. Rogue et Malefoy.

—Allons, un peu de gaieté, c'est bientôt Noël, dit Hagrid. Venez un peu avec moi, on va aller voir la Grande Salle, c'est une merveille.

Tous trois suivirent Hagrid et son arbre jusqu'à la Grande Salle où le professeur McGonagall et le professeur Flitwick s'affairaient à installer les décorations.

—Ah, Hagrid, le dernier arbre, mettez-le tout au bout, là-bas, s'il vous plaît.

La Grande Salle était magnifique. Des guirlandes de gui et de houx étaient suspendues aux murs et pas moins d'une douzaine d'arbres de Noël se dressaient tout autour de la salle, certains recouverts de glaçons scintillants, d'autres de centaines de chandelles allumées.

—Il reste combien de jours avant les vacances ? demanda Hagrid.

—Un seul, répondit Hermione. Au fait, Harry, Ron, nous avons encore une demi-heure avant le déjeuner, nous devrions aller à la bibliothèque.

—Tu as raison, dit Ron, s'arrachant à la contemplation du professeur Flitwick qui faisait apparaître au bout de sa baguette magique des boules d'or qu'il accrochait aux branches du nouveau sapin.

– La bibliothèque ? dit Hagrid en les suivant dans le hall. Juste avant les vacances ? Vous êtes vraiment passionnés !

– Oh, ce n'est pas pour travailler, répondit Harry d'un ton joyeux. Mais depuis que vous avez parlé de Nicolas Flamel, on essaye de savoir qui c'est.

– Quoi ? s'exclama Hagrid, interloqué. Écoutez-moi, je vous ai dit de laisser tomber. Ce que le chien garde, ce n'est pas votre affaire.

– On veut simplement savoir qui est Nicolas Flamel, c'est tout, dit Hermione.

– À moins que vous ne vouliez nous le dire vous-même pour nous épargner d'autres recherches, ajouta Harry. Nous avons déjà consulté des centaines de livres et nous n'avons rien trouvé. Pourtant, je suis sûr d'avoir lu son nom quelque part.

– Je ne dirai rien, répondit simplement Hagrid.

– Dans ce cas, on cherchera tout seuls, dit Ron.

Et ils filèrent vers la bibliothèque tandis que Hagrid les regardait d'un air mécontent.

Le nom de Nicolas Flamel était le seul indice dont ils disposaient pour essayer de découvrir ce que Rogue voulait voler, mais pour l'instant, ils n'avaient pas trouvé trace du personnage dans les dizaines d'ouvrages consultés. Ils ne savaient pas très bien par où commencer, car ils ignoraient ce que Nicolas Flamel avait fait qui soit digne de figurer dans un livre. Il n'était pas dans *Les Grands Sorciers du XXe siècle* ni dans *Les noms célèbres du monde magique contemporain*, ni dans *Les Grandes Découvertes magiques*, encore moins dans *Étude des récents progrès de la sorcellerie*. Il restait des milliers et des milliers de livres sur les étagères. Feuilleter tous ces volumes représentait une tâche immense, mais ils n'avaient pas renoncé pour autant.

Hermione étudia une liste de titres et de thèmes qui pouvaient faire allusion à Nicolas Flamel tandis que Ron se promenait le long des étagères en prenant des livres au hasard.

Harry, lui, s'était aventuré du côté de la Réserve, mais il fallait un mot de l'un des professeurs pour avoir accès aux ouvrages qu'on y conservait et il savait bien qu'il n'obtiendrait jamais une telle autorisation. Les livres de la Réserve traitaient de magie noire, une matière qui n'était jamais enseignée à Poudlard. Seuls quelques étudiants de dernière année qui faisaient des recherches poussées sur la défense contre les forces du Mal pouvaient les consulter.

– Qu'est-ce que tu cherches, mon garçon ?

– Rien, dit Harry.

Madame Pince, la bibliothécaire, le menaça d'un plumeau.

– Dans ce cas, tu ferais mieux de filer. Allez, dehors !

N'ayant trouvé aucun prétexte plausible pour justifier sa présence, Harry se résigna à quitter la bibliothèque. Avec Ron et Hermione, ils avaient décidé qu'il valait mieux ne pas demander à Madame Pince où ils pourraient dénicher des renseignements sur Nicolas Flamel. Ils ne voulaient pas prendre le risque que Rogue découvre ce qu'ils cherchaient.

Harry resta dans le couloir en attendant que les deux autres trouvent quelque chose, mais il n'avait pas beaucoup d'espoir. Leurs recherches avaient duré quinze jours mais comme ils n'avaient pu y consacrer que quelques moments par-ci par-là entre deux cours, il n'était pas surprenant qu'ils aient fait chou blanc. Ils auraient eu besoin de rester beaucoup plus longtemps à la bibliothèque sans avoir continuellement Madame Pince sur le dos.

Cinq minutes plus tard, Ron et Hermione rejoignirent Harry en faisant non de la tête et ils allèrent déjeuner.

– Vous continuerez à chercher pendant que je ne serai pas là, hein ? dit Hermione. Et si jamais vous trouvez quelque chose, envoyez-moi tout de suite un hibou.

– Tu pourrais demander à tes parents s'ils savent quelque chose sur Flamel, suggéra Ron. Avec eux, tu ne risques rien.

– Rien du tout, en effet, assura Hermione. Ils sont dentistes.

Lorsque les vacances commencèrent, Ron et Harry eurent beaucoup trop d'occasions de s'amuser pour penser à Nicolas Flamel. Ils avaient le dortoir pour eux tout seuls et la salle commune ne rassemblait plus grand monde, ce qui leur permettait de s'installer dans les meilleurs fauteuils, près du feu. Ils restaient assis des heures entières à manger tout ce qu'ils trouvaient à faire cuire à la broche – du pain, des pancakes, des marshmallows – tout en échafaudant des stratégies pour faire renvoyer Malefoy de l'école. Leurs plans étaient sans doute irréalisables, mais c'était toujours amusant d'en parler.

Ron apprit également à Harry le jeu d'échecs, version sorcier. Les règles étaient les mêmes que chez les Moldus, sauf que les pièces étaient vivantes, ce qui leur donnait l'air d'une armée partant à la bataille. L'échiquier de Ron était vieux et tout abîmé. Comme toutes ses affaires, il avait appartenu à un autre membre de sa famille – son grand-père en l'occurrence. L'âge des pièces, cependant, constituait plutôt un avantage, car depuis le temps qu'il les fréquentait, Ron les connaissait si bien qu'il n'avait aucun mal à leur faire faire ce qu'il voulait.

Harry, en revanche, jouait avec des pièces que Seamus Finnigan lui avait prêtées et qui ne lui faisaient aucune confiance. Il ne savait pas très bien jouer et les pièces contestaient sans cesse ses décisions, ce qui jetait la confusion dans le jeu.

– Allons, ne m'envoie pas là-bas, disait le fou ou la tour. Tu n'as donc pas vu son cavalier ? Tiens, envoie plutôt celui-là. Lui, on peut se permettre de le perdre.

La veille de Noël, Harry se coucha en pensant au lendemain. Ce serait une bonne journée et il y aurait un réveillon, mais il ne s'attendait pas à recevoir de cadeaux. Lorsqu'il s'éveilla, cependant, il aperçut un petit tas de paquets au pied de son lit.

— Joyeux Noël, dit Ron d'une voix ensommeillée tandis que Harry s'extrayait du lit et passait sa robe de chambre.

— Toi aussi, dit Harry. Tu te rends compte ? J'ai des cadeaux !

Harry ouvrit aussitôt le paquet qui se trouvait au sommet de la pile. Il était enveloppé d'un gros papier sur lequel était griffonné : « Pour Harry de la part de Hagrid ». À l'intérieur, il y avait une flûte en bois grossièrement taillée. De toute évidence, c'était Hagrid lui-même qui l'avait fabriquée. Harry souffla dedans et elle produisit un son semblable au ululement d'un hibou.

Un autre paquet, tout petit, contenait un simple mot :

— Nous avons reçu ton message. Voici ton cadeau de Noël, de la part de l'oncle Vernon et de la tante Pétunia.

Une pièce de cinquante pence était collée au papier à l'aide d'un morceau de ruban adhésif.

— C'est gentil de leur part, dit Harry.

Ron était fasciné par la pièce de monnaie.

— C'est bizarre, dit-il. Quelle drôle de forme ! C'est vraiment de l'argent ?

— Prends-la, si tu veux, dit Harry avec un grand rire. Tiens, qui m'a envoyé ça ?

— Je crois savoir d'où ça vient, dit Ron en rougissant un peu. C'est ma mère. Je lui avais dit que tu n'attendais pas de cadeaux et… oh, non ! Elle t'a fait un pull à la mode Weasley !

Harry sortit du paquet un épais pull-over de laine vert émeraude, grossièrement tricoté, et une grosse boîte de fondants faits maison.

— Tous les ans, elle nous tricote un pull à chacun, dit Ron en déballant le sien. Et le mien est toujours bordeaux.

— C'est vraiment gentil à elle, dit Harry en goûtant un fondant qui se révéla délicieux.

Le cadeau suivant contenait aussi des friandises, une grosse boîte de Chocogrenouilles qu'Hermione lui avait envoyée.

Il n'y avait plus qu'un seul paquet à ouvrir. Harry déchira le papier et un morceau de tissu très léger, d'une teinte argentée, glissa sur le sol où il forma un petit tas aux reflets luisants. Ron en resta bouche bée.

– J'ai entendu parler de ça, dit-il d'une voix sourde. Si c'est ce que je crois... Il n'en existe pas beaucoup et c'est vraiment précieux...

– Qu'est-ce que c'est ?

Harry ramassa le morceau de tissu brillant. En le prenant entre ses doigts, il eut l'impression de toucher de l'eau qu'on aurait transformée en étoffe.

– C'est une cape d'invisibilité, dit Ron, impressionné. J'en suis sûr, maintenant. Essaye-la.

Harry jeta la cape sur ses épaules et Ron poussa un cri.

– C'est bien ça ! Regarde !

Harry regarda ses pieds, mais ils avaient disparu. Il se précipita vers le miroir et ne vit que son visage qui semblait flotter dans l'air. Son corps, lui, était devenu invisible. Il remonta la cape sur sa tête et son reflet s'effaça complètement.

– Il y a un mot ! dit soudain Ron. Un mot dans le paquet !

Harry enleva la cape et lut ce qui était écrit d'une écriture serrée et arrondie qu'il n'avait jamais vue auparavant.

« Ton père m'a laissé ceci avant de mourir. Il est temps que tu en hérites. Fais-en bon usage.

Très joyeux Noël. »

Il n'y avait pas de signature. Harry garda les yeux fixés sur le morceau de papier pendant que Ron contemplait la cape d'un air admiratif.

– Je serais prêt à donner n'importe quoi pour en avoir une, dit-il. N'importe quoi. Eh ben, qu'est-ce qui t'arrive ?

– Rien, dit Harry.

Il éprouvait une étrange sensation. Qui avait bien pu lui envoyer cette cape ? Avait-elle véritablement appartenu à son père ? Il aurait tellement voulu connaître la réponse à ces questions...

Avant qu'il ait eu le temps de dire ou de penser quoi que ce soit d'autre, la porte s'ouvrit à la volée et Fred et George Weasley se précipitèrent à l'intérieur du dortoir. Harry se hâta de cacher la cape. Il n'avait pas très envie de partager son secret avec quiconque d'autre.

—Joyeux Noël !

—Hé, regarde ! Harry aussi a eu un pull Weasley !

Fred et George étaient vêtus chacun d'un pull-over bleu dont l'un portait un grand « F » jaune sur la poitrine et l'autre un « G » également jaune.

—Celui de Harry est plus beau que les nôtres, dit Fred en examinant le pull qu'il avait reçu. Apparemment, elle fait davantage d'efforts quand on n'est pas de la famille.

—Pourquoi n'as-tu pas mis le tien, Ron ? demanda George. Vas-y, mets-le, tu verras, c'est très agréable.

—J'ai horreur du bordeaux, marmonna Ron en le mettant quand même.

—Au moins, il n'y a pas de lettre sur le tien, fit remarquer George. Elle doit penser que tu n'oublies pas ton nom. Mais nous non plus, on n'est pas idiots, on sait très bien qu'on s'appelle Gred et Forge.

—Qu'est-ce que c'est que tout ce bruit ?

Percy Weasley passa la tête par l'entrebâillement de la porte, l'air réprobateur. Lui aussi avait commencé à déballer ses cadeaux, car il avait sur le bras un gros pull-over dont Fred s'empara.

—P comme Préfet ! Mets-le, Percy, nous, on les a déjà mis. Même Harry en a reçu un.

—Je-ne-veux pas-le mettre, protesta Percy tandis que les

jumeaux l'obligeaient à enfiler le pull en faisant à moitié tomber ses lunettes.

— Tu n'es pas avec les préfets, aujourd'hui, dit George. Noël, c'est une fête de famille.

Ils traînèrent alors Percy hors de la pièce, les bras immobilisés par le pull.

Jamais Harry n'avait passé un aussi bon réveillon. Dindes rôties, saucisses grillées, sauces onctueuses, confiture d'airelles et partout sur les tables, des pochettes-surprises avec des pétards qui explosaient en faisant jaillir des cadeaux. Les pétards surprises n'avaient rien à voir avec ceux que les Dursley avaient l'habitude d'acheter. Ils n'étaient pas remplis de petits jouets en plastique et de chapeaux en papier crépon. Celui que Harry partagea avec Fred ne se contenta pas de produire une petite détonation, il explosa comme un canon en les enveloppant d'un nuage de fumée bleue et il en sortit un chapeau de contre-amiral ainsi que plusieurs souris blanches vivantes.

Des bûches de Noël et du pudding suivirent les dindes. Percy faillit se casser une dent en trouvant une Mornille en argent dans sa part. Le professeur Dumbledore avait troqué son chapeau pointu de sorcier pour un bonnet à fleurs qu'il avait trouvé dans une pochette-surprise et il riait en écoutant Flitwick lui raconter une histoire drôle. Hagrid avait le teint de plus en plus rouge. Il réclama une nouvelle bouteille de vin, puis il embrassa sur la joue le professeur McGonagall qui, à la grande surprise de Harry, gloussa de contentement, les joues soudain écarlates, le chapeau de travers.

Lorsque Harry quitta la table, il avait les bras encombrés de cadeaux découverts dans les pétards surprises, notamment des ballons lumineux increvables, un kit pour faire pousser des verrues et un jeu d'échecs version sorcier. Les souris blanches avaient disparu et Harry avait la désagréable impression qu'elles avaient servi de dîner à Miss Teigne.

Harry et les Weasley passèrent l'après-midi à faire des batailles de boules de neige dans le parc. Puis, frigorifiés, mouillés, essoufflés, ils retournèrent auprès du feu, devant la cheminée de la salle commune de Gryffondor où Harry étrenna son jeu d'échecs en se faisant battre à plate couture par Ron. Il songea qu'il n'aurait pas perdu aussi facilement si Percy ne s'était pas autant acharné à l'aider.

Ils allèrent ensuite prendre un thé accompagné de sandwiches à la dinde, de petites crêpes, de gâteaux à la confiture et de pudding de Noël. Somnolents et le ventre plein, ils regardèrent Percy se lancer à la poursuite de Fred et de George dans toute la tour de Gryffondor pour récupérer son insigne de préfet qu'ils lui avaient volé.

Jamais il ne s'était autant amusé à Noël. Pourtant, quelque chose n'avait cessé de lui tourner dans la tête tout au long de la journée : la cape d'invisibilité et son mystérieux expéditeur.

Ron, le ventre plein de dinde rôtie, et libre de toute préoccupation, tomba endormi dès qu'il eut tiré les rideaux de son baldaquin. Harry, lui, se pencha pour prendre la cape d'invisibilité qu'il avait cachée sous son lit.

Son père... Elle avait appartenu à son père. Plus douce que la soie, aussi légère qu'un souffle d'air, l'étoffe lui coulait entre les doigts comme l'eau d'un ruisseau. « Fais-en bon usage », était-il écrit sur le mot.

Il voulait l'essayer dès maintenant, à l'instant même et il s'enveloppa dans la cape. En regardant à ses pieds, il ne vit que des ombres et la tache d'un rayon de lune. C'était une impression très étrange.

Fais-en bon usage.

Harry se sentit soudain parfaitement réveillé. Grâce à sa cape le château tout entier lui était ouvert. Debout dans l'obscurité et le silence, il éprouva un sentiment d'excitation. Il pouvait aller où bon lui semblait, à présent, et Rusard n'en saurait jamais rien.

Ron grogna dans son sommeil. Fallait-il le réveiller ? Quelque chose l'en empêcha. C'était la cape de son père. Cette fois – la première fois – il voulait être seul.

Il quitta sans bruit le dortoir, descendit l'escalier, traversa la salle commune et passa par le trou que dissimulait le portrait.

– Qui est là ? couina la grosse dame.

Harry ne répondit pas. Il se hâta le long du couloir.

Où aller ? Il s'arrêta et réfléchit, le cœur battant. Puis l'idée lui vint. La Réserve de la bibliothèque. Il pourrait lire autant qu'il voudrait, il pourrait passer le temps qu'il faudrait pour découvrir qui était Nicolas Flamel. Il se mit en chemin en serrant la cape autour de lui.

La bibliothèque était plongée dans les ténèbres. Il y régnait une atmosphère un peu effrayante. Harry alluma une lampe pour voir où il allait. On aurait dit que la lampe flottait en l'air et bien que Harry en sentît le poids au bout de son bras, la vue de cette lueur qui semblait se promener toute seule lui fit peur.

La Réserve se trouvait tout au fond. Il enjamba avec précaution le cordon qui séparait les livres interdits du reste de la bibliothèque et tendit la lampe pour lire les titres des ouvrages alignés sur les étagères.

Ils ne lui disaient pas grand-chose. Leurs lettres dorées, ternies, usées, formaient des mots que Harry ne comprenait pas. Certains livres n'avaient pas de titre du tout. L'un des volumes était maculé d'une tache sombre qui donnait l'horrible impression d'être du sang. Harry sentit ses cheveux se dresser sur sa nuque. Peut-être son imagination lui jouait-elle des tours, peut-être pas, en tout cas, il crut entendre un faible chuchotement qui provenait des rangées de livres, comme s'ils savaient que quelqu'un se trouvait là qui n'aurait pas dû y être.

Il fallait commencer quelque part. Posant la lampe par terre, il s'intéressa à l'étagère du bas. Un gros volume noir et argent attira son regard. Il était si lourd qu'il eut du mal à le prendre. Il le mit en équilibre sur ses genoux et le livre tomba ouvert sur le sol.

Un hurlement suraigu, à glacer le sang, retentit alors dans le silence de la bibliothèque. C'était le livre qui criait ! Harry le referma d'un coup sec, mais le hurlement continua, une note assourdissante, toujours la même. Harry tomba en arrière, renversant sa lampe qui s'éteignit instantanément. Saisi de panique, il entendit des bruits de pas qui résonnaient dans le couloir. Il remit tant bien que mal le livre sur l'étagère, prit la fuite à toutes jambes et se retrouva face à Rusard au moment où celui-ci arrivait devant l'entrée de la bibliothèque. Les yeux pâles et furieux du gardien le regardèrent sans le voir. Harry parvint à se faufiler entre le mur et lui, puis fonça dans le couloir, tandis que résonnait encore à ses oreilles le cri perçant du livre.

Il s'arrêta soudain devant une haute armure. Il avait été si occupé à mettre la plus grande distance possible entre la bibliothèque et lui qu'il n'avait pas fait attention à la direction qu'il avait prise. À cause de l'obscurité, peut-être, il était incapable de reconnaître l'endroit où il se trouvait. Il entendit alors la voix de Rusard.

— Vous m'avez demandé de vous avertir directement si quelqu'un venait rôder la nuit dans la bibliothèque, professeur. Et je suis sûr qu'il y avait quelqu'un dans la bibliothèque, dans la Réserve, très précisément.

Harry se sentit pâlir. Il ne savait pas où il était mais Rusard devait connaître un raccourci, car sa petite voix grasseyante se rapprochait. Il entendit alors avec terreur Rogue répondre à Rusard.

— La Réserve ? Ils n'ont pas dû aller bien loin, nous allons les rattraper.

Harry resta figé sur place tandis que Rogue et Rusard s'avançaient dans sa direction. Ils ne pouvaient pas le voir, bien sûr, mais le couloir était étroit et ils allaient inévitablement le heurter au passage. La cape le rendait invisible, mais elle ne supprimait pas pour autant le volume de son corps.

Il recula en faisant le moins de bruit possible et vit alors sur sa gauche une porte entrouverte. Retenant sa respiration, il se glissa par l'entrebâillement en essayant de ne pas faire bouger le panneau et parvint à son grand soulagement à entrer dans la pièce à l'insu de Rogue et de Rusard.

Tous deux passèrent devant la porte sans s'arrêter et Harry s'adossa au mur en respirant profondément, écoutant le bruit de leurs pas s'éloigner puis s'évanouir. Il avait eu chaud, très chaud. Il se passa quelques instants avant qu'il ne jette un coup d'œil autour de lui.

La pièce dans laquelle il se trouvait avait l'air d'une salle de classe désaffectée. Il voyait la forme sombre de pupitres et de chaises entassés contre les murs. Il y avait également une corbeille à papiers retournée. Il remarqua aussi, appuyé contre le mur d'en face, quelque chose qui ne semblait pas appartenir au mobilier habituel d'une salle de classe, quelque chose que quelqu'un avait dû ranger là pour s'en débarrasser.

C'était un miroir magnifique qui montait jusqu'au plafond avec un cadre d'or sculpté, posé sur deux pieds pourvus de griffes, comme des pattes d'animal. Une inscription était gravée au-dessus du miroir. Harry déchiffra : « riséd elrue ocnot edsi amega siv notsap ert nomen ej. »

À présent qu'il n'entendait plus Rogue ni Rusard, sa panique s'était calmée. Il s'approcha du miroir pour s'y contempler mais il était toujours invisible. Il fit un pas en avant et dut alors se plaquer une main sur la bouche pour étouffer un cri d'horreur. Il se retourna brusquement et son cœur cogna contre sa poitrine encore plus fort que lorsque le livre s'était mis à hurler. Car son reflet était apparu, mais il n'était pas seul, il y avait un groupe de gens qui se tenaient derrière lui.

La pièce était vide, cependant. La respiration haletante, il se tourna lentement vers le miroir.

Il vit à nouveau son reflet, livide, apeuré, et derrière lui au moins dix autres personnes. Harry regarda par-dessus son épaule. La pièce était toujours vide. Ou alors, eux aussi étaient peut-être invisibles, mais ce miroir avait la faculté de les refléter quand même ?

À nouveau il regarda le miroir. Une femme, debout derrière son reflet, lui souriait en faisant des signes de la main. Il tendit le bras derrière lui, mais il ne sentit que le vide. Si cette femme avait été vraiment présente dans la pièce, il aurait pu la toucher, mais il n'y avait rien. Tous ces gens n'existaient que dans le miroir.

La femme était très belle. Elle avait des cheveux auburn et ses yeux… « Ses yeux sont comme les miens », pensa Harry en s'approchant un peu plus près de la glace. D'un vert brillant et d'une forme semblable. Il s'aperçut alors que la femme pleurait. Elle souriait et pleurait en même temps. L'homme qui se tenait à côté d'elle était grand, mince, avec des cheveux noirs. Il la tenait par les épaules. Il portait des lunettes et ses cheveux étaient très mal coiffés. Il avait des épis qui dépassaient à l'arrière de son crâne, tout comme Harry.

Il était si près du miroir, à présent, que son nez touchait presque celui de son reflet.

— Maman ? murmura-t-il. Papa ?

L'homme et la femme le regardèrent en souriant. Lentement, Harry détailla les autres personnes qui se trouvaient dans le miroir. Il vit d'autres yeux verts comme les siens, d'autres nez qui ressemblaient au sien, et un petit vieux qui avait les mêmes genoux noueux que lui. Pour la première fois de sa vie, il avait sa famille devant les yeux.

Les Potter lui souriaient, ils lui adressaient des signes de la main et lui les contemplait d'un regard fébrile, les mains plaquées contre le miroir comme s'il espérait passer au travers et se précipiter vers eux. Quelque chose lui faisait mal à l'intérieur de son corps, un mélange de joie et de tristesse.

Il ne se rendait pas compte du temps qui passait. Les reflets dans le miroir ne s'effaçaient pas et il ne se lassait pas de les regarder, encore et encore, jusqu'à ce qu'un bruit lointain le ramène à la réalité. Il ne pouvait pas rester ici, il fallait qu'il retrouve le chemin de son lit. Il arracha son regard du visage de sa mère et murmura:

—Je reviendrai...

Puis il se hâta de quitter la pièce.

—Tu aurais pu me réveiller, dit Ron avec mauvaise humeur.

—Tu n'as qu'à venir avec moi ce soir, j'y retourne. Je veux te montrer le miroir.

—J'aimerais bien voir tes parents, dit Ron.

—Et moi, j'aimerais bien voir toute ta famille, tous les Weasley au complet. Tu pourras me montrer tes autres frères.

—Tu peux les voir quand tu veux, il te suffira de venir à la maison cet été. D'ailleurs, peut-être que ton miroir ne montre que les morts. C'est dommage que tu n'aies pas réussi à trouver ce Flamel.

Mais Harry avait presque oublié Flamel, il ne pensait plus qu'à ses parents. Il voulait les revoir la nuit prochaine. Peu lui importait désormais le chien à trois têtes et ce qu'il gardait.

—Ça va? s'inquiéta Ron. Tu as l'air bizarre.

Ce que Harry craignait le plus, c'était de ne pas être capable de retrouver la pièce où était le miroir. Ron et lui s'étaient enveloppés dans la cape, mais ils ne pouvaient pas se déplacer aussi vite que lorsque Harry était tout seul. Ils essayèrent de refaire le chemin que Harry avait suivi la veille en fuyant la bibliothèque et ils errèrent pendant une bonne heure dans les couloirs alentour.

– On gèle, ici, dit Ron. Laissons tomber.

– Non, chuchota Harry. Je suis sûr que c'est tout près.

Ils passèrent à côté du fantôme d'une grande sorcière allant en sens inverse, sans voir personne. Ron se plaignait d'avoir les pieds gelés, quand Harry reconnut la haute armure.

– C'est là ! Oui, c'est bien ça !

Ils poussèrent la porte. Harry se débarrassa de la cape et courut vers le miroir.

Ils étaient tous là. Son père et sa mère semblèrent rayonner en le voyant à nouveau.

– Tu vois ? murmura Harry.

– Non, je ne vois rien du tout…

– Regarde ! Regarde, ils sont tous là .

– Je ne vois que toi.

– Regarde bien. Mets-toi à ma place.

Harry fit un pas en arrière et Ron se plaça devant lui. Harry ne voyait plus sa famille, à présent, mais Ron sembla soudain fasciné par son propre reflet.

– Regarde-moi ! s'exclama-t-il.

– Tu vois ta famille autour de toi ?

– Non, je suis tout seul. Mais j'ai changé. Je suis plus vieux et je suis Préfet en chef !

– Quoi ?

– Je porte le même insigne qu'avait mon frère Bill. Et je tiens dans mes mains la coupe de Quidditch. C'est moi, le capitaine de l'équipe !

Ron s'arracha à la contemplation de son reflet et regarda Harry d'un air fébrile.

– Tu crois que ce miroir montre l'avenir ?

– C'est impossible, toute ma famille est morte. Laisse-moi regarder.

– Tu l'as eu pour toi tout seul la nuit dernière, maintenant, c'est mon tour.

– Toi, tu ne fais que tenir la coupe de Quidditch, je ne vois pas ce que ça a de passionnant. C'est quand même plus important de voir mes parents.

– Arrête de me pousser.

Un bruit soudain en provenance du couloir mit fin à leur discussion. Ils ne s'étaient pas rendu compte qu'ils parlaient si fort.

– Vite !

Ron ramena la cape sur eux au moment où les yeux étincelants de Miss Teigne apparaissaient à la porte. Tous deux restèrent parfaitement immobiles en ayant la même pensée : est-ce que la cape d'invisibilité marchait aussi avec les chats ? Au bout d'un moment qui leur parut interminable, Miss Teigne s'éloigna enfin.

– Méfions-nous, elle est peut-être allée chercher Rusard. Je crois bien qu'elle nous a entendus. Viens.

Et Ron tira Harry hors de la pièce.

Le lendemain matin, la neige n'avait toujours pas fondu.

– On fait une partie d'échecs ? proposa Ron.

– Non, répondit Harry.

– Je sais à quoi tu penses... Le miroir, c'est ça ? N'y retourne pas cette nuit.

– Pourquoi ?

– C'est trop risqué. Rogue, Rusard et Miss Teigne n'arrêtent pas de se promener dans les couloirs. Même s'ils ne te voient pas, vous risquez de vous heurter, ou alors tu finiras par faire tomber quelque chose et ils s'apercevront de ta présence.

– On dirait Hermione, fit observer Harry.

En fait, il n'avait plus qu'une idée en tête : retourner devant le miroir. Et ce n'était certainement pas Ron qui allait l'en empêcher.

La troisième nuit, il retrouva le chemin plus facilement et ne fit pas de mauvaises rencontres, malgré son pas rapide et bruyant.

À nouveau, il vit son père et sa mère qui lui souriaient et un de ses grands-pères qui hochait la tête avec une expression de bonheur. Harry s'assit par terre, devant le miroir. Rien ne l'empêchait de rester ici toute la nuit à contempler sa famille. Rien, sauf peut-être…

—Alors ? Tu es encore là, Harry ?

Harry sentit son sang se glacer. Il regarda derrière lui. Assis sur un bureau, près du mur, il reconnut… Albus Dumbledore !

—Je… je ne vous avais pas vu, Monsieur, balbutia Harry.

—On dirait que l'invisibilité te rend myope, dit Dumbledore et Harry fut soulagé de voir qu'il souriait.

Albus Dumbledore vint s'asseoir par terre, à côté de lui.

—Comme des centaines de personnes avant toi, tu as découvert le bonheur de contempler le Miroir du Riséd.

—Je ne savais pas qu'on l'appelait comme ça, dit Harry.

—Mais j'imagine que tu as compris ce qu'il fait ?

—Il… il me montre ma famille…

—Et il montre ton ami Ron avec la coupe de Quidditch dans les mains.

—Comment savez-vous ?…

—Moi, je n'ai pas besoin de cape pour devenir invisible, dit Dumbledore d'une voix douce. Et maintenant, tu comprends ce que nous montre le Miroir du Riséd ?

Harry fit « non » de la tête.

—Je vais t'expliquer. Pour l'homme le plus heureux de la Terre, le Miroir du Riséd ne serait qu'un miroir ordinaire, il n'y verrait que son reflet. Est-ce que cela t'aide à comprendre ?

Harry réfléchit, puis il dit lentement :

—Il nous montre ce que nous voulons voir.

—Oui et non, répondit Dumbledore, il ne nous montre rien d'autre que le désir le plus profond, le plus cher, que nous ayons au fond de notre cœur. Toi qui n'as jamais connu ta famille, tu l'as vue soudain devant toi. Ronald Weasley, qui a toujours vécu dans l'ombre de ses frères, s'est vu enfin tout seul, couvert de gloire et d'honneurs. Mais ce miroir ne peut nous apporter ni la connaissance, ni la vérité. Des hommes ont dépéri ou sont devenus fous en contemplant ce qu'ils y voyaient, car ils ne savaient pas si ce que le miroir leur montrait était réel, ou même possible. Demain, le miroir sera déménagé ailleurs, et je te demande de ne pas essayer de le retrouver. Mais si jamais il t'arrive encore de tomber dessus, tu seras averti, désormais. Ça ne fait pas grand bien de s'installer dans les rêves en oubliant de vivre, souviens-toi de ça. Et maintenant, remets donc cette cape merveilleuse et retourne te coucher.

Harry se releva.

—Monsieur, dit-il. Est-ce que je peux vous demander quelque chose ?

—C'est ce que tu viens de faire, mais tu peux recommencer, si tu veux.

—Et vous, qu'est-ce que vous voyez quand vous regardez le miroir ?

—Moi ? Je me vois avec une bonne paire de chaussettes de laine à la main.

Harry ouvrit des yeux ébahis.

—On manque toujours de chaussettes. Noël vient de passer et je n'en ai même pas eu une seule paire. Les gens s'obstinent à m'offrir des livres.

Lorsqu'il eut rejoint son lit, Harry se demanda si Dumbledore lui avait bien répondu la vérité. Mais après tout, c'était peut-être une question un peu trop personnelle.

13
NICOLAS FLAMEL

Dumbledore avait réussi à convaincre Harry de ne plus chercher le Miroir du Riséd et pendant toutes les vacances de Noël, la cape d'invisibilité était restée rangée au fond de sa valise. Harry aurait bien voulu oublier aussi facilement ce qu'il avait vu dans le miroir, mais c'était impossible. Il commença à faire des cauchemars. Il rêvait sans cesse que ses parents disparaissaient dans un éclair de lumière verte tandis qu'une voix aiguë lançait un petit rire aigrelet.

– Tu vois, Dumbledore avait raison, ce miroir pourrait finir par te rendre fou, dit Ron lorsque Harry lui eut parlé de ces rêves.

Hermione, qui était revenue la veille de la reprise des cours, voyait les choses différemment. Elle était partagée entre l'horreur à l'idée que Harry se promène dans les couloirs la nuit (Si Rusard t'avait attrapé) et la déception qu'il n'ait toujours pas trouvé qui était Nicolas Flamel.

Ils avaient presque abandonné tout espoir de trouver quoi que ce soit sur Flamel dans un livre de la bibliothèque, même si Harry restait persuadé qu'il avait lu son nom quelque part. Dès le début du deuxième trimestre, Ron, Hermione et Harry recommencèrent à feuilleter les livres de la bibliothèque pendant les récréations. Harry avait encore moins de temps que les deux autres, à cause de l'entraînement de Quidditch qui avait repris.

Dubois faisait travailler son équipe plus dur que jamais. Même la pluie incessante qui avait fait fondre la neige ne parvenait pas à modérer ses ardeurs. S'ils arrivaient à gagner le prochain match qui les opposerait à l'équipe des Poufsouffle, ils passeraient devant les Serpentard dans la course au championnat pour la première fois depuis sept ans. Au-delà de son désir de vaincre, Harry s'était rendu compte qu'il faisait moins de cauchemars quand il revenait épuisé de ses séances d'entraînement.

Un jour qu'ils s'entraînaient sous la pluie, sur un terrain particulièrement boueux, Dubois se fâcha contre les frères Weasley qui ne cessaient de se foncer dessus en faisant semblant de tomber de leurs balais.

— Arrêtez vos idioties ! s'écria-t-il. C'est avec ce genre de choses qu'on finit par perdre ! C'est Rogue qui va arbitrer le prochain match. Et il va chercher tous les prétextes pour enlever des points à l'équipe de Gryffondor.

En entendant cela, George Weasley tomba brutalement de son balai.

— Rogue va arbitrer le prochain match ? bredouilla-t-il, la bouche pleine de boue. Il n'a jamais fait ça ! S'il voit qu'on risque de devancer les Serpentard, il va chercher à nous défavoriser.

Le reste de l'équipe atterrit auprès de George pour protester également.

— Je n'y suis pour rien, se défendit Dubois. Tout ce que nous pouvons faire, c'est jouer impeccablement, comme ça, Rogue n'aura aucun prétexte pour s'en prendre à nous.

Sans doute, pensa Harry, mais lui-même avait des raisons personnelles pour souhaiter que Rogue ne soit pas trop près de lui pendant le match…

À la fin de la séance, Harry rentra directement à la salle commune de Gryffondor où il retrouva Ron et Hermione qui jouaient aux échecs. Les échecs étaient le seul jeu auquel Hermione perdait et, aux yeux de Ron et Harry, rien ne pouvait lui faire plus de bien

— Attends, ne me parle pas pour l'instant, dit Ron lorsque Harry vint s'asseoir à côté de lui. Je dois me concen… Qu'est-ce qui se passe ? s'exclama-t-il soudain en voyant sa tête.

À voix basse pour que personne d'autre ne puisse l'entendre, Harry leur annonça l'intention soudaine de Rogue d'arbitrer le prochain match de Quidditch.

— Il ne faut pas que tu joues, dit aussitôt Hermione.

— Tu n'as qu'à dire que tu es malade.

— Fais semblant de t'être cassé la jambe, suggéra Hermione.

— Ou casse-toi la jambe pour de bon, dit Ron.

— Impossible, répondit Harry, il n'y a pas d'attrapeur remplaçant dans notre équipe. Si je déclare forfait, Gryffondor ne pourra pas jouer du tout.

À cet instant, Neville atterrit à plat ventre dans la salle commune. Ses jambes étaient collées l'une à l'autre, conséquence bien connue d'un mauvais sort très courant appelé le maléfice du Bloque-jambes. Comment avait-il réussi à arriver jusqu'ici, nul ne le savait. Il avait dû faire tout le chemin en sautillant à pieds joints jusqu'au sommet de la tour.

Tout le monde éclata de rire, sauf Hermione qui s'empressa de prononcer la formule magique annulant les effets du sortilège. Les jambes de Neville se détachèrent aussitôt l'une de l'autre et il se releva en tremblant.

— Qu'est-ce qui s'est passé ? demanda Hermione en le faisant asseoir entre Ron et Harry.

— C'est Malefoy, répondit Neville d'une voix chevrotante. Je l'ai croisé devant la bibliothèque. Il m'a dit qu'il cherchait quelqu'un pour s'entraîner à lancer ce mauvais sort.

— Va voir le professeur McGonagall, conseilla Hermione. Raconte-lui ce qui s'est passé

Neville refusa d'un signe de tête.

– Ça me rapporterait encore plus d'ennuis, marmonna-t-il.

– Il faut que tu te défendes ! intervint Ron. Il a pris l'habitude de marcher sur tout le monde, il ne faut pas lui faciliter la tâche en se couchant devant lui.

– Je sais bien que je ne suis pas assez courageux pour être à Gryffondor, Malefoy me l'a déjà dit, sanglota Neville.

Harry fouilla dans sa poche et en sortit un Chocogrenouille, le dernier de la boîte qu'Hermione lui avait offerte pour Noël. Il le donna à Neville qui semblait sur le point de fondre en larmes.

– Tu vaux douze fois mieux que Malefoy, dit Harry. C'est le Choixpeau magique qui a décidé de t'envoyer à Gryffondor, non ? Et Malefoy, où est-il, lui ? Chez ces horribles Serpentard !

Neville eut un pâle sourire. Il enleva le papier du Chocogrenouille.

– Merci, Harry, dit-il. Je crois que je vais aller me coucher… Tu veux la carte du Choco ? Tu en fais collection, je crois ?

Neville alla rejoindre le dortoir pendant que Harry jetait un coup d'œil à la carte du Chocogrenouille.

– C'est encore Dumbledore, dit-il. J'étais déjà tombé sur lui la première fois…

Il poussa alors une exclamation en dévorant des yeux ce qui était écrit au dos de la carte. Puis il regarda Ron et Hermione.

– Je l'ai trouvé, murmura-t-il. J'ai trouvé Flamel ! Je vous l'avais dit que j'avais déjà vu son nom quelque part. Je l'ai lu dans le train qui nous a amenés ici. Écoutez ça : *Dumbledore s'est notamment rendu célèbre en écrasant en 1945 le mage Grindelwald, de sinistre mémoire. Il travailla en étroite collaboration avec l'alchimiste Nicolas Flamel et on lui doit la découverte des douze propriétés du sang de dragon !*

Hermione se leva d'un bond, l'air aussi surexcité que le jour où on leur avait rendu leurs premiers devoirs.

— Attendez-moi ici, dit-elle avant de se précipiter dans le dortoir des filles.

Elle revint quelques instants plus tard, les bras chargés d'un vieux livre énorme.

— Je n'avais jamais pensé à regarder là-dedans ! murmura-t-elle avec fébrilité. J'avais pris ce livre à la bibliothèque il y a déjà un bout de temps pour avoir quelque chose à lire le soir.

— Tu parles d'un plaisir ! Lire un truc comme ça avant de s'endormir ! dit Ron.

Mais Hermione lui fit signe de se taire et se mit à feuilleter les pages du livre avec des gestes frénétiques. Au bout d'un moment, elle trouva enfin ce qu'elle cherchait.

— Je le savais ! Je le savais !

— On a le droit de dire quelque chose, maintenant ? grommela Ron.

Mais Hermione ne fit pas attention à lui.

— Nicolas Flamel, murmura-t-elle sur un ton théâtral, est le seul alchimiste qui ait réussi à fabriquer la Pierre philosophale.

— La quoi ? dirent en chœur Harry et Ron, peu impressionnés.

— Vous ne lisez donc jamais rien ? Regardez ça.

Hermione poussa le livre vers eux pour qu'ils puissent lire ce qu'elle leur montrait :

« Les anciennes recherches alchimiques avaient pour objet de fabriquer la Pierre philosophale, une substance légendaire dotée de pouvoirs étonnants. Cette Pierre a en effet la propriété de transformer n'importe quel métal en or pur. Elle produit également l'élixir de longue vie qui rend immortel celui qui le boit.

Au cours des siècles, de nombreux témoignages ont fait état de la réalité de la Pierre philosophale, mais la seule qui existe vraiment de nos jours est l'œuvre de Nicolas Flamel, le célèbre alchimiste et amateur d'opéra qui a célébré récemment son six cent soixante-cinquième anniversaire et mène une vie paisible dans le Devon en compagnie de son épouse, Pernelle (six cent cinquante-huit ans). »

— Vous avez vu ? dit Hermione. Le chien doit garder la Pierre philosophale de Nicolas Flamel ! Je parie que c'est Flamel en personne qui a demandé à Dumbledore de la mettre en lieu sûr. Ils sont amis et comme il savait que quelqu'un allait essayer de la voler, il a voulu l'enlever de Gringotts !

— Une Pierre qui fabrique de l'or et qui te rend immortel ! Pas étonnant que Rogue essaie de la voler ! dit Harry. N'importe qui la voudrait pour lui tout seul !

— Et pas étonnant qu'on n'ait rien trouvé sur Nicolas Flamel dans *Étude des récents progrès de la sorcellerie*, dit Ron. Il n'est plus de la toute première jeunesse s'il a six cent soixante-cinq ans.

Le lendemain matin, pendant le cours de défense contre les forces du Mal, tout en copiant les différentes façons de soigner les morsures de loup-garou, Harry et Ron parlaient toujours de ce qu'ils feraient de la Pierre philosophale s'ils en avaient une. Lorsque Ron dit qu'il achèterait une équipe de Quidditch, Harry se souvint brusquement de Rogue et du prochain match.

— Je jouerai, dit-il. Si je me défile, tous les Serpentard vont penser que j'ai peur d'affronter Rogue. Je vais leur montrer... Ils vont tomber de haut si on gagne.

— J'espère que ce n'est pas toi qui vas tomber de haut, soupira Hermione.

Pourtant, à mesure que le match approchait, Harry devenait de plus en plus nerveux, en dépit de tout ce qu'il pouvait bien dire à Ron et Hermione. Les autres joueurs de l'équipe n'étaient guère plus sereins. L'idée de l'emporter sur Serpentard pour le championnat les enthousiasmait – personne n'avait réussi à le faire depuis près de sept ans – mais comment pourraient-ils y parvenir avec un arbitre aussi partial que Rogue ?

Harry se demandait si ce n'était pas un effet de son imagination, mais il semblait toujours tomber sur Rogue, partout où il allait. Par moments, il se demandait même si Rogue ne le suivait pas pour essayer de le surprendre seul. Rogue était si odieux avec lui que les cours de potions étaient devenus un cauchemar hebdomadaire. Rogue savait-il qu'ils étaient au courant de la Pierre philosophale ? Harry ne voyait pas comment il aurait pu faire pour le découvrir, mais parfois, il avait l'abominable impression que Rogue lisait dans les pensées.

Lorsque, dans l'après-midi du lendemain, ils lui souhaitèrent bonne chance à l'entrée des vestiaires, Harry savait que Ron et Hermione se demandaient s'ils le reverraient jamais vivant. Ce n'était pas une impression très réconfortante et Harry entendit à peine le discours d'encouragement que Dubois prononça pendant que les joueurs de Gryffondor se préparaient à entrer sur le terrain.

Ron et Hermione avaient trouvé une place à côté de Neville qui ne comprenait pas pourquoi ils avaient la mine si sombre, ni pour quelle raison ils avaient cru utile d'apporter leur baguette magique pendant le match. Harry ne savait pas que Ron et Hermione s'étaient entraînés en secret à jeter le sortilège du Bloque-jambes. Ils avaient emprunté l'idée à Malefoy et comptaient bien s'en servir contre Rogue s'il manifestait la moindre intention de s'en prendre à Harry.

– N'oublie pas, la formule, c'est *Locomotor Mortis*, murmura Hermione.

—Je le sais bien, répliqua sèchement Ron. Ne commence pas à m'agacer.

Dans les vestiaires, Dubois avait pris Harry à part.

—Je ne voudrais pas te mettre la pression, Potter, dit-il, mais on aurait vraiment besoin d'attraper le Vif d'or le plus vite possible. Il faut arriver à terminer le match avant que Rogue ait eu le temps de favoriser les Poufsouffle.

—Toute l'école est là ! annonça Fred Weasley en jetant un coup d'œil par la porte. Même... Nom d'un chaudron ! Dumbledore en personne est venu assister au match !

Harry sentit son cœur faire un saut périlleux dans sa poitrine.

—Dumbledore ! s'exclama-t-il en se précipitant vers la porte pour vérifier par lui-même.

Fred avait raison. Il reconnut aussitôt la barbe argentée.

Harry en ressentit un tel soulagement qu'il faillit éclater de rire. Il n'avait plus rien à craindre, à présent. Rogue n'oserait jamais lui faire du tort sous les yeux de Dumbledore.

C'était peut-être pour ça que Rogue avait l'air si furieux lorsque les deux équipes pénétrèrent sur le terrain. Ron aussi l'avait remarqué.

—Je n'ai jamais vu Rogue avec un regard aussi mauvais, dit-il à Hermione. Ah, ça y est, le match commence ! Aïe !

Quelqu'un venait de le frapper derrière la tête. C'était Malefoy.

—Désolé, Weasley, dit-il, je ne t'avais pas vu.

Malefoy adressa un large sourire à Crabbe et à Goyle.

—Je me demande combien de temps Potter va réussir à rester sur son balai, reprit-il. Quelqu'un veut parier ? À ton avis, Weasley ?

Ron ne répondit pas. Rogue venait d'accorder un penalty à l'équipe de Poufsouffle parce que George Weasley avait renvoyé un Cognard dans sa direction. Hermione, les doigts croisés, regardait fixement Harry qui tournoyait comme un faucon au-dessus du terrain, à la recherche du Vif d'or.

– Vous savez comment ils choisissent leurs joueurs dans l'équipe de Gryffondor ? dit Malefoy, alors que Rogue accordait aux Poufsouffle un nouveau penalty tout aussi injustifié. Ils vont chercher les gens qui leur font pitié. Par exemple, ils ont pris Potter parce qu'il n'a pas de parents, les Weasley parce qu'ils n'ont pas d'argent et ils vont sûrement prendre Neville Londubat parce qu'il n'a pas de cerveau.

Neville devint écarlate et se retourna pour faire face à Malefoy.

– Je vaux douze fois mieux que toi, Malefoy, balbutia-t-il.

Malefoy, Crabbe et Goyle éclatèrent d'un rire tonitruant.

– Bien dit, Neville, approuva Ron sans quitter le match des yeux.

– Si le cerveau était en or, tu serais encore plus pauvre que Weasley, ce qui n'est pas peu dire, lança Malefoy.

Ron était si inquiet pour Harry qu'il avait les nerfs à vif.

– Je te préviens, Malefoy, dit-il, un mot de plus et…

– Ron ! s'exclama Hermione. Harry !

– Quoi ? Où ?

Harry avait amorcé une spectaculaire descente en piqué qui avait provoqué des exclamations angoissées et des cris d'enthousiasme parmi la foule. Hermione se leva en portant ses doigts croisés à sa bouche tandis que Harry fonçait vers le sol à la vitesse d'un boulet.

– Tu as de la chance, Weasley, Potter a dû voir une pièce de monnaie par terre, dit Malefoy.

Ron bondit comme un ressort. Avant que Malefoy ait eu le temps de comprendre ce qui lui arrivait, Ron l'avait jeté à terre et le maintenait immobilisé. Neville hésita un instant, puis il enjamba le dossier de son banc pour lui prêter main-forte.

– Vas-y, Harry ! hurla Hermione en sautant sur place, sans

même se rendre compte que Malefoy et Ron avaient roulé sous son banc et que Neville était aux prises avec Crabbe et Goyle dans un tourbillon de poings et de pieds.

Harry filait droit sur Rogue qui fit un écart au dernier moment et n'évita la collision que de quelques centimètres. Une fraction de seconde plus tard, Harry effectuait un rétablissement spectaculaire, le bras levé en signe de triomphe, la main serrée sur le Vif d'or.

La foule se mit à hurler d'enthousiasme. C'était sûrement un record. Personne n'avait jamais vu un joueur attraper le Vif d'or aussi rapidement.

– Ron ! Ron ! Où es-tu ? Le match est fini ! Harry a gagné ! On a gagné ! Gryffondor prend la tête du championnat ! hurla Hermione en dansant sur son banc et en serrant dans ses bras quiconque se trouvait à sa portée.

Harry sauta de son balai. Il n'arrivait pas à y croire. Il avait réussi. Le match avait à peine duré cinq minutes. Tandis que les supporters de Gryffondor envahissaient le terrain, il vit Rogue atterrir à proximité, le teint livide, les lèvres serrées. Harry sentit alors une main se poser sur son épaule. Il se retourna et vit Dumbledore qui lui souriait.

– Bien joué, dit-il à voix basse pour que personne d'autre que Harry ne puisse l'entendre. Je suis content de voir que tu as chassé ce miroir de ta tête… Tu as continué à travailler… C'est très bien…

De dépit, Rogue cracha sur le sol.

Un peu plus tard, Harry quitta seul les vestiaires et alla ranger son Nimbus 2000 dans le hangar à balais. Jamais il ne s'était senti aussi heureux. Cette fois, il avait véritablement accompli quelque chose dont il pouvait être fier. Plus personne ne pourrait dire qu'il n'était qu'un nom célèbre, rien de plus. Il alla marcher sur la pelouse humide, dans l'air du soir qui embaumait, et revit dans sa tête les images d'après le match : les supporters de Gryffondor qui accouraient pour le porter en triomphe, Ron, le nez ensanglanté, et Hermione, au loin, qui sautait sur place.

Arrivé devant le hangar à balais, Harry regarda les fenêtres du château flamboyer dans le soleil couchant. Gryffondor était en tête du championnat. Il avait réussi cet exploit. Il avait affronté Rogue... À propos de Rogue...

Harry vit une silhouette encapuchonnée descendre rapidement les marches du château. De toute évidence, c'était quelqu'un qui ne voulait pas être vu. La silhouette fila en direction de la Forêt interdite. Harry en oublia sa victoire, quand soudain il reconnut la démarche. C'était Rogue. Qu'allait-il faire dans la forêt pendant que tout le monde dînait ?

Harry enfourcha son Nimbus 2000 et décolla. Glissant silencieusement au-dessus du château, il vit Rogue pénétrer dans la forêt au pas de course et il décida de le suivre.

Les arbres étaient si touffus qu'il ne vit pas quelle direction prenait Rogue. Il décrivit des cercles au-dessus de la forêt en volant de plus en plus bas. Lorsqu'il fut parvenu à hauteur de la cime des arbres, il entendit des voix. Il s'orienta alors dans cette direction et atterrit sans bruit dans les branches d'un grand hêtre.

Il s'accrocha à l'une des branches, le balai serré contre lui et essaya de regarder à travers le feuillage.

Au-dessous, il vit Rogue debout dans une clairière. Mais il n'était pas seul. Quirrell était avec lui. Harry ne parvenait pas à distinguer son visage, mais son bégaiement avait empiré. Harry tendit l'oreille pour s'efforcer d'entendre ce qu'ils disaient.

— ... ne sais pas pour... pourquoi v...v... vous avez te... tenu à me v... v... voir ici, Severus.

– Il vaut mieux que notre conversation reste confidentielle, répondit Rogue d'une voix glaciale. Après tout, les élèves ne sont pas censés connaître l'existence de la Pierre philosophale.

Harry se pencha en avant. Quirrell marmonnait quelque chose, mais Rogue l'interrompit.

– Vous avez trouvé comment faire pour passer devant cette bestiole sans se faire dévorer ? dit-il.

– M… M… mais, Severus… Je…

– Vous ne voudriez quand même pas que je devienne votre ennemi, Quirrell ? lança Rogue en faisant un pas en avant.

– Je… je… ne comprends pas ce… ce que vous…

– Vous comprenez parfaitement ce que je veux dire.

Un hibou poussa un ululement et Harry faillit tomber de son arbre. Il se rattrapa de justesse et parvint à saisir la fin de la phrase suivante :

– … quelques formules magiques dont vous avez le secret. J'attends.

– M… mais… Je… je ne…

– Très bien, l'interrompit Rogue. Nous aurons bientôt une autre conversation, lorsque vous aurez eu le temps de réfléchir et de choisir votre camp.

Rogue s'enveloppa dans sa cape et quitta la clairière. Il faisait presque nuit, à présent, mais Harry distinguait nettement la silhouette de Quirrell qui était resté immobile au même endroit, comme pétrifié.

– Harry ! Où étais-tu passé ? s'écria Hermione.

– On a gagné ! Tu as gagné ! On a gagné ! exulta Ron en donnant à Harry de grandes tapes dans le dos. Et moi, j'ai collé un œil au beurre noir à Malefoy et Neville a essayé de s'attaquer à Crabbe et à Goyle d'une seule main ! Il est toujours dans les pommes mais Madame Pomfresh a dit que ce n'était pas grave. On leur a vraiment montré quelque chose, aux Serpentard ! Tout le monde t'attend dans la salle commune, on a fait une fête, Fred et George ont réussi à voler des gâteaux et des tas d'autres trucs dans la cuisine.

— On verra ça plus tard, dit Harry d'un ton précipité. Allons dans un endroit tranquille, j'ai plein de choses à vous dire…

Ils se rendirent dans une salle vide et fermèrent la porte derrière eux après s'être assurés que Peeves n'était pas là. Harry leur raconta alors ce qu'il avait vu et entendu.

— On avait deviné juste. Il s'agit bien de la Pierre philosophale. Rogue essaye de la voler et il veut obliger Quirrell à l'aider. Il y a sûrement d'autres choses qui gardent la Pierre en plus de Touffu. Des tas de sortilèges, probablement, et Quirrell doit connaître les formules magiques pour les neutraliser.

— Ce qui veut dire que pour protéger la Pierre, il faut que Quirrell tienne tête à Rogue, dit Hermione, inquiète.

— Dans ce cas, elle aura disparu d'ici mardi prochain… conclut Ron.

14
NORBERT LE DRAGON

Quirrell se montra cependant plus courageux qu'ils ne l'auraient cru. Dans les semaines qui suivirent, il devint encore plus pâle et plus maigre, mais il ne semblait pas avoir cédé.

Chaque fois qu'ils passaient devant le couloir interdit du troisième étage, Harry, Ron et Hermione collaient l'oreille contre la porte pour vérifier que Touffu était toujours là à pousser des grognements. Rogue, lui, ne manquait jamais une occasion de manifester sa mauvaise humeur habituelle, ce qui signifiait qu'il n'avait pas encore réussi à s'emparer de la Pierre. Lorsque Harry croisait Quirrell, il lui adressait un sourire en forme d'encouragement et Ron, de son côté, rappelait à l'ordre quiconque se moquait de son bégaiement.

Hermione, pour sa part, avait autre chose en tête que la Pierre philosophale. Elle avait commencé à établir un programme de révisions pour les examens de fin d'année et harcelait Ron et Harry pour qu'ils en fassent autant.

– Hermione, les examens, c'est dans une éternité.

– Dix semaines, répliqua Hermione, ce n'est pas une éternité, ça correspond à une seconde pour Nicolas Flamel.

– Nous, on n'a pas six cents ans, lui rappela Ron. D'ailleurs, tu n'as pas besoin de réviser, tu sais déjà tout.

– Pas besoin de réviser ? Tu es fou ? Tu te rends compte qu'il faut absolument réussir ces examens pour entrer en deuxième année. C'est très important, j'aurais dû commencer à réviser il y a un mois.

Malheureusement les professeurs semblaient lui donner raison. Ils avaient imposé tellement de devoirs pour les vacances de Pâques qu'il ne restait plus beaucoup de temps aux élèves pour songer à s'amuser. Il était difficile de se détendre quand Hermione passait son temps à réciter les douze usages du sang de dragon ou à faire des exercices avec sa baguette magique. Bâillant et maugréant, Harry et Ron passaient la plus grande partie de leur temps libre dans la bibliothèque avec elle pour essayer d'arriver au bout de leur travail.

— Je n'arriverai jamais à me rappeler ce truc, dit un jour Ron.

Il laissa tomber sa plume et regarda avec envie par la fenêtre de la bibliothèque. C'était la première belle journée qu'ils avaient eue depuis des mois. Le ciel était d'un bleu de myosotis et l'atmosphère avait un parfum d'été.

Harry, qui lisait l'article consacré au « dictame » dans *Mille herbes et champignons magiques*, leva les yeux lorsqu'il entendit Ron s'écrier :

— Hagrid ! Qu'est-ce que vous faites dans la bibliothèque ?

Hagrid apparut, cachant quelque chose derrière son dos. Avec son gros manteau en poil de taupe, il paraissait déplacé dans un tel lieu.

— Je suis simplement venu jeter un coup d'œil, dit-il d'une voix qui ne paraissait pas très naturelle. Et vous, qu'est-ce que vous faites ? ajouta-t-il d'un air soupçonneux. J'espère que vous avez cessé de vous intéresser à Nicolas Flamel ?

— Oh, il y a longtemps que nous avons trouvé ce que nous cherchions, dit Ron d'un ton assuré. Et nous savons ce que garde ce chien. Il s'agit de la Pierre philo…

— Chut ! l'interrompit Hagrid en lançant des regards autour de lui pour voir si quelqu'un écoutait. Parle moins fort, qu'est-ce qui te prend ?

– Nous voulions justement vous poser quelques petites questions, intervint Harry. On se demandait ce qui a été prévu pour garder la Pierre, en dehors de Touffu.

– CHUT ! répéta Hagrid. Vous n'avez qu'à venir me voir un peu plus tard. Je ne vous promets rien, mais arrêtez de jacasser à ce sujet, les élèves ne sont pas censés savoir On va penser que c'est moi qui vous ai tout raconté.

– Alors, à tout à l'heure, dit Harry.

Hagrid quitta la bibliothèque en traînant ses grands pieds sur le parquet.

– Qu'est-ce qu'il cachait derrière son dos ? demanda Hermione d'un air songeur. Tu penses que cela concernait la Pierre ;

– Je vais voir dans quelle section il était, dit Ron, qui en avait assez de travailler.

Il revint quelques instants plus tard avec une pile de livres qu'il laissa tomber sur la table.

– Des dragons ! murmura-t-il. Hagrid regardait les bouquins consacrés aux dragons ! Regardez ça : *Les Différentes Espèces de dragon d'Angleterre et d'Irlande*, *De l'œuf au brasier*, *Le Guide de l'amateur de dragons*.

– Hagrid a toujours rêvé d'avoir un dragon, il me l'a dit la première fois que je l'ai vu, déclara Harry.

– Mais c'est contraire à nos lois, fit remarquer Ron qui en avait assez de travailler. L'élevage des dragons a été interdit par la Convention des sorciers de 1709, tout le monde sait ça. Comment veux-tu qu'on arrive à cacher notre existence aux Moldus si on garde un dragon dans son jardin ? En plus, ils sont impossibles à dresser, c'est très dangereux. Si tu voyais les brûlures que s'est faites Charlie avec des dragons sauvages de Roumanie !

– Il n'y a quand même pas de dragons sauvages en Grande-Bretagne ? demanda Harry.

– Bien sûr que si, il y en a, assura Ron. Tu n'as jamais

entendu parler du Vert gallois ou du Noir des Hébrides ? Le ministère de la Magie fait un sacré travail pour essayer de les cacher, je peux te le dire. Chaque fois qu'un Moldu en voit un, il faut lui jeter un sort pour qu'il oublie tout de suite.

—Je me demande vraiment ce que mijote Hagrid, dit Hermione.

Une heure plus tard, lorsqu'ils allèrent frapper à la porte du garde-chasse, ils furent surpris de voir que tous les rideaux de la cabane étaient tirés.

—Qui est là ? demanda Hagrid avant de les faire entrer et de refermer rapidement la porte derrière eux.

À l'intérieur, il faisait une chaleur étouffante. Bien qu'au-dehors la température fût clémente, un grand feu ronflait dans la cheminée. Hagrid prépara du thé et leur proposa des sandwiches à l'hermine, mais ils les refusèrent.

—Alors, vous vouliez me demander quelque chose ? dit Hagrid.

—Oui, répondit Harry.

Il valait mieux aller droit au but.

—Est-ce que vous pourriez nous dire ce qui garde la Pierre philosophale, à part Touffu ?

Hagrid fronça les sourcils.

—Bien sûr que non, je ne peux pas vous le dire. D'abord parce que je l'ignore. Ensuite parce que vous en savez déjà trop et donc, même si j'étais au courant, je ne vous dirais rien de plus. Il y a de bonnes raisons pour que cette Pierre se trouve ici. Elle a failli être volée chez Gringotts, j'imagine que vous l'aviez déjà compris ? Je me demande bien comment vous avez fait pour découvrir l'existence de Touffu.

—Je comprends que vous ne vouliez pas nous le dire, mais ne nous faites pas croire que vous ne le savez pas. Vous savez tout ce qui se passe ici, déclara Hermione d'un ton flatteur.

La barbe de Hagrid frémit. Ils virent qu'il souriait.

– Nous voulions simplement savoir qui s'était chargé du dispositif de protection de la Pierre, poursuivit Hermione. Nous nous demandions en qui, à part vous, Dumbledore pouvait avoir une telle confiance.

En entendant évoquer la confiance de Dumbledore, Hagrid bomba le torse. Harry et Ron lancèrent un regard rayonnant à Hermione.

– Bah, j'imagine qu'il n'y a pas de mal à vous dire ça... Voyons... il m'a demandé de lui prêter Touffu. Et certains professeurs se sont chargés des sortilèges... Le professeur Chourave, le professeur Flitwick, le professeur McGonagall, dit-il en comptant sur ses doigts. Le professeur Quirrell... Et Dumbledore lui-même a fait quelque chose, bien sûr. Ah oui, j'allais l'oublier, le professeur Rogue, aussi.

– Rogue ?

– Oui. Vous ne vous doutiez pas de ça, hein ? Rogue a aidé à protéger la Pierre, alors, vous voyez bien qu'il n'a pas l'intention de la voler.

Harry savait que Ron et Hermione pensaient la même chose que lui. Si Rogue avait participé à la protection de la Pierre, il lui était sans doute facile de connaître les sortilèges employés par les autres professeurs pour assurer sa sécurité. Il devait simplement ignorer le sortilège de Quirrell, ainsi que le moyen de passer devant Touffu sans se faire mordre.

– Vous êtes le seul à savoir comment faire pour se protéger de Touffu, n'est-ce pas ? demanda Harry d'un ton fébrile. Et vous ne voulez le dire à personne ? Même pas à un professeur ?

– Personne ne le sait, à part moi et Dumbledore, répondit Hagrid avec fierté.

– Voilà enfin quelque chose, marmonna Harry à l'adresse des deux autres. Hagrid, est-ce qu'on pourrait ouvrir la fenêtre ? C'est un vrai chaudron, ici.

— Impossible, Harry, désolé.

Harry vit que Hagrid jetait un coup d'œil vers le feu. Il suivit son regard.

— Hagrid ! Qu'est-ce que c'est que ça ? s'exclama-t-il.

Mais il savait déjà de quoi il s'agissait. Au cœur des flammes, sous la bouilloire, il y avait un gros œuf noir.

— Ça ? dit Hagrid en se passant les doigts dans la barbe d'un geste un peu nerveux. C'est simplement un…

— Où est-ce que vous l'avez trouvé ? dit Ron en s'accroupissant devant le feu pour examiner l'œuf. Vous avez dû le payer une fortune.

— Je l'ai gagné, dit Hagrid. Hier soir. J'étais allé boire un ou deux verres au village et j'ai joué aux cartes avec un client de passage. Pour tout vous dire, je crois qu'il n'était pas mécontent de s'en débarrasser.

— Et qu'est-ce que vous allez en faire quand il aura éclos ? interrogea Hermione.

— J'ai lu des choses là-dessus, répondit Hagrid en retirant un gros livre de sous son oreiller. J'ai trouvé ça à la bibliothèque. *L'Élevage des dragons pour l'agrément ou le commerce.* C'est un peu daté, bien sûr, mais tout y est. Il faut garder l'œuf dans le feu parce que, dans la nature, c'est leur mère qui leur souffle dessus, vous comprenez ? Et quand l'œuf a éclos, il faut donner au petit un seau de cognac mélangé à du sang de poulet toutes les demi-heures. Regardez, là, ils expliquent comment reconnaître les différents œufs. Le mien, c'est un Norvégien à crête. Une espèce rare.

Il semblait ravi, mais Hermione ne l'était pas du tout.

— Hagrid, votre cabane est en bois, fit-elle remarquer.

Hagrid n'écoutait pas, cependant. Il remuait les braises en chantonnant gaiement

Ils avaient maintenant un nouveau sujet d'inquiétude :

qu'arriverait-il à Hagrid si quelqu'un s'apercevait qu'il abritait dans sa cabane un dragon interdit ?

— Je me demande à quoi ça ressemble, une vie paisible, soupirait Ron, accablé par le poids des devoirs à faire tous les soirs. Hermione avait même commencé un programme de révisions pour lui et Harry. Cela les rendait fous.

Un matin au petit déjeuner, Hedwige, la chouette de Harry, lui apporta un message signé Hagrid. Il n'avait écrit que quelques mots : « Il est en train d'éclore. »

Ron voulut sauter le cours de botanique pour aller voir à l'instant même, mais Hermione l'en dissuada.

— Hermione, quand est-ce qu'on aura d'autres occasions de voir éclore un œuf de dragon ?

— On a un cours, ce n'est pas le moment de nous attirer des ennuis. Et ce ne sera rien comparé à ceux qu'aura Hagrid quand quelqu'un finira par s'apercevoir de ce qu'il fait…

— Tais-toi ! l'interrompit Harry.

Malefoy était passé tout près d'eux et s'était arrêté net pour écouter ce qu'ils disaient. Qu'avait-il entendu ? Harry n'aimait pas beaucoup l'expression de son visage.

Ils se disputèrent tout au long du chemin en allant à leur cours de botanique mais finirent par se mettre d'accord pour aller voir Hagrid pendant la récréation du matin. Lorsque la cloche du château sonna la fin du cours, ils se précipitèrent tous les trois vers la cabane où Hagrid les accueillit, tout excité, le teint écarlate.

— Il est presque sorti, annonça-t-il.

L'œuf était posé sur la table. Il y avait de profondes crevasses dans la coquille et quelque chose remuait à l'intérieur avec un drôle de bruit, comme une sorte de claquement.

Ils s'assirent autour de la table et observèrent l'œuf en retenant leur souffle.

Presque aussitôt, il y eut un craquement, la coquille s'ouvrit en deux et le bébé dragon s'avança sur la table d'une démarche pataude. Il n'était pas vraiment beau à voir. Harry trouva qu'il ressemblait à un vieux parapluie noir tout fripé. Ses ailes hérissées de pointes étaient énormes, comparées à son corps grêle d'un noir de jais. Il avait un long museau avec de grandes narines, des cornes naissantes et de gros yeux orange et globuleux.

Le dragon éternua et de petites étincelles jaillirent de son museau.

– Il est magnifique, murmura Hagrid.

Il tendit la main pour lui caresser la tête, mais le dragon claqua des mâchoires en montrant de petits crocs pointus.

– Le brave petit, il a reconnu sa maman ! s'exclama Hagrid.

– Hagrid, il faut combien de temps pour qu'un Norvégien à crête atteigne sa taille adulte ? demanda Hermione.

Mais avant même qu'elle eut terminé sa question, Hagrid se leva d'un bond et se précipita vers la fenêtre.

– Qu'est-ce qu'il y a ?

– Quelqu'un regardait entre les rideaux. Un garçon. Il s'est enfui vers le château.

Harry bondit sur la porte et l'ouvrit pour regarder au-dehors. Même de loin, il était impossible de s'y tromper.

Malefoy avait vu le dragon.

Dans les jours qui suivirent, le sourire qui se dessinait sans cesse sur le visage de Malefoy mit Harry, Ron et Hermione très mal à l'aise. Tous les trois passaient la plus grande partie de leur temps libre dans la cabane sombre de Hagrid pour essayer de le raisonner.

– Relâchez-le dans la nature, le pressait Harry.

– Impossible, répondait Hagrid. Il est trop petit. Il mourrait.

Ils contemplèrent le dragon. En une semaine, sa taille

avait triplé et des volutes de fumée lui sortaient des naseaux. Hagrid, trop occupé à prendre soin du dragon, négligeait ses devoirs de garde-chasse. Le sol était jonché de bouteilles de cognac vides et de plumes de poulet.

—J'ai décidé de l'appeler Norbert, dit Hagrid en regardant le dragon avec des yeux embués. Il me connaît bien, maintenant, regardez. Norbert ! Norbert ! Où est maman ?

—Il a perdu la boule, murmura Ron à l'oreille de Harry.

—Hagrid, dit Harry à haute voix, dans une quinzaine de jours, Norbert sera aussi grand que la maison. Et Malefoy peut à tout instant avertir Dumbledore.

Hagrid se mordit la lèvre.

—Je… je sais bien que je ne pourrai pas le garder pour toujours, mais je ne vais quand même pas l'abandonner ! Je ne pourrai jamais faire une chose pareille.

Harry se tourna brusquement vers Ron.

—Charlie, dit-il.

—Toi aussi, tu perds la boule, dit Ron. Moi, je m'appelle Ron, tu te souviens ?

—Je voulais parler de Charlie, ton frère. Celui qui étudie les dragons en Roumanie. On pourrait lui envoyer Norbert. Charlie s'occupera de lui et il le relâchera dans la nature !

—Excellente idée ! approuva Ron. Qu'est-ce que vous en pensez, Hagrid ?

Et Hagrid finit par accepter qu'ils envoient un hibou à Charlie pour lui demander de prendre en charge le dragon.

La semaine suivante s'écoula lentement. Le mercredi soir, Harry et Hermione étaient assis dans la salle commune, bien après que tous les autres eurent rejoint leur lit. La pendule accrochée au mur venait de sonner minuit lorsque le portrait de la grosse dame pivota. Ron enleva la cape d'invisibilité qui le recouvrait, semblant surgir de nulle part. Il revenait de la cabane où il avait aidé Hagrid à nourrir Norbert qui mangeait à présent des kilos de rats morts.

— Il m'a mordu ! s'écria-t-il en leur montrant sa main enveloppée d'un mouchoir ensanglanté. Je vais être incapable de tenir une plume pendant au moins une semaine. Ce dragon est la créature la plus effroyable que j'aie jamais rencontrée mais Hagrid en parle comme si c'était un gentil petit lapin. Quand il m'a mordu, il a dit que c'était ma faute, que je lui avais fait peur. Et quand je suis parti, il lui chantait une berceuse.

Il y eut un bruit contre le carreau de la fenêtre.

— C'est Hedwige ! dit Harry en se précipitant pour la faire entrer. Elle doit apporter la réponse de Charlie !

Ils se penchèrent tous les trois sur la lettre et la lurent en même temps :

Cher Ron,

Comment vas-tu ? Merci pour ta lettre. Je serais ravi de m'occuper du Norvégien à crête, mais ce ne sera pas facile de l'amener jusqu'ici. Le mieux, c'est de le confier à des amis à moi qui doivent venir me voir la semaine prochaine. Mais il ne faut pas qu'ils se fassent prendre à transporter un dragon.

Pourriez-vous amener le dragon au sommet de la plus haute tour du château samedi à minuit ? Mes amis vous retrouveront à cet endroit et profiteront de l'obscurité pour emporter le dragon.

Envoie-moi ta réponse le plus vite possible.

Bises,
Charlie

Ils échangèrent un regard.

— Avec la cape d'invisibilité, ça ne devrait pas être trop difficile, dit Harry. La cape est suffisamment grande pour qu'on puisse y tenir à deux avec Norbert en plus.

Pour une fois, les deux autres approuvèrent sans discussion. L'essentiel, c'était de se débarrasser du dragon – et de Malefoy.

Mais il y eut bientôt un nouvel ennui. Le lendemain matin, la main de Ron, celle que Norbert avait mordue, avait doublé de volume. Il hésitait à aller voir Madame Pomfresh : allait-elle s'apercevoir qu'il s'agissait d'une morsure de dragon ? Mais dans l'après-midi, il n'eut plus le choix. La blessure avait pris une horrible couleur verte. Norbert était sans doute un dragon venimeux.

À la fin de la journée, Harry et Hermione se précipitèrent à l'infirmerie où Ron, en piteux état, était au lit.

– J'ai l'impression que ma main est sur le point de tomber, murmura-t-il. Mais il y a encore autre chose. Malefoy a dit à Madame Pomfresh qu'il voulait m'emprunter un livre, ce qui lui a permis de venir se moquer de moi. Il m'a menacé de révéler à Madame Pomfresh qui m'avait mordu. Moi, je lui ai dit que c'était un chien, mais je crois qu'elle ne m'a pas cru. Je n'aurais pas dû le frapper pendant le match de Quidditch.

Harry et Hermione essayèrent de le calmer.

– Tout sera terminé samedi à minuit, promit Hermione.

Mais Ron n'en fut pas le moins du monde apaisé. Il se redressa brusquement dans son lit, le visage en sueur.

– Samedi à minuit ! Oh, non ! Oh, non ! Je viens de me souvenir. J'ai laissé la lettre de Charlie dans le livre que Malefoy a emporté ! Il va savoir qu'on essaye de se débarrasser de Norbert.

Harry et Hermione n'eurent pas le temps d'ajouter quoi que ce soit. Au même moment, Madame Pomfresh vint leur dire qu'il était temps de laisser Ron tranquille. Il avait besoin de dormir.

– Il est trop tard pour changer de programme, dit Harry à Hermione. Nous n'avons plus le temps d'envoyer un autre hibou à Charlie et c'est sans doute notre seule chance de nous débarrasser de Norbert. Il faut prendre le risque. Nous avons la chance d'avoir la cape d'invisibilité et ça, Malefoy ne le sait pas.

Lorsqu'ils allèrent voir Hagrid ce soir-là, Crockdur le molosse était assis devant la cabane avec un pansement autour de la queue. Hagrid ouvrit une fenêtre.

– Je ne vous fais pas entrer, souffla-t-il. Norbert est à l'âge où il a besoin de jouer. Mais, rassurez-vous, j'ai la situation bien en mains.

Lorsqu'ils lui annoncèrent ce que Charlie avait prévu, ses yeux se remplirent de larmes. Mais c'était peut-être parce que Norbert venait de lui mordre la jambe.

– Aïe ! Ce n'est pas grave, il a simplement mordu ma botte. C'est pour jouer. Après tout, c'est encore un bébé.

Et le bébé donna un grand coup de queue contre le mur en faisant trembler les vitres. Lorsqu'ils retournèrent au château, Hermione et Harry avaient hâte d'être à samedi.

S'ils n'avaient pas été si inquiets pour la suite des événements, ils auraient eu le cœur serré en voyant Hagrid se séparer de Norbert. La nuit était sombre, le ciel rempli de nuages. Quand ils arrivèrent devant la cabane, Hagrid était prêt. Il avait enfermé le dragon dans une grande boîte.

– Je lui ai donné des rats et du cognac pour le voyage, dit-il d'une voix étouffée. Et je lui ai laissé son ours en peluche pour qu'il ne se sente pas trop seul.

Un bruit de déchirure à l'intérieur de la boîte indiqua que l'ours en peluche venait sans doute de perdre la tête.

– Au revoir, Norbert, sanglota Hagrid tandis que Harry et Hermione recouvraient la boîte avec la cape d'invisibilité, puis se glissaient au-dessous. Maman ne t'oubliera jamais !

Comment parvinrent-ils à rapporter la boîte, ils ne le comprirent jamais.

Minuit approchait lorsque Harry et Hermione, chargés de leur fardeau, arrivèrent au pied de l'escalier de marbre, avant de prendre une série de couloirs sombres, puis un autre escalier, et encore un autre… Les raccourcis recommandés par Harry n'étaient pas d'un grand secours.

—On y est presque ! s'écria-t-il, essoufflé, alors qu'ils atteignirent le couloir situé au pied de la tour la plus haute.

Un brusque mouvement, un peu plus loin, manqua de leur faire lâcher la boîte à dragon. Oubliant qu'ils étaient déjà invisibles, ils se rencognèrent dans la pénombre, les yeux fixés sur deux silhouettes qui semblaient se débattre à quelques mètres devant eux. Une lampe s'alluma

Le professeur McGonagall, vêtue d'une robe de chambre écossaise, les cheveux dans un filet, tenait Malefoy par l'oreille.

—Vous aurez une retenue ! s'écria-t-elle. Et j'enlève vingt points à Serpentard. Se promener dans le château au milieu de la nuit, comment osez-vous ?

—Vous ne comprenez pas, professeur. Harry Potter va arriver avec un dragon ! se défendit Malefoy.

—Qu'est-ce que c'est que ces bêtises ? Comment pouvez-vous avoir l'audace de proférer de tels mensonges ? Venez, il va falloir que je parle de vous au professeur Rogue, Malefoy !

Après avoir assisté à ce spectacle, rien ne parut plus facile à Harry et à Hermione que de monter l'escalier en colimaçon qui menait au sommet de la tour. Lorsqu'ils sortirent sur le balcon, dans l'air frais de la nuit, ils ôtèrent la cape pour respirer enfin à pleins poumons. Hermione esquissa quelques pas de danse.

—Malefoy en retenue ! Il y a de quoi hurler de joie !

—Il vaudrait mieux éviter, conseilla Harry.

Ils se contentèrent donc de pouffer en silence tandis que Norbert s'agitait dans sa boîte pour essayer de s'échapper. Une dizaine de minutes plus tard, quatre balais surgirent de l'obscurité et descendirent en piqué vers le sommet de la tour. Les quatre joyeux amis de Charlie avaient fabriqué un harnais accroché entre leurs balais pour pouvoir transporter Norbert. Tout le monde s'y mit pour attacher soigneusement le dragon, puis Harry et Hermione échangèrent des poignées de main avec les autres en les remerciant chaleureusement.

Hermione et Harry virent bientôt la boîte à dragon s'éloigner dans le ciel puis disparaître au loin. Le cœur léger et les bras libres, ils redescendirent l'escalier. Ils étaient débarrassés du dragon, Malefoy avait récolté une punition, plus rien ne pouvait gâcher leur bonheur.

Sauf peut-être la silhouette de Rusard qui les attendait au bas des marches

— Je crois bien que nous allons avoir des ennuis, jeunes gens, murmura-t-il.

Ils se rendirent compte alors qu'ils avaient oublié la cape d'invisibilité au sommet de la tour.

15
LA FORÊT INTERDITE

Les choses n'auraient pas pu tourner plus mal.

Rusard les conduisit dans le bureau du professeur McGonagall où ils s'assirent en silence. Hermione tremblait. Harry tournait et retournait dans sa tête toutes les excuses qu'il pouvait trouver pour justifier leur conduite, mais aucune ne paraissait convaincante. Ils étaient pris au piège. Comment avaient-ils pu être assez stupides pour oublier la cape ? Aucune excuse au monde ne pourrait justifier aux yeux du professeur McGonagall qu'ils se promènent ainsi au milieu de la nuit et surtout pas dans la plus haute tour d'astronomie qui était réservée aux cours. Si l'on ajoutait Norbert et la cape d'invisibilité, ils pouvaient tout aussi bien faire leur valise dès maintenant.

Pour comble de malheur, lorsque le professeur McGonagall réapparut, elle tenait Neville par le bras.

– Harry ! s'écria Neville. Je t'ai cherché pour te prévenir, j'ai entendu Malefoy dire qu'il allait te coincer, il a dit que tu avais un drag…

Harry fit un signe de tête frénétique pour interrompre Neville, mais le professeur McGonagall l'avait vu. Elle semblait dans un tel état de fureur qu'elle aurait pu cracher le feu beaucoup mieux que Norbert.

– Je n'aurais jamais cru ça de vous. Mr Rusard m'a dit que

vous étiez au sommet de la tour d'astronomie. Or, il est une heure du matin. J'exige des explications !

Pour la première fois, Hermione fut incapable de répondre à la question d'un professeur. Elle restait immobile comme une statue, les yeux fixés sur le bout de ses chaussons.

—J'ai une petite idée sur ce qui s'est passé, reprit le professeur McGonagall. Il n'est pas nécessaire d'être un génie pour le comprendre. Vous avez raconté à Drago Malefoy une histoire à dormir debout au sujet d'un prétendu dragon pour l'attirer hors de son lit et lui créer des ennuis. Je l'ai déjà pris sur le fait. Et vous devez être très contents que Neville Londubat ait également cru à votre histoire ?

Harry croisa le regard de Neville et essaya de lui faire comprendre que ce n'était pas vrai. Il avait en effet remarqué son expression stupéfaite et peinée. Pauvre Neville ! Harry savait ce qu'il avait dû lui en coûter de partir à leur recherche dans l'obscurité du château pour les prévenir.

—Je suis outrée, dit le professeur McGonagall. Quatre élèves qui se promènent dans les couloirs la même nuit ! Je n'ai jamais vu une chose pareille. Miss Granger, je pensais que vous étiez plus raisonnable. Quant à vous, Mr Potter, je croyais que vous attachiez plus de prix au prestige de Gryffondor. Vous serez tous les trois en retenue et, croyez-moi, vous aurez du travail à faire ! Oui, oui, vous aussi, Mr Londubat, rien ne vous autorise à errer dans les couloirs en pleine nuit, encore moins en cette période, c'est extrêmement dangereux et j'enlève cinquante points à Gryffondor.

—Cinquante ? s'exclama Harry, suffoqué.

Ils perdaient du même coup la tête du championnat qu'ils avaient gagnée lors du dernier match de Quidditch.

—Cinquante points chacun ! précisa le professeur McGonagall.

—Professeur, s'il vous plaît…

– Vous ne pouvez pas…

– Ce n'est pas à vous de me dire ce que je peux faire ou pas, Potter. Et maintenant, retournez vous coucher tous les trois. Jamais des élèves de Gryffondor ne m'ont fait autant honte.

Cent cinquante points perdus ! Gryffondor était relégué à la dernière place du championnat. En une seule nuit, ils lui avaient fait perdre toute chance de remporter la coupe des Quatre Maisons. Comment pourraient-ils jamais rattraper un tel handicap ?

Harry ne dormit pas de la nuit. Il entendit Neville sangloter dans son oreiller des heures entières. Il ne savait pas quoi dire pour le consoler. Tout comme lui, Neville redoutait l'aube. Qu'arriverait-il lorsque les autres élèves de Gryffondor apprendraient ce qui s'était passé ?

Le lendemain, quand les élèves de Gryffondor passèrent devant les sabliers géants qui comptabilisaient les points de chaque maison, ils crurent d'abord à une erreur. Comment auraient-ils pu perdre cent cinquante points en une nuit ? L'histoire commença alors à se répandre : c'était Harry Potter, le célèbre Harry Potter, le héros des deux derniers matches de Quidditch, qui leur avait fait perdre tous ces points, lui et deux autres idiots de première année.

Harry qui avait été le plus populaire, le plus admiré des élèves de l'école devint brusquement celui qu'on détestait le plus. Même les Serdaigle et les Poufsouffle s'en prenaient à lui, car ils avaient tous espéré que les Serpentard perdraient la coupe. Partout où Harry apparaissait, on le montrait du doigt, on l'insultait à haute voix. Les Serpentard, en revanche, applaudissaient et l'acclamaient chaque fois qu'ils le voyaient passer.

– Merci pour le coup de main, Potter !

Il n'y avait que Ron pour lui rester fidèle.

– Ils auront oublié tout ça dans quelques semaines, assurat-il. Fred et George ont fait perdre des quantités de points à Gryffondor pendant tout le temps qu'ils ont passé ici et tout le monde les aime bien quand même.

— Ils n'ont jamais fait perdre cent cinquante points d'un coup, j'imagine ? dit Harry d'un air malheureux.

— Non, c'est vrai, admit Ron.

Il était un peu tard pour réparer les dégâts, mais Harry se jura désormais de ne plus se mêler de ce qui ne le regardait pas. Il se sentait si honteux qu'il proposa à Dubois de démissionner de l'équipe de Quidditch.

— Démissionner ? tonna Dubois. Et ça nous servira à quoi ? Comment on va faire pour regagner des points si on ne peut plus gagner les matches ?

Mais même le Quidditch avait cessé de l'amuser. Les autres joueurs refusaient d'adresser la parole à Harry pendant les séances d'entraînement et quand ils avaient besoin de parler de lui, ils le désignaient sous le nom d'attrapeur.

Hermione et Neville souffraient, eux aussi. Ils n'avaient pas à subir autant d'avanies, car ils n'étaient pas aussi connus, mais personne ne leur parlait non plus. Hermione était devenue discrète en classe, gardant la tête baissée et travaillant en silence.

Harry était presque content que la période des examens approche. Toutes les révisions qu'il avait à faire jusque tard dans la nuit, et en compagnie de Ron et Hermione, lui occupaient suffisamment l'esprit pour qu'il n'ait plus le temps de penser à ses malheurs.

Une semaine avant les examens, cependant, la promesse que Harry s'était faite de ne plus se mêler de ce qui ne le regardait pas fut mise à l'épreuve. Un après-midi, alors qu'il revenait de la bibliothèque, il entendit un gémissement qui provenait d'une salle de classe, un peu plus loin. Il reconnut bientôt la voix de Quirrell.

–Non, non, ne recommencez pas… s'il vous plaît… implorait-il.

On aurait dit que quelqu'un le menaçait. Harry s'approcha.

–D'accord, d'accord, sanglota Quirrell.

Un instant plus tard, il sortit en hâte de la salle en redressant son turban. Il avait le teint pâle et semblait sur le point de fondre en larmes. Il s'éloigna à grands pas et disparut. Harry attendit que le bruit de ses pas se soit évanoui, puis il regarda à l'intérieur de la salle de classe. Elle était vide, mais il y avait de l'autre côté une deuxième porte qui était entrouverte et il s'avança dans cette direction. Il avait déjà parcouru la moitié du chemin lorsque, se souvenant de sa promesse, il se ravisa.

De toute façon, il était prêt à parier une douzaine de Pierres philosophales que c'était Rogue qui était parti par là. Et d'après ce qu'il venait d'entendre, Quirrell avait fini par céder à ses menaces. Harry retourna aussitôt à la bibliothèque et raconta à Ron et à Hermione ce qu'il avait entendu.

–Alors, Rogue a fini par y arriver ! soupira Ron. Si Quirrell lui a révélé comment neutraliser son sortilège…

–Il reste Touffu, fit remarquer Hermione.

–Peut-être que Rogue a trouvé le moyen de passer devant lui sans avoir eu besoin de le demander à Hagrid, dit Ron en jetant un coup d'œil aux milliers de livres qui les entouraient. J'imagine qu'il doit bien y avoir un bouquin qui indique comment s'y prendre avec un chien géant à trois têtes. Qu'est-ce qu'on fait, Harry ?

La lueur de l'aventure brillait à nouveau dans le regard de Ron, mais Hermione répondit avant Harry :

–Il faut aller voir Dumbledore, dit-elle. C'est ce qu'on aurait dû faire depuis le début. Si on tente quelque chose nous-mêmes, on va se faire renvoyer, c'est sûr.

— Mais on n'a aucune preuve, répondit Harry. Quirrell a bien trop peur pour confirmer ce qu'on dira. Rogue se contentera de prétendre qu'il ignore comment le troll est entré le jour de Halloween et qu'il ne s'est pas rendu au troisième étage. Et qui est-ce qu'on va croire ? Lui ou nous ? Tout le monde sait qu'on le déteste. Dumbledore pensera que nous avons inventé toute l'histoire pour essayer de le faire renvoyer. Rusard ne nous aiderait pour rien au monde, même si sa vie en dépendait. Il est bien trop ami avec Rogue et, à ses yeux, plus il y a d'élèves qui se font renvoyer, mieux c'est. En plus on n'est pas censés connaître l'existence de la Pierre, ni celle de Touffu.

Hermione sembla convaincue, mais pas Ron.

— Et si on se contentait de fouiner un peu ? proposa-t-il.

— Non, répliqua Harry. On a suffisamment fouiné comme ça.

Il tira vers lui une carte de Jupiter et commença à apprendre les noms de ses satellites.

Le lendemain matin, les retenues furent signifiées officiellement à Harry, Hermione et Neville pendant le petit déjeuner. Le mot qu'on leur distribua était le même :

Votre retenue commencera ce soir à onze heures.
Rendez-vous avec Mr Rusard dans le hall d'entrée.
Prof. M. McGonagall

Dans l'agitation qu'avait provoquée la perte de leurs points, Harry avait oublié qu'ils avaient toujours des retenues à faire. Il s'attendait à ce qu'Hermione se plaigne en disant que c'était une soirée de perdue pour les révisions, mais elle ne prononça pas un mot. Tout comme Harry, elle estimait qu'ils avaient eu ce qu'ils méritaient. À onze heures, ce soir-là, ils dirent au revoir à Ron dans la salle commune et descendirent dans le hall d'entrée avec Neville. Rusard était déjà là, ainsi que Malefoy. Lui aussi était puni, Harry avait fini par l'oublier.

– Suivez-moi, dit Rusard en les conduisant au-dehors, une lampe à la main. Alors, vous y repenserez à deux fois, maintenant, avant de violer les règlements de l'école ? lança-t-il d'un ton narquois. Travailler dur et souffrir, c'est comme ça qu'on apprend le mieux, vous pouvez me croire. C'est dommage que les anciennes punitions n'aient plus cours. En ce temps-là, on vous suspendait au plafond par les poignets pendant quelques jours, j'ai toujours les chaînes dans mon bureau. Je les entretiens soigneusement au cas où on s'en servirait à nouveau. Allez, on y va.

Rusard leur fit traverser le parc. Neville n'arrêtait pas de renifler. Harry se demanda en quoi allait consister leur punition. C'était sans doute quelque chose de redoutable pour que Rusard ait l'air aussi réjoui.

La lune brillait, mais les nuages qui la masquaient par moments les plongeaient dans l'obscurité. Plus loin, on apercevait les fenêtres allumées de la cabane de Hagrid. Ils entendirent alors une voix crier :

– C'est vous Rusard ? Dépêchez-vous, j'ai hâte de commencer.

Harry se sentit soudain un peu plus léger. Si leur punition consistait à travailler avec Hagrid, ce serait moins difficile que prévu. Le soulagement avait dû apparaître sur son visage, car Rusard s'empressa de le décevoir.

– Vous vous imaginez peut-être que vous allez passer un peu de bon temps avec ce fainéant ? Détrompez-vous, jeunes gens. C'est dans la Forêt interdite que vous allez et ça m'étonnerait que vous soyez encore entiers quand vous en ressortirez.

Neville émit un gémissement et Malefoy s'arrêta net.

—La forêt ? dit-il d'un ton qui avait perdu sa morgue habituelle. On ne va quand même pas y aller en pleine nuit ! Il y a des tas de bestioles, là-dedans, même des loups-garous d'après ce qu'on m'a dit.

Harry sentit la main de Neville lui serrer le bras.

—Il fallait penser aux loups-garous avant de faire des bêtises.

Hagrid surgit de l'obscurité, Crockdur sur ses talons. Il avait à la main une grande arbalète et un carquois rempli de flèches en bandoulière.

—C'est pas trop tôt, dit-il. Ça fait une demi-heure que j'attends. Ça va, Harry, Hermione ?

—À votre place, je ne serais pas trop aimable avec eux, dit Rusard avec froideur. Ils sont ici pour être punis.

—C'est pour ça que vous êtes en retard ? répliqua Hagrid en regardant Rusard d'un air mauvais. Vous leur avez fait la leçon, hein ? C'est pas dans vos attributions. Vous avez fait votre part, à partir d'ici, c'est moi qui m'en occupe.

—Je reviendrai à l'aube, dit Rusard, pour récupérer ce qui restera d'eux.

Et il retourna vers le château, éclairé par sa lampe qui se balançait dans l'obscurité.

Malefoy se tourna vers Hagrid.

—Je refuse d'aller dans cette forêt, dit-il.

Harry fut enchanté d'entendre le tremblement de sa voix qui trahissait sa panique.

—Il faudra bien y aller si tu veux rester à Poudlard, répliqua Hagrid d'un ton féroce. Tu as fait des idioties, il faut payer, maintenant.

—Il n'y a que les domestiques qui vont dans la forêt, pas les élèves, protesta Malefoy. Je croyais qu'on allait nous faire copier des lignes, ou quelque chose dans ce goût-là. Si mon père apprenait qu'on m'oblige à…

—C'est comme ça que ça se passe, à Poudlard, coupa Hagrid. Copier des lignes, et puis quoi encore ? À quoi c'est bon ? Ou bien tu fais quelque chose d'utile, ou bien tu es renvoyé. Si tu penses que ton père préfère que tu t'en ailles, tu n'as qu'à retourner au château et préparer ta valise. Allez, vas-y !

Malefoy ne bougea pas. Il lança à Hagrid un regard furieux, puis il baissa les yeux.

—Très bien, dit Hagrid, et maintenant écoutez-moi bien, tous les quatre, parce que c'est dangereux ce que nous allons faire cette nuit. Je ne veux pas que vous preniez des risques. Suivez-moi par là.

Il les amena à la lisière de la forêt, leva sa lampe et montra un étroit sentier qui serpentait parmi les gros arbres noirs. Une petite brise agitait leurs cheveux tandis qu'ils contemplaient la forêt.

—Regardez, dit Hagrid, vous voyez cette chose argentée qui brille par terre ? C'est du sang de licorne. Il y a dans les environs une licorne qui a été gravement blessée par je ne sais quoi. C'est la deuxième fois cette semaine. J'en ai trouvé une morte mercredi dernier. On va essayer de retrouver cette malheureuse bestiole. Il faudra peut-être mettre fin à ses souffrances.

—Et qu'est-ce qui se passe si le je-ne-sais-quoi qui a blessé la licorne nous trouve avant ? demanda Malefoy sans parvenir à dissimuler la terreur qui altérait sa voix.

—Tant que tu seras avec moi et Crockdur, rien de ce qui vit dans cette forêt ne pourra te faire de mal, assura Hagrid. Ne vous écartez pas du chemin. Nous allons tout de suite nous séparer en deux groupes et suivre les traces dans des directions différentes. Il y a du sang partout, elle a dû errer dans tous les sens depuis la nuit dernière.

—Je veux Crockdur avec moi, dit précipitamment Malefoy en regardant les longues dents du chien.

– D'accord, mais je te préviens, c'est un trouillard, dit Hagrid. Alors, Harry, Hermione et moi, on va d'un côté, Drago, Neville et Crockdur de l'autre. Si l'un de nous trouve la licorne, il envoie des étincelles vertes, d'accord ? Sortez vos baguettes magiques et entraînez-vous dès maintenant. Voilà, très bien. Et si quelqu'un a des ennuis, il envoie des étincelles rouges pour que les autres viennent à son secours. Allons-y, maintenant, et faites bien attention.

La forêt était noire et silencieuse. Un peu plus loin, ils atteignirent une bifurcation. Hagrid, Harry et Hermione prirent le chemin de gauche, Malefoy, Neville et Crockdur celui de droite.

Ils avancèrent sans bruit, les yeux rivés au sol. De temps à autre, un rayon de lune traversait les feuillages et faisait briller une tache de sang argenté sur les feuilles mortes.

Harry remarqua que Hagrid avait l'air inquiet.

– Est-ce qu'un loup-garou pourrait tuer une licorne ? demanda Harry.

– Il ne serait pas assez rapide. Les licornes ne sont pas faciles à attraper, ce sont des créatures qui ont des pouvoirs magiques très puissants. Avant ça, je n'avais jamais entendu dire qu'on puisse blesser une licorne.

Ils passèrent devant une souche d'arbre couverte de mousse. Harry entendit un bruit d'eau. Il devait y avoir un ruisseau à proximité. Il y avait toujours des taches de sang de licorne le long du chemin sinueux.

– Ça va, Hermione ? murmura Hagrid. Ne t'inquiète pas, si elle est gravement blessée, elle n'a pas pu aller bien loin et nous arriverons à… VITE ! CACHEZ-VOUS DERRIÈRE CET ARBRE !

Hagrid attrapa Harry et Hermione et les souleva de terre pour les cacher derrière un grand chêne, à l'écart du chemin. Il saisit une flèche dans son carquois, l'ajusta sur son arbalète qu'il leva, prêt à tirer. Tous trois tendirent l'oreille. Quelque chose rampait sur des feuilles mortes. On aurait dit le bas d'une cape qui traînait sur le sol. Hagrid scruta le sentier, mais quelques instants plus tard, le bruit s'était évanoui.

– J'en étais sûr, murmura-t-il. Il y a dans cette forêt quelque chose qui ne devrait pas y être.

– Un loup-garou ? risqua Harry.

– Ça, ce n'était ni un loup-garou, ni une licorne, dit sombrement Hagrid. Bon, suivez-moi, mais faites bien attention

Ils avancèrent plus lentement, guettant le moindre bruit. Soudain, dans une clairière, un peu plus loin, quelque chose bougea nettement.

– Qui est là ? lança Hagrid. Montrez-vous ! Je suis armé !

Dans la clairière apparut alors… était-ce un homme, était-ce un cheval ? Jusqu'à la taille, c'était un homme, mais au-dessous, c'était un cheval, couleur noisette, avec une longue queue aux reflets rougeâtres. Harry et Hermione restèrent bouche bée.

– Ah, c'est toi, Ronan dit Hagrid, soulagé. Comment ça va ?

Il s'avança et serra la main du centaure.

– Salut à toi, Hagrid, répondit Ronan d'une voix grave et triste. Tu t'apprêtais à me tirer dessus ?

– On n'est jamais trop prudent, dit Hagrid en tapotant son arbalète. Il y a quelque chose qui se promène dans cette forêt et qui fait du dégât. Au fait, je te présente Harry Potter et Hermione Granger. Des élèves de l'école. Ronan est un centaure, ajouta-t-il à l'adresse de Harry et d'Hermione.

– On avait remarqué, dit Hermione d'une petite voix.

– Bonsoir, dit Ronan. Vous êtes des élèves de l'école ? Et vous apprenez beaucoup de choses ?

– Un peu, répondit timidement Hermione.

– Un peu, c'est déjà pas mal, soupira le centaure.

Il leva la tête et regarda le ciel.

—On voit bien Mars, ce soir, remarqua-t-il.

—Oui, dit Hagrid en regardant à son tour. Je suis content qu'on soit tombés sur toi, Ronan. Il y a une licorne qui a été blessée. Tu as vu quelque chose ?

Ronan ne répondit pas tout de suite. Il garda les yeux levés vers le ciel, puis soupira à nouveau.

—Les innocents sont toujours les premières victimes, dit-il. Il en a toujours été ainsi, il en sera toujours de même.

—Oui, dit Hagrid. Mais est-ce que tu as vu quelque chose, Ronan ? Quelque chose d'inhabituel ?

—On voit bien Mars, ce soir, répéta Ronan. Il est beaucoup plus brillant que d'habitude.

—Je te demandais si tu avais vu quelque chose plus près d'ici, dit Hagrid avec impatience. Alors ?

—Les forêts sont pleines de secrets, déclara Ronan au bout d'un certain temps.

Hagrid leva à nouveau son arbalète en entendant un bruit derrière eux, mais c'était un autre centaure, aux cheveux et au corps noirs, qui avait l'air plus sauvage que Ronan.

—Salut, Bane, dit Hagrid. Ça va ? Justement, je demandais à Ronan s'il n'avait rien vu d'inhabituel, ces temps derniers. Une licorne a été blessée. Tu sais quelque chose à ce sujet ?

L'autre centaure leva la tête vers le ciel.

—On voit bien Mars, ce soir, dit-il.

—On sait, on sait, grommela Hagrid. Bon, écoutez, si vous remarquez quelque chose, tous les deux, dites-le-moi, d'accord ?

Il s'éloigna ensuite de la clairière, suivi de Harry et d'Hermione qui regardèrent Ronan et Bane par-dessus leurs épaules jusqu'à ce que les arbres les dissimulent.

—Avec les centaures, impossible d'obtenir une réponse claire, dit Hagrid. Ils passent leur temps à regarder les étoiles, ces imbéciles. Rien ne les intéresse si ça ne se passe pas au moins sur la lune.

– Il y en a beaucoup, ici ? demanda Hermione.

– Oh, pas mal, oui. Ils restent entre eux, le plus souvent, mais je vais les voir si jamais j'ai besoin d'un renseignement. Ils savent beaucoup de choses. L'ennui, c'est qu'ils ne sont pas très bavards.

– Vous croyez que c'était un centaure qu'on a entendu, tout à l'heure ? demanda Harry.

– Non, ça ne ressemblait pas à des bruits de sabots. Je suis sûr que c'était ce qui a tué la licorne. Je n'avais jamais entendu ça auparavant.

Ils s'enfoncèrent un peu plus dans l'épaisse forêt. Harry avait le sentiment désagréable qu'on les observait et il n'était pas fâché que Hagrid soit armé. Soudain, Hermione agrippa le bras de Hagrid.

– Regardez ! s'écria-t-elle. Des étincelles rouges ! Les autres ont des ennuis.

– Attendez-moi ici, vous deux, dit Hagrid. Ne vous éloignez pas du sentier. Je viendrai vous rechercher.

Ils l'entendirent s'enfoncer dans les sous-bois et échangèrent un long regard terrifié, jusqu'à ce qu'ils n'entendent plus que le bruissement des feuillages autour d'eux.

– Tu crois qu'ils sont blessés ? murmura Hermione.

– Si c'est Malefoy, ça m'est égal, mais s'il est arrivé quelque chose à Neville... C'est à cause de nous qu'il est ici.

Les minutes passèrent, interminables. Leur ouïe s'affinait, Harry percevait chaque souffle de vent, chaque craquement de brindille. Que se passait-il ? Où étaient les autres ? Enfin, des bruits de pas sonores annoncèrent le retour de Hagrid. Malefoy, Neville et Crockdur étaient avec lui. Hagrid fulminait. D'après ce que Harry et Hermione comprirent, Malefoy s'était approché sans bruit de Neville et l'avait saisi par-derrière pour lui faire une farce. Neville avait alors paniqué et envoyé les étincelles.

—On aura de la chance si on attrape quelque chose, avec tout le raffut que vous avez fait. On va changer les groupes. Neville, tu restes avec moi et Hermione. Toi, Harry, tu vas avec Crockdur et cet imbécile. Je suis désolé, souffla-t-il à Harry, mais toi, au moins, il n'arrivera pas à te faire peur.

Harry partit donc en compagnie de Malefoy et de Crockdur. Ils marchèrent pendant plus d'une demi-heure. La forêt était de plus en plus épaisse à mesure qu'ils avançaient et le sentier devint presque impraticable. Harry avait l'impression que les taches de sang étaient plus abondantes. Il en vit sur les racines d'un arbre, comme si la malheureuse créature s'était débattue, folle de douleur. À travers le feuillage d'un vieux chêne, Harry aperçut une clairière. Il fit signe à Malefoy de s'arrêter. Il y avait quelque chose d'un blanc brillant sur le sol. Ils s'approchèrent prudemment. C'était bien la licorne. Elle était morte. Harry n'avait jamais rien vu d'aussi beau et d'aussi triste. Ses longues jambes minces s'étaient repliées dans sa chute et sa crinière étalée formait une tache gris perle sur les feuilles sombres.

Harry s'avançait vers elle lorsqu'un bruissement le figea sur place. Au bord de la clairière, un buisson frémit. Puis une silhouette encapuchonnée sortit de l'ombre et rampa sur le sol comme une bête traquant un gibier. Harry, Malefoy et Crockdur étaient pétrifiés. La silhouette s'arrêta devant le cadavre de la licorne, pencha la tête sur le flanc déchiré de l'animal et commença à boire son sang.

—AAAAAAAAAAAAAAAAAARGH !

Malefoy laissa échapper un terrible hurlement et prit aussitôt la fuite, suivi de Crockdur. La silhouette au capuchon leva la tête et darda son regard sur Harry. Du sang de licorne lui coulait sur la poitrine. La silhouette se releva d'un bond et

260

se précipita vers lui. Paralysé par la peur, Harry fut incapable de bouger.

Une douleur foudroyante lui traversa alors la tête, une douleur comme il n'en avait encore jamais ressenti. C'était comme si sa cicatrice avait soudain pris feu. À moitié aveuglé, il recula en titubant. Au même moment, il entendit des bruits de sabots qui galopaient derrière lui, puis quelque chose lui sauta par-dessus et fonça vers la silhouette.

La douleur de Harry était si intense qu'il tomba à genoux. Il dut attendre un bon moment avant qu'elle ne s'atténue. Lorsqu'il releva la tête, la silhouette avait disparu et un centaure se tenait devant lui. Ce n'était ni Ronan, ni Bane. Celui-ci paraissait plus jeune ; il avait des cheveux blonds-blancs et un corps de couleur alezan.

– Ça va ? demanda le centaure en aidant Harry à se relever.

– Oui, merci. Qu'est-ce que c'était ?

Le centaure ne répondit pas. Il avait des yeux d'un bleu surprenant, comme des saphirs délavés. Il observa attentivement Harry et son regard s'attarda sur la cicatrice qui brillait, livide, sur son front.

– Tu es le fils Potter, dit le centaure. Il vaudrait mieux que tu retournes auprès de Hagrid. La forêt n'est pas sûre, ces temps-ci, surtout pour toi. Tu sais monter à cheval ? Ce sera plus rapide. Je m'appelle Firenze, ajouta-t-il en pliant les jambes pour que Harry puisse monter sur son dos.

Il y eut alors un autre bruit de galop et Ronan et Bane surgirent des arbres, les flancs palpitants, couverts de sueur.

– Firenze ! tonna Bane. Qu'est-ce que tu fais ? Tu portes un humain sur ton dos ! Tu n'as donc aucune honte ? Tu te prends pour une vulgaire mule ?

– Vous savez qui est ce garçon ? répliqua Firenze. C'est le fils Potter. Plus vite il aura quitté la forêt, mieux cela vaudra.

– Qu'est-ce que tu lui as dit ? gronda Bane. Souviens-toi,

Firenze, nous avons fait serment de ne pas nous opposer aux décisions du ciel. N'avons-nous pas lu dans le mouvement des planètes ce qui doit arriver ?

— Je suis sûr que Firenze a cru bien faire, intervint Ronan de sa voix sombre.

— Bien faire ! s'écria Bane avec colère, en frappant le sol de son sabot. Qu'avons-nous à voir là-dedans ? Les centaures se soumettent aux décrets du destin. Nous n'avons pas à nous promener comme des ânes pour aller chercher les humains égarés dans la forêt !

Sous le coup de la colère, Firenze se mit à ruer et Harry dut se cramponner pour ne pas tomber.

— Tu ne vois donc pas cette licorne ? lança-t-il à Bane. Tu ne comprends pas pourquoi elle a été tuée ? Les planètes ne t'ont pas dévoilé ce secret ? Je me dresse contre ce qui se cache dans cette forêt, Bane. Même s'il faut pour cela venir en aide à un humain.

Firenze partit alors au galop et Harry essaya de s'accrocher de son mieux tandis qu'ils plongeaient dans la forêt, laissant Ronan et Bane derrière eux.

Harry n'avait aucune idée de ce qui se passait.

— Pourquoi Bane est-il tellement en colère ? demanda-t-il C'est à cause de cette chose dont tu m'as sauvé ?

Firenze ralentit l'allure et conseilla à Harry de baisser la tête pour ne pas se heurter aux branches basses, mais il ne répondit pas à la question. Ils poursuivirent leur chemin en silence, puis, alors qu'ils traversaient d'épais sous-bois, Firenze s'arrêta soudain.

— Harry Potter, dit-il, sais-tu à quoi sert le sang des licornes ?

— Non, répondit Harry, surpris par l'étrange question. Dans les potions, nous n'utilisons que leurs cornes et les crins de leur queue.

— Tuer une licorne est une chose monstrueuse, dit Firenze.

Pour commettre un tel crime il faut n'avoir rien à perdre et tout à gagner. Le sang de licorne permet de survivre, même si on est sur le point de mourir, mais à un prix terrible. Car il faut tuer un être pur et sans défense pour sauver sa propre vie. Et dès l'instant où les lèvres touchent le sang, ce n'est plus qu'une demi-vie, une vie maudite.

Harry observa la crinière de Firenze que la lune parsemait de taches argentées.

– Qui pourrait être désespéré à ce point ? se demanda Harry à haute voix. Si on doit être maudit à jamais, mieux vaut mourir, non ?

– Oui, dit Firenze, à moins qu'on ait simplement besoin de survivre suffisamment longtemps pour pouvoir boire quelque chose d'autre, quelque chose qui redonne la force et la puissance, quelque chose qui permette de ne jamais mourir. Harry Potter, sais-tu ce qui est caché dans l'école, en ce moment ?

– La Pierre philosophale ! L'élixir de longue vie, bien sûr ! Mais je ne comprends pas qui…

– Ne connais-tu pas quelqu'un qui a passé des années à guetter la moindre occasion de retrouver son pouvoir, qui s'est cramponné à la vie en attendant sa chance ?

Harry eut l'impression qu'une main de fer venait de se refermer sur son cœur.

Il se souvenait de ce que Hagrid lui avait dit, lors de leur première rencontre : « Certains disent qu'il est mort. À mon avis, ce sont des calembredaines. Je ne crois pas qu'il ait eu en lui quelque chose de suffisamment humain pour mourir. »

– Vous voulez parler de… de Vol…

– Harry ! Harry ! Tu n'es pas blessé ?

Hermione courait vers eux. Hagrid essayait de la suivre en soufflant comme un buffle.

– Ça va très bien, répondit machinalement Harry. La licorne est morte, Hagrid. Elle est dans la clairière, là-bas.

– C'est ici que je te quitte, dit Firenze tandis que Hagrid se précipitait vers la clairière. Tu es en sécurité, à présent.

Harry se laissa glisser à terre.

– Bonne chance, Harry Potter. Il arrive qu'on se trompe en lisant le destin dans les planètes. Même les centaures. J'espère que c'est le cas aujourd'hui.

Il fit demi-tour et s'en alla dans les profondeurs de la forêt. Harry le regarda s'éloigner en frissonnant.

Ron était tombé endormi dans la salle commune sombre en attendant leur retour. Mais lorsque Harry le secoua, il se sentit parfaitement réveillé et écouta le récit de ce qui s'était passé dans la forêt.

Harry ne tenait pas en place. Toujours tremblant, il faisait les cent pas devant la cheminée.

– Rogue veut la Pierre pour la donner à Voldemort… Et Voldemort l'attend dans la forêt… Et pendant tout ce temps-là, nous pensions que Rogue voulait simplement devenir riche…

– Arrête de prononcer ce nom ! murmura Ron, effrayé.

On aurait dit qu'il avait peur que Voldemort les entende. Mais Harry ne l'écoutait pas.

– Firenze m'a sauvé, mais il n'aurait pas dû le faire… Bane était furieux… Il disait qu'il ne fallait pas intervenir dans ce que décident les planètes. Elles doivent sûrement montrer que Voldemort est de retour… Et Bane pense que Firenze aurait dû laisser Voldemort me tuer… J'imagine que ça aussi, c'était écrit dans les étoiles.

– Arrête de prononcer ce nom ! dit Ron d'une voix sifflante.

– Maintenant, je n'ai plus qu'à attendre que Rogue vole la Pierre, poursuivit Harry d'une voix fébrile, et Voldemort pourra en finir avec moi. Comme ça, Bane sera content…

Hermione paraissait terrifiée, mais elle essaya de le rassurer :

– Harry, tout le monde dit que Dumbledore est le seul dont Tu-Sais-Qui a jamais eu peur. Avec Dumbledore, il n'osera pas toucher à toi. Et d'ailleurs, qui dit que les centaures ont raison ? Ils parlent comme s'ils disaient la bonne aventure et d'après le professeur McGonagall, c'est une branche très douteuse de la magie.

Ils étaient encore là à parler lorsque l'aube se leva. Épuisés, ils montèrent se coucher, la gorge en feu. Mais les surprises de la nuit n'étaient pas terminées.

Lorsqu'il défit son lit, Harry découvrit la cape d'invisibilité soigneusement pliée entre les draps. Un mot y était épinglé, sur lequel était écrit :

« Au cas où ».

16
SOUS LA TRAPPE

Longtemps encore, Harry se demanderait comment il avait pu faire pour passer ses examens tout en ayant sans cesse la hantise de voir Voldemort surgir dans la salle de classe. Pourtant, au fil des jours, il ne faisait aucun doute que Touffu était toujours bien vivant et fidèle au poste.

Il faisait une chaleur étouffante, surtout dans la Grande Salle où se déroulaient les épreuves écrites. Les élèves avaient reçu des plumes neuves auxquelles on avait jeté un sort qui empêchait leurs utilisateurs de tricher.

Il y eut aussi un examen pratique. Le professeur Flitwick les appela un par un dans sa classe pour voir s'ils arrivaient à faire danser un ananas sur une table. Le professeur McGonagall les regarda transformer une souris en tabatière – elle ajoutait des points si la tabatière était particulièrement belle mais elle en enlevait si on y décelait des moustaches. Ils étaient tous paniqués devant Rogue qui les surveillait de près pendant qu'ils essayaient de fabriquer une potion d'Amnésie.

Harry fit de son mieux pour ne pas prêter attention aux douleurs qui, par instants, lui transperçaient le front depuis son aventure dans la forêt. Neville pensait qu'il était anxieux à cause de ses examens, car il n'arrivait presque plus à dormir. Son vieux cauchemar le réveillait sans cesse, plus effrayant que jamais : aux images habituelles s'ajoutait celle d'une silhouette encapuchonnée, dégoulinante de sang de licorne.

Ron et Hermione n'avaient pas tous ces soucis ; c'est sans doute pourquoi ils paraissaient moins préoccupés que Harry par le sort de la Pierre. La pensée de Voldemort leur faisait peur, mais il n'était pas présent dans leurs rêves et ils étaient si absorbés par leurs révisions qu'ils n'avaient guère le temps de s'inquiéter des manigances de Rogue ou de quiconque d'autre.

Leur dernier examen était celui d'histoire de la magie. Ils durent passer une heure à répondre à des questions concernant de vieux sorciers un peu fous, inventeurs de chaudrons dont le contenu tournait tout seul puis ils furent enfin libres pendant toute une semaine jusqu'aux résultats des examens.

Lorsque le fantôme du professeur Binns leur annonça qu'ils pouvaient poser leurs plumes et rouler leurs parchemins, Harry ne put s'empêcher de pousser des exclamations de joie avec les autres.

– C'était beaucoup plus facile que je ne le pensais, dit Hermione tandis qu'ils rejoignaient les autres dans le parc ensoleillé. Je n'aurais même pas eu besoin d'apprendre le Code de conduite des loups-garous de 1637, ni l'ascension d'Elfric l'Insatiable.

Hermione aimait bien passer en revue les réponses aux examens, mais Ron lui dit que cela le rendait malade et ils se contentèrent d'aller s'allonger sous un arbre, au bord du lac. Les jumeaux Weasley chatouillaient les tentacules d'un calmar géant qui se réchauffait entre deux eaux.

– Fini les révisions, soupira Ron avec bonheur en s'étirant dans l'herbe. Tu pourrais être plus joyeux, Harry, on a une semaine de tranquillité avant de savoir tout ce qu'on a fait de travers. Pour l'instant, plus la peine de s'inquiéter.

Harry se frottait le front.

– J'aimerais bien savoir ce que ça signifie, s'écria-t-il soudain avec colère. Ma cicatrice continue à me faire mal. Ça m'était déjà arrivé avant, mais jamais aussi souvent.

—Va voir Madame Pomfresh, suggéra Hermione.

—Je ne suis pas malade, dit Harry. Je crois plutôt que c'est un avertissement. Il y a un danger qui menace.

—Détends-toi, conseilla Ron. Hermione a raison. Il n'y a rien à craindre pour la Pierre tant que Dumbledore est dans les parages. D'ailleurs, on n'a aucune preuve que Rogue ait trouvé le moyen de passer devant Touffu sans se faire dévorer. Il a déjà failli se faire arracher la jambe une fois, il ne va pas recommencer tout de suite. Et le jour où Hagrid laissera tomber Dumbledore, Neville jouera au Quidditch dans l'équipe d'Angleterre.

Harry approuva d'un signe de tête, mais il avait le vague sentiment d'avoir oublié quelque chose d'important. Lorsqu'il essaya de l'expliquer à Hermione, celle-ci répondit :

—Ce sont les examens qui font ça. La nuit dernière, je me suis réveillée et je me suis mise à relire la moitié de mes notes de métamorphose avant de me souvenir qu'on avait déjà passé l'examen.

Mais Harry était convaincu que son sentiment de malaise n'avait rien à voir avec le travail.

Il vit un hibou passer dans le ciel bleu lumineux, tenant une lettre dans son bec. Hagrid était le seul à lui envoyer des lettres mais il ne trahirait pas Dumbledore. Jamais il ne révélerait à quiconque comment faire pour neutraliser Touffu. Jamais... Pourtant...

Harry se leva d'un bond.

—Où tu vas ? demanda Ron d'une voix ensommeillée.

—Je viens de penser à quelque chose, dit Harry qui était devenu livide. Il faut que nous allions voir Hagrid immédiatement.

—Pourquoi ? s'étonna Hermione.

Mais Harry se hâtait déjà vers la cabane et les deux autres se précipitèrent pour le rattraper.

— Vous ne trouvez pas ça bizarre, dit Harry, que Hagrid ait toujours rêvé d'élever un dragon et que comme par hasard, il rencontre quelqu'un qui a justement un œuf de dragon dans sa poche ? Vous en connaissez beaucoup, des gens qui se promènent avec des œufs de dragon dans leurs poches, alors que c'est interdit chez les sorciers ? Étrange que celui-là soit précisément tombé sur Hagrid, vous ne trouvez pas ? J'aurais dû m'en rendre compte plus tôt.

— Qu'est-ce que tu racontes ? dit Ron.

Mais Harry ne répondit pas et se hâta en direction de la forêt.

Hagrid était assis dans un fauteuil, devant sa cabane. Il avait relevé ses manches et ses bas de pantalon et s'occupait à écosser des petits pois dans un grand bol.

— Alors, dit-il, c'est fini, ces examens ? Vous voulez boire quelque chose ?

— Non, on est pressés, dit Harry. J'ai quelque chose à vous demander. Le soir où vous avez gagné Norbert aux cartes, à quoi ressemblait le voyageur qui vous l'a donné ?

— Je ne sais pas, répondit Hagrid, il a gardé sa cape avec son capuchon sur la tête.

En voyant l'air stupéfait des trois autres, il leva les sourcils.

— Ce n'est pas si étonnant que ça, dit-il. Il y a des tas de gens un peu bizarres à la *Tête de Sanglier*. C'est un des pubs du village. Peut-être que c'était un marchand de dragons ? Je n'ai jamais vu son visage. Il garde toujours son capuchon.

Harry se laissa tomber à côté du bol de petits pois.

— Qu'est-ce que vous lui avez dit ? demanda-t-il. Vous lui avez parlé de Poudlard ?

— C'est possible que ce soit venu dans la conversation, dit Hagrid en fronçant les sourcils pour essayer de se rappeler. Ah oui, c'est ça, il m'a demandé ce que je faisais comme travail et je lui ai dit que j'étais garde-chasse ici... Ensuite, il m'a posé des questions sur le genre de créatures dont je m'occupais et là, je lui ai dit que j'aurais bien voulu avoir un dragon... et puis... je ne me souviens plus très bien, il n'arrêtait pas de me payer à boire... Voyons... Ah, oui, il a dit qu'il avait justement un œuf de dragon et qu'on pourrait peut-être le jouer aux cartes si ça m'intéressait... Mais il voulait être sûr que je sache m'en occuper... Et je lui ai répondu qu'après Touffu, je n'aurais pas de mal à m'occuper d'un dragon...

—Et il... il s'est intéressé à Touffu ? demanda Harry, en essayant de garder son calme.

—On ne rencontre pas beaucoup de chiens à trois têtes dans la région, alors, je lui en ai un peu parlé, je lui ai dit que Touffu était doux comme un mouton quand on savait s'y prendre. Il suffit de lui jouer un air de musique et il s'endort.

Hagrid parut soudain horrifié.

—Je n'aurais jamais dû vous dire ça ! s'écria-t-il. Oubliez-le ! Hé ! Où allez-vous ?

Harry, Ron et Hermione ne s'arrêtèrent de courir que lorsqu'ils furent arrivés dans le hall d'entrée du château, qui paraissait sombre et glacé quand on venait du parc.

—Cette fois, il faut aller voir Dumbledore, dit Harry. Ce voyageur avec son capuchon, c'était soit Rogue, soit Voldemort. Il a dû le faire boire et Hagrid lui a révélé le moyen de passer devant Touffu. J'espère au moins que Dumbledore va nous croire. Firenze nous aidera peut-être si Bane ne l'en empêche pas. Où est le bureau de Dumbledore ?

Ils regardèrent autour d'eux, comme s'ils espéraient voir un écriteau qui leur indiquerait la bonne direction. On ne leur avait jamais dit où habitait Dumbledore et ils ne connaissaient personne qui ait jamais été envoyé dans son bureau.

—On n'a qu'à... commença Harry mais une voix résonna soudain dans le hall.

– Que faites-vous ici ?

C'était le professeur McGonagall qui traversait le hall avec une énorme pile de livres dans les bras.

– On veut voir le professeur Dumbledore, dit courageusement Hermione.

– Voir le professeur Dumbledore ? répéta le professeur McGonagall, comme si elle trouvait l'idée particulièrement saugrenue. Et pourquoi donc ?

– C'est… c'est un secret, répondit Harry, la gorge sèche.

Sa réponse n'était pas très habile, pensa-t-il en voyant le professeur McGonagall froncer le nez.

– Le professeur Dumbledore est parti il y a dix minutes, répondit-elle froidement. Il a reçu un hibou urgent du ministère de la Magie et il s'est immédiatement envolé pour Londres.

– Il est parti ? dit Harry d'une voix fébrile.

– Le professeur Dumbledore est un grand sorcier, Potter, il est très demandé.

– Mais c'est très important, ce que j'ai à lui dire !

– Vous avez quelque chose de plus important à lui dire que le ministre de la Magie, Potter ?

– Écoutez, reprit Harry en renonçant à toute prudence. Il s'agit de la Pierre philosophale.

La pile de livres que le professeur McGonagall avait dans les bras s'effondra sur le sol, mais elle ne se baissa pas pour les ramasser.

– Comment savez-vous ?… balbutia-t-elle.

– Professeur, je crois, ou plutôt, je sais, que Ro… que quelqu'un va essayer de voler la Pierre. C'est pour ça qu'il faut que je parle au professeur Dumbledore.

Elle parut à la fois stupéfaite et méfiante.

– Le professeur Dumbledore sera de retour demain, dit-elle enfin. Je ne sais pas comment vous avez fait pour connaître l'existence de la Pierre, mais soyez rassuré, personne ne peut la dérober, elle est trop bien protégée.

—Mais, professeur..

—Potter, je sais ce que je dis, répliqua-t-elle sèchement.

Puis elle se pencha pour ramasser ses livres.

—Je suggère que vous retourniez tous les trois dehors pour profiter du soleil.

Mais ils restèrent là.

—C'est cette nuit que ça va se passer, dit Harry lorsqu'ils furent certains que le professeur McGonagall était trop loin pour les entendre. Rogue va essayer d'ouvrir la trappe, il a tout ce qu'il faut pour y arriver et il s'est arrangé pour éloigner Dumbledore. C'est lui qui a envoyé cette lettre. Ils vont être étonnés, au ministère de la Magie, en voyant débarquer Dumbledore.

À ce moment, Hermione étouffa un cri. Ron et Harry firent volte-face. Rogue se tenait derrière eux.

—Bonjour, dit-il d'une voix douce.

Ils le regardèrent avec des yeux ronds.

—Vous ne devriez pas rester à l'intérieur avec un beau temps pareil, dit-il, et il eut un étrange sourire qui ressemblait à un rictus.

—Nous étions… commença Harry sans avoir aucune idée de ce qu'il allait dire.

—Vous devriez faire attention, dit Rogue. À vous voir comme ça, tous les trois, on dirait que vous préparez un mauvais coup. Et Gryffondor ne peut pas se permettre de perdre encore des points, n'est-ce pas ?

Harry devint écarlate. Ils se tournèrent vers la porte, mais Rogue les arrêta.

—Je vous préviens, Potter, dit-il. Si vous recommencez à vous promener la nuit dans les couloirs, je veillerai personnellement à ce que vous soyez renvoyé du collège. Bonne journée.

Et il s'en alla en direction de la salle des professeurs.

– Voilà ce qu'on va faire, dit Harry aux deux autres lorsqu'ils furent sur le grand escalier de pierre. L'un de nous surveillera Rogue. Il faut l'attendre à la sortie de la salle des profs et le suivre. Hermione, c'est toi qui devrais t'en charger.

– Pourquoi moi ?

– C'est évident, dit Ron. Tu peux faire semblant d'attendre Flitwick. Oh, professeur, ajouta-t-il en prenant une voix haut perchée, je suis terriblement inquiète, j'ai peur d'avoir mal répondu à la question 14 b…

– Ça suffit, coupa Hermione.

Elle accepta cependant d'assurer la surveillance de Rogue.

– Et nous, on ferait bien de se poster devant le couloir du troisième étage, dit Harry à Ron. Allez, viens.

Mais cette partie du plan ne fonctionna pas. À peine avaient-ils atteint la porte qui séparait Touffu du reste de l'école que le professeur McGonagall apparut à nouveau, et cette fois, elle perdit son calme.

– Vous êtes plus difficiles à éviter qu'un mauvais sort ! tonna-t-elle. J'en ai assez de vos balivernes ! Si jamais j'apprends que vous êtes revenus dans ces parages, j'enlève cinquante points de plus à Gryffondor ! Parfaitement, Weasley ! Même si c'est ma propre maison !

Harry et Ron retournèrent dans la salle commune. Harry venait de lui dire qu'Hermione était partie sur la trace de Rogue, quand le portrait de la grosse dame pivota et Hermione entra à son tour.

– Je suis désolée, Harry, gémit-elle. Rogue est sorti de la salle des profs et m'a demandé ce que je faisais là. Je lui ai dit que j'attendais Flitwick et il est allé le chercher. Quand j'ai pu repartir, je ne savais plus où était Rogue.

– Bon, alors, c'est fini, dit Harry.

Les deux autres le regardèrent avec inquiétude. Il était pâle et ses yeux flamboyaient.

— Ce soir, dit-il, je vais essayer d'aller chercher la Pierre avant lui.

— Tu es fou ! s'exclama Ron.

— Tu ne peux pas faire ça ! dit Hermione. Après ce que McGonagall et Rogue ont dit ? Tu vas te faire renvoyer !

— ET ALORS ? explosa Harry. Vous ne comprenez donc pas ? Si Rogue parvient à s'emparer de la Pierre, Voldemort va revenir ! Vous n'avez jamais entendu dire comment c'était quand il a voulu prendre le pouvoir ? S'il y arrive, on ne pourra plus se faire renvoyer tout simplement parce que Poudlard n'existera même plus ! Il va le détruire, ou le transformer en école de magie noire ! Perdre des points n'a plus aucune importance. Tu crois qu'il vous laissera tranquilles, vous et vos familles si Gryffondor gagne la coupe ? Si je me fais prendre avant d'avoir réussi à atteindre la Pierre, je n'aurai plus qu'à retourner chez les Dursley et y attendre que Voldemort vienne me chercher. Ça ne fera que retarder un peu le moment de ma mort, parce que moi, je ne me mettrai jamais du côté des forces obscures ! Cette nuit, je passe par cette trappe et vous ne pourrez pas m'en empêcher ! C'est Voldemort qui a tué mes parents, il ne faut pas l'oublier.

— Tu as raison, Harry, dit Hermione d'une petite voix.

— Je me servirai de la cape d'invisibilité, dit Harry. C'est une chance que je l'aie récupérée.

— Et tu crois qu'elle est assez grande pour nous couvrir tous les trois ? demanda Ron.

— Tous… tous les trois ?

— Tu ne crois quand même pas qu'on va te laisser y aller tout seul ?

— Bien sûr que non, dit sèchement Hermione. Comment veux-tu parvenir jusqu'à la Pierre sans notre aide ? Je ferais bien d'aller voir un peu dans mes bouquins. J'y trouverai sûrement des choses utiles…

— Mais si on se fait prendre, vous aussi, vous serez renvoyés, fit remarquer Harry.

— Je pourrai peut-être m'arranger, répondit Hermione. Flitwick m'a dit en secret que j'avais cent douze pour cent de bonnes réponses à son examen.

Après dîner, ils s'assirent tous les trois, nerveux, à l'écart dans la salle commune. Personne ne les dérangea puisque les autres Gryffondor refusaient toujours d'adresser la parole à Harry. Pour une fois, celui-ci en était plutôt soulagé. Hermione parcourait ses cahiers de cours, espérant y dénicher le moyen de neutraliser les sortilèges qu'ils devraient affronter. Harry et Ron ne disaient pas grand-chose. Tous deux pensaient à ce qui les attendait.

Peu à peu, la salle se vida à mesure que les élèves allaient se coucher. Lorsque le dernier, Lee Jordan, fut parti en bâillant et en s'étirant, Harry courut dans le dortoir pour aller chercher la cape d'invisibilité. En même temps, il glissa dans sa poche la flûte que Hagrid lui avait offerte à Noël. Il comptait l'utiliser pour endormir Touffu. C'était mieux que d'avoir à chanter quelque chose.

— On ferait mieux de mettre la cape dès maintenant, dit-il quand il fut redescendu. Assurons-nous qu'elle nous couvre bien. Si jamais Rusard apercevait un de nos pieds traînant...

— Qu'est-ce que vous faites ? dit alors une voix à l'autre bout de la salle.

Neville apparut derrière un fauteuil en tenant contre lui son crapaud qui s'était à nouveau évadé.

— Rien, rien, dit Harry qui s'empressa de cacher la cape derrière son dos.

— Vous allez encore vous balader ? dit Neville.

— Non, non, non, dit Hermione. Pas du tout. Va donc te coucher.

Harry jeta un coup d'œil à l'horloge. Ils ne pouvaient pas se permettre de perdre du temps. À cette heure-ci, Rogue était peut-être en train d'endormir Touffu.

—Si vous sortez, vous allez vous faire prendre, dit Neville, et Gryffondor aura encore plus d'ennuis.

—Tu ne comprends pas, dit Harry. C'est très important.

Mais Neville avait l'air décidé à tenir bon.

—Je ne vous laisserai pas partir, dit-il en allant se poster devant le trou qui servait d'entrée. Je… je suis prêt à me battre !

—Neville ! s'exclama Ron, laisse-nous passer, ne fais pas l'idiot.

—Ne me traite pas d'idiot ! répliqua Neville. Vous avez suffisamment fait de choses interdites ! D'ailleurs c'est toi-même qui m'as dit que je devais me défendre.

Et il lâcha son crapaud qui disparut sous un meuble.

—Essaye de me frapper, dit-il en levant les poings.

—Pas contre nous ! lança Ron.

—Fais quelque chose, dit Harry, désespéré, en s'adressant à Hermione.

Elle s'avança alors vers Neville et brandit sa baguette magique.

—Désolée, Neville, dit-elle, mais il le faut. *Petrificus Totalus* !

Aussitôt, les bras de Neville se collèrent le long de ses flancs, ses jambes se joignirent, son corps devint rigide, il vacilla un instant, puis tomba en avant et resta immobile à plat ventre, raide comme une planche.

Hermione s'empressa de le retourner sur le dos. La mâchoire de Neville était collée, il ne pouvait plus parler. Seuls ses yeux bougeaient en jetant des regards horrifiés.

—Qu'est-ce que tu lui as fait ? murmura Harry.

—C'est le maléfice du Saucisson, dit Hermione d'une voix

navrée. C'est comme s'il était ligoté et bâillonné. Je suis vraiment désolée, Neville…

—Il le fallait, on n'a pas le temps de t'expliquer, dit Harry.

—Tu comprendras plus tard, ajouta Ron.

Ils l'enjambèrent, s'enveloppèrent dans la cape et sortirent de la salle commune. Être obligés de laisser Neville dans cet état ne leur semblait pas un très bon présage. Ils avaient les nerfs à vif et croyaient voir dans chaque ombre la silhouette de Rusard et entendre dans le moindre souffle de vent l'arrivée de Peeves.

Parvenus devant le premier escalier, ils aperçurent Miss Teigne tapie en haut des marches.

—Si on lui donnait un coup de pied, pour une fois ? murmura Ron à l'oreille de Harry.

Mais celui-ci refusa d'un signe de tête et ils montèrent l'escalier en la contournant soigneusement. La chatte tourna vers eux ses yeux brillants comme des lampes, mais elle n'eut aucune réaction.

Ils ne rencontrèrent plus personne avant d'arriver dans le couloir du troisième étage. Ils virent alors Peeves qui faisait des plis dans le tapis pour faire trébucher les gens.

—Qui est là ? dit-il soudain, ses petits yeux noirs rétrécis. Je sais que vous êtes là, même si je ne peux pas vous voir. Qui êtes-vous ? Gnomes, fantômes ou sales mômes ?

Il s'éleva dans les airs et les observa.

—Je devrais appeler Rusard si quelque chose d'invisible rôde aux alentours.

Harry eut soudain une idée.

—Peeves, dit-il d'une voix rauque, le Baron Sanglant a ses raisons d'être invisible.

Peeves fut tellement abasourdi qu'il faillit tomber. Il se rattrapa à temps et resta suspendu à trente centimètres de l'escalier.

— Je suis désolé, votre sanglante excellence, Monsieur le Baron, dit-il d'une voix onctueuse. J'ai commis une erreur, une regrettable erreur, je ne vous avais pas vu. Bien sûr, puisque vous êtes invisible. Je vous demande de pardonner sa plaisanterie à ce vieux Peeves, Monsieur le Baron.

— J'ai des affaires à mener ici, dit Harry de sa voix rauque. Ne reviens plus dans les parages cette nuit.

— Oh mais bien sûr, Monsieur le Baron, bien entendu, dit Peeves en remontant dans les airs. J'espère que vos affaires se passeront bien, Monsieur le Baron. Je ne vous dérangerai plus.

Et il fila ailleurs.

— Formidable, Harry ! murmura Ron.

Quelques secondes plus tard, ils s'étaient avancés dans le couloir et virent que la porte était entrebâillée.

— Et voilà, dit Harry à voix basse, Rogue a déjà réussi à passer devant Touffu.

La porte ouverte semblait leur faire redouter ce qui les attendait. Sous la cape, Harry se tourna vers les deux autres.

— Si vous préférez ne pas aller plus loin, je ne vous en voudrai pas, dit-il. Vous pouvez garder la cape, je n'en aurai plus besoin, maintenant.

— Ne dis pas de bêtises, répliqua Ron.

— Bien sûr qu'on vient avec toi, dit Hermione.

Harry poussa la porte. Des grognements retentirent aussitôt. Les trois museaux du chien reniflaient frénétiquement dans leur direction, bien qu'il fût incapable de les voir.

— Qu'est-ce qu'il y a par terre ? demanda Hermione.

— Ça ressemble à une harpe, dit Ron. C'est sans doute Rogue qui l'a laissée là.

— Le chien doit se réveiller dès qu'on arrête de jouer, dit Harry. Bon, allons-y.

Il porta la flûte à ses lèvres et se mit à jouer. Ce n'était pas vraiment une mélodie, mais dès la première note, les paupières du monstre devinrent lourdes, il arrêta de grogner, ses jambes faiblirent, il trébucha puis s'effondra sur le sol, profondément endormi.

– Continue à jouer, dit Ron tandis qu'ils se débarrassaient de la cape et s'avançaient silencieusement vers la trappe.

Lorsqu'ils approchèrent des trois têtes du chien, ils sentirent son souffle brûlant et fétide.

– On devrait arriver à soulever la trappe, dit Ron. Tu veux passer la première, Hermione ?

– Non, je n'y tiens pas.

– Bon, tant pis.

Ron serra les dents, enjamba les pattes du chien avec précaution, puis tira l'anneau de la trappe qui se souleva sans difficulté et s'ouvrit.

– Qu'est-ce que tu vois ? demanda Hermione avec angoisse.

– Rien, c'est tout noir. Il n'y a ni échelle ni corde pour descendre, il faudra se laisser tomber.

Harry qui jouait toujours de la flûte fit un signe de la main à Ron et tapota sa poitrine de l'index.

– Tu veux passer le premier ? Tu es sûr ? Je n'ai aucune idée de la profondeur. Donne la flûte à Hermione, sinon, il va se réveiller.

Harry lui tendit la flûte. Lorsque la musique s'arrêta, le chien se remit à grogner et à bouger, mais dès qu'Hermione joua à nouveau, il replongea dans le sommeil. Harry l'enjamba à son tour et regarda à travers l'ouverture. On ne voyait pas le fond. Il se glissa dans le trou et se suspendit par le bout des doigts au bord de la trappe.

– S'il m'arrive quelque chose, dit-il à Ron, n'essayez pas de me suivre. Allez chercher Hedwige dans la volière et envoyez-la avec un message à Dumbledore. D'accord ?

– D'accord, dit Ron.

– À tout de suite… J'espère…

Et Harry se laissa tomber. Il sentait l'air humide lui siffler aux oreilles tandis qu'il tombait, tombait, tombait… Puis soudain, avec un drôle de bruit sourd, il atterrit sur quelque chose de mou. Il se redressa et regarda autour de lui. Ses yeux n'étaient pas encore habitués à l'obscurité, mais il avait l'impression d'être assis sur une sorte de plante.

– C'est O.K. ! cria-t-il en direction de la trappe qui dessinait au-dessus de sa tête un carré lumineux de la taille d'un timbre-poste. On peut sauter, c'est mou, ici !

Ron fut le premier à suivre. Il tomba de tout son long à côté de Harry.

– Qu'est-ce que c'est que ce truc ? demanda-t-il.

– Je ne sais pas, une espèce de plante, je crois. Elle a dû être placée là pour amortir la chute. Viens, Hermione !

La flûte qu'on entendait faiblement s'interrompit. Le chien aboya bruyamment, mais Hermione avait déjà sauté et elle atterrit de l'autre côté de Harry.

– On doit être à des kilomètres sous le château, dit-elle.

– Une chance qu'il y ait cette plante, fit remarquer Ron.

– Une chance ? hurla Hermione. Regardez-vous, tous les deux !

Elle se leva d'un bond et parvint péniblement à se réfugier contre une paroi humide. Péniblement, car dès l'instant où elle avait atterri, les vrilles de la plante, longues comme des tentacules, avaient commencé à s'enrouler autour de ses chevilles. Quant à Ron et à Harry, des sortes de lianes leur avaient déjà ligoté les jambes sans qu'ils s'en rendent compte.

Hermione avait réussi à se libérer avant que la plante ait eu le temps de l'immobiliser. Elle regarda avec horreur Harry et Ron qui se débattaient pour essayer de se libérer, mais plus ils tiraient sur les tentacules, plus l'emprise du monstre végétal se resserrait autour d'eux.

– Ne bougez plus ! leur ordonna Hermione. Je connais cette plante, c'est un Filet du Diable !

– Je suis ravi de le savoir, ça nous aide beaucoup ! lança Ron d'un ton narquois en essayant d'empêcher la plante de s'enrouler autour de son cou.

– Silence, j'essaye de me rappeler comment il faut faire pour la tuer, dit Hermione.

– Alors, dépêche-toi, parce que j'ai du mal à respirer, dit Harry d'une voix haletante tandis que la plante lui étreignait la poitrine.

– Voyons, le Filet du Diable… Qu'est-ce que nous a dit le professeur Chourave, déjà ? Elle aime l'humidité et l'obscurité…

– Dans ce cas, allume un feu, dit Harry, à moitié étouffé.

– Oui, bien sûr, mais il n'y a pas de bois ! s'écria Hermione en se tordant les mains.

– TU ES FOLLE ? hurla Ron. TU ES UNE SORCIÈRE OU QUOI ?

– Ah, c'est vrai ! dit Hermione.

Elle sortit sa baguette magique, l'agita, marmonna quelque chose et un jet de flammes bleues, semblables à celles qui avaient mis le feu aux vêtements de Rogue, jaillit en direction de la plante.

En quelques instants, Ron et Harry sentirent la plante desserrer son étreinte tandis qu'elle se recroquevillait sous l'effet de la chaleur et de la lumière. Ils retrouvèrent alors leur liberté de mouvement.

– Une chance que tu écoutes bien en classe, Hermione, dit Harry en la rejoignant près du mur, le visage ruisselant de sueur.

– Oui, et heureusement que Harry ne perd pas la tête… dit Ron.

– Par là, ajouta Harry en indiquant le seul passage qu'ils avaient devant eux.

Ils s'engagèrent alors dans ce passage qui s'enfonçait sous la terre, où l'on entendait que le doux ruissellement de gouttes d'eau sur les murs. « Comme à Gringotts », pensa Harry. Avec un haut-le-cœur, il se souvint des dragons qui étaient censés garder la salle des coffres dans la banque des sorciers. Et s'ils se retrouvaient face à un dragon, un dragon adulte ? C'était déjà difficile avec Norbert…

Ils parcoururent ainsi quelques dizaines de mètres.

– Tu entends ? chuchota Ron.

Harry écouta. Venant d'un peu plus loin, on entendait un bruissement confus auquel se mêlaient quelques tintements.

– On dirait des bruits d'ailes, dit Harry.

– Il y a de la lumière là-bas, remarqua Ron. Je vois quelque chose bouger.

Parvenus à l'extrémité du passage, ils découvrirent une salle brillamment éclairée, avec un haut plafond en forme d'arche. L'endroit était envahi de petits oiseaux étincelants qui voletaient sans cesse tout autour de la pièce. Dans le mur d'en face, il y avait une grande porte de bois.

– Tu crois qu'ils vont nous attaquer si on traverse la salle ? demanda Ron.

– Sans doute, dit Harry. Ils n'ont pas l'air très méchant, mais s'ils nous foncent dessus tous en même temps… On va bien voir… Je vais courir.

Il prit une profonde inspiration, se protégea la tête avec les bras et s'élança à travers la salle. Il s'attendait à sentir des dizaines de becs très pointus le piquer de la tête aux pieds, mais il ne se passa rien du tout et il arriva devant la porte sans avoir subi la moindre attaque. Il tira la poignée. La porte était verrouillée.

Les deux autres vinrent à la rescousse, mais leurs efforts pour ouvrir la porte restèrent vains. Elle refusa de bouger, même lorsqu'Hermione essaya une de ses formules magiques.

– Et maintenant ? dit Ron.

– Ces oiseaux ne sont pas là pour faire joli, fit remarquer Hermione.

Ils observèrent les oiseaux qui brillaient au-dessus de leur tête. Qui brillaient...

– Ce ne sont pas des oiseaux ! s'écria Harry. Ce sont des clés ! Des clés volantes. Regardez bien. Ce qui veut dire...

Il jeta un coup d'œil autour de lui pendant que les deux autres observaient le vol des clés.

– Oui ! Là ! Des balais ! s'exclama Harry. Il faut attraper la clé qui ouvre la porte !

– Mais il y en a des centaines !

Ron examina la serrure.

– Il faut une grosse clé à l'ancienne, probablement en argent, comme la poignée.

Ils prirent chacun un balai et décollèrent en direction du nuage de clés. Ils essayèrent d'en saisir plusieurs, mais les clés magiques filaient, plongeaient, zigzaguaient avec une telle rapidité qu'il était presque impossible d'en attraper une.

Ce n'était pas pour rien, cependant, que Harry était le plus jeune attrapeur qu'on ait connu depuis un siècle. Il avait un don pour repérer des choses que les autres ne voyaient pas. Après avoir parcouru pendant quelques instants ce tourbillon de plumes aux couleurs d'arc-en-ciel, il remarqua une grosse clé d'argent qui avait une aile tordue, comme si quelqu'un l'avait déjà attrapée et brutalement introduite dans la serrure.

– C'est celle-ci ! cria-t-il aux deux autres. La grosse, là, avec les ailes bleues. Les plumes sont toutes froissées d'un côté.

Ron fila dans la direction indiquée par Harry, mais, emporté par son élan, il s'écrasa contre le plafond et faillir tomber de son balai.

– Il faut la cerner, cria Harry, sans quitter des yeux la clé à

283

l'aile blessée. Ron, tu restes au-dessus, Hermione, tu te mets en dessous pour l'empêcher de descendre, et moi, j'essaierai de l'attraper. Attention… PARTEZ !

Ron plongea, Hermione remonta en chandelle, et la clé les évita tous les deux, mais Harry fonça dessus. La clé filait vers le mur. Harry se pencha en avant et dans un craquement sinistre, il réussit à la plaquer contre la pierre avec la paume de la main. Ron et Hermione poussèrent une exclamation de joie qui résonna dans toute la salle.

Ils se dépêchèrent d'atterrir et Harry courut vers la porte, serrant dans sa main la clé qui se débattait. Il l'enfonça dans la serrure et tourna. Il y eut un déclic, puis la clé s'envola à nouveau, les ailes en piteux état.

— Prêts ? demanda Harry, la main sur la poignée de la porte.

Les deux autres hochèrent la tête et il ouvrit la porte.

La deuxième salle était plongée dans une telle obscurité qu'ils ne voyaient plus rien. Mais lorsqu'ils eurent franchi le seuil de la porte, une lumière éclatante jaillit soudain en leur révélant un spectacle étonnant.

Ils se trouvaient au bord d'un échiquier géant, derrière des pièces noires qui étaient plus grandes qu'eux et semblaient avoir été sculptées dans de la pierre. En face d'eux, de l'autre côté de la salle, se tenaient les pièces blanches. Harry et les deux autres furent parcourus d'un frisson. Les pièces blanches, imposantes, n'avaient pas de visage.

— Qu'est-ce qu'on fait, maintenant ? murmura Harry.

— C'est évident, non ? dit Ron. Il va falloir jouer une partie d'échecs pour arriver de l'autre côté.

Derrière les pièces blanches, ils apercevaient une autre porte.

— Comment on va s'y prendre ? demanda Hermione, inquiète.

— Nous serons sans doute obligés de nous transformer nous-mêmes en pièces d'échecs, dit Ron.

Il s'avança vers un cavalier noir et posa la main sur le cheval. Aussitôt, la pierre s'anima. Le cheval frappa l'échiquier de ses sabots et le cavalier tourna vers Ron sa tête coiffée d'un casque.

—Il faut... euh . qu'on se joigne à vous pour passer de l'autre côté ? demanda Ron.

Le cavalier noir approuva d'un signe de tête. Ron se tourna vers les deux autres.

—Il faut bien réfléchir, dit-il. On va devoir prendre la place de trois des pièces noires.

Harry et Hermione restèrent silencieux, attendant que Ron ait pris une décision.

—Ne vous vexez pas, dit-il enfin, mais vous n'êtes pas très bons aux échecs, tous les deux.

—On ne se vexe pas, dit Harry. Dis-nous simplement ce qu'on doit faire.

—Toi, Harry, tu prends la place de ce fou et toi, Hermione tu te mets là sur la case de la tour.

—Et toi ?

—Moi, je prends la place du cavalier, dit Ron.

Les pièces blanches avaient entendu car à cet instant, un cavalier, un fou et une tour quittèrent l'échiquier, laissant trois cases vides que Ron, Harry et Hermione occupèrent.

—Les blancs jouent toujours les premiers, dit Ron en scrutant l'autre extrémité de l'échiquier. Regardez...

Un pion blanc venait d'avancer de deux cases.

Ron commença alors à donner ses ordres aux pièces noires et elles se déplacèrent sans bruit là où il les envoyait. Harry sentit ses jambes faiblir. Que se passerait-il si jamais ils perdaient ?

—Harry, déplace-toi de quatre cases en diagonale vers la droite.

Leur premier choc fut de voir le camp adverse prendre leur

autre cavalier. La reine blanche l'assomma en le jetant à bas de sa monture et le traîna au bord de l'échiquier où il resta immobile, face contre terre.

— C'était nécessaire, dit Ron qui paraissait secoué. Maintenant, tu vas pouvoir prendre ce fou, Hermione. Vas-y.

Chaque fois qu'elles perdaient un de leurs hommes, les pièces blanches se montraient sans pitié et bientôt, il y eut une rangée de pièces noires hors de combat alignées le long du mur. Deux fois, Ron s'aperçut juste à temps que ses amis étaient en danger. Lui-même s'arrangeait pour prendre autant de pièces blanches qu'ils en avaient perdu de noires.

— On y est presque, murmura-t-il. Voyons, réfléchissons…

La reine blanche tourna vers lui sa tête sans visage.

— Oui, dit Ron à voix basse, c'est le seul moyen… Je dois me faire prendre…

— NON ! s'écrièrent les deux autres.

— C'est le jeu, répliqua Ron. Il faut savoir faire des sacrifices ! Je vais jouer mon coup et elle me prendra, ce qui te permettra de faire échec et mat, Harry.

— Mais…

— Tu veux arrêter Rogue, ou pas ?

— Ron…

— Si tu ne te dépêches pas, il va s'emparer de la Pierre !

Il n'y avait rien d'autre à faire.

— Prêt ? demanda Ron, le teint pâle, mais l'air décidé. J'y vais… et ne traînez pas ici quand vous aurez gagné.

Il s'avança. La reine blanche abattit alors son bras de pierre sur sa tête. Ron s'effondra et la reine le traîna jusqu'au bord de l'échiquier. En le voyant assommé, Hermione avait poussé un cri, mais elle n'avait pas bougé de sa case.

En tremblant, Harry se déplaça de trois cases vers la gauche.

Aussitôt, le roi blanc ôta sa couronne et la jeta aux pieds

de Harry. Ils avaient gagné. Les pièces blanches s'écartèrent en s'inclinant, dégageant l'accès à la porte du fond. Après avoir jeté à Ron un dernier regard navré, Harry et Hermione franchirent la porte et s'engouffrèrent dans un autre passage.

– Tu crois qu'il… commença Hermione.

– Ne t'inquiète pas, il n'est pas blessé, assura Harry en essayant de s'en convaincre lui-même. Qu'est-ce qui nous attend maintenant, à ton avis ?

– Le Filet du Diable, c'était le maléfice de Chourave. C'est sans doute Flitwick qui a ensorcelé les clés. McGonagall a donné vie aux pièces d'échecs. Il nous reste donc à affronter les sortilèges de Quirrell et de Rogue…

Ils étaient à présent devant une nouvelle porte.

– On y va ? murmura Harry.

– D'accord.

Harry poussa la porte. Aussitôt, une répugnante odeur leur frappa les narines et tous deux durent relever les pans de leur robe pour se couvrir le nez. Ils virent alors, allongé sur le sol, un immense troll encore plus grand que celui auquel ils s'étaient attaqués. Il était évanoui, avec une grosse bosse sanglante sur le front.

– Heureusement qu'on n'a pas eu à se battre avec celui-ci, murmura Harry.

Ils enjambèrent avec précaution l'une de ses jambes massives qui leur barrait le chemin et se hâtèrent de gagner la porte suivante. Lorsque Harry l'ouvrit, ils s'attendaient au pire, mais ils ne virent rien d'effrayant. Il y avait simplement une table sur laquelle étaient alignées sept bouteilles de différentes formes.

– Ça, c'est le maléfice de Rogue, dit Harry. Qu'est-ce qu'on doit faire ?

Dès qu'ils eurent franchi le seuil de la porte, de grandes flammes jaillirent derrière eux. Mais ce n'était pas un feu ordinaire : celui-ci était violet. Au même moment, d'autres flammes, noires cette fois, s'élevèrent dans l'encadrement de la porte du fond. Ils étaient pris au piège.

— Regarde ! dit Hermione en prenant un rouleau de parchemin posé à côté des bouteilles.

Harry s'approcha et lut par-dessus son épaule :

Devant est le danger, le salut est derrière.
Deux sauront parmi nous conduire à la lumière,
L'une d'entre les sept en avant te protège
Et une autre en arrière abolira le piège,
Deux ne pourront t'offrir que simple vin d'ortie
Trois sont mortels poisons, promesse d'agonie,
Choisis, si tu veux fuir un éternel supplice,
Pour t'aider dans ce choix, tu auras quatre indices.
Le premier : si rusée que soit leur perfidie,
Les poisons sont à gauche des deux vins d'ortie
Le second : différente à chaque extrémité,
Si tu vas de l'avant, nulle n'est ton alliée.
Le troisième : elles sont de tailles inégales,
Ni naine ni géante en son sein n'est fatale.
Quatre enfin : les deuxièmes, à gauche comme à droite,
Sont jumelles de goût, mais d'aspect disparates.

Hermione poussa un profond soupir et Harry fut stupéfait de voir qu'elle souriait.

— Remarquable ! dit-elle. Ce n'est pas de la magie, c'est de la logique. Une énigme. Il y a beaucoup de grands sorciers qui n'ont pas la moindre logique, ils n'arriveraient jamais à trouver la solution.

— Et nous non plus…

— Bien sûr que si. Tout ce dont nous avons besoin est écrit sur ce papier. Il y a sept bouteilles, trois contiennent du poison, deux du vin, l'une d'elles permet de franchir sans mal les flammes noires et une autre permet de retourner sur nos pas en traversant les flammes violettes.

– Mais comment savoir laquelle boire ?

– Laisse-moi réfléchir.

Hermione relut le papier plusieurs fois. Puis elle examina attentivement les bouteilles en marmonnant pour elle-même. Enfin, elle poussa un cri de victoire.

– Ça y est, j'ai trouvé ! dit-elle. C'est la plus petite bouteille qui nous permettra de traverser les flammes noires et d'arriver jusqu'à la Pierre.

Harry regarda la minuscule bouteille.

– Il y a tout juste une gorgée, là-dedans, dit-il, ce n'est pas assez pour nous deux.

Ils échangèrent un regard.

– Quelle est celle qui permet de franchir les flammes violettes ?

Hermione montra une bouteille ronde, à droite de la rangée.

– Alors, bois celle-là, dit Harry. Retourne auprès de Ron, allez prendre des balais dans la salle des clés volantes et utilisez-les pour ressortir par la trappe. Touffu n'aura pas le temps de vous mordre. Filez droit à la volière et envoyez Hedwige à Dumbledore avec un mot disant qu'on a besoin de lui. J'arriverai peut-être à retenir Rogue pendant un moment, mais je ne suis pas de taille à l'affronter.

– Et qu'est-ce qui se passera si jamais Tu-Sais-Qui est avec lui ?

– J'ai eu de la chance une fois, dit Harry en montrant sa cicatrice. Pourquoi pas deux ?

Les lèvres d'Hermione tremblèrent. Elle se précipita soudain sur Harry et le serra dans ses bras.

– Hermione !

– Harry, tu es un grand sorcier !

– Pas autant que toi… répondit Harry, un peu gêné

– Moi ? J'ai tout appris dans les livres. Mais il y a des choses beaucoup plus importantes, le courage, l'amitié… Oh, Harry, fais bien attention…

– Bois la première, dit Harry. Tu es sûre que tu ne te trompes pas ?

– Certaine ! assura Hermione.

Elle but une longue gorgée au goulot de la bouteille ronde et fut parcourue d'un frisson.

– Ce n'est pas du poison ? demanda Harry d'une voix angoissée.

– Non, mais on dirait de la glace.

– Dépêche-toi, vas-y avant que les effets disparaissent.

– Bonne chance… Sois prudent…

– VAS-Y !

Hermione fit volte-face et marcha droit vers les flammes violettes.

Harry respira profondément, prit la petite bouteille et se tourna vers les flammes noires.

– J'arrive ! dit-il.

Et il vida la bouteille d'un trait.

Il eut alors l'impression d'avoir plongé dans un bain glacé. Il reposa la bouteille, contracta ses muscles et s'avança à travers le feu. Les flammes noires lui léchèrent le corps, mais il ne sentit aucune chaleur. Pendant quelques instants, il ne vit plus que la couleur noire du feu magique, puis il se retrouva de l'autre côté, dans la dernière salle.

Quelqu'un était déjà là, mais ce n'était pas Rogue. Ce n'était même pas Voldemort.

17
L'HOMME AUX DEUX VISAGES

C'était Quirrell.

– Vous ! s'écria Harry, suffoqué.

Quirrell sourit, le visage parfaitement calme.

– Oui, c'est moi, dit-il tranquillement. Je me demandais si vous alliez me rejoindre ici, Potter.

– Mais je croyais… Rogue…

– Severus ?

Quirrell éclata de rire, non pas du petit rire grêle et tremblant qu'on lui connaissait, mais d'un rire franc et glacial.

– Oui, Severus faisait un bon coupable, n'est-ce pas ? Toujours en train de fondre sur tout le monde comme une chauve-souris géante ! À côté de lui, qui donc aurait pu soupçonner le p… p… pauvre et bé… bégayant p… p… professeur Quirrell ?

Harry ne parvenait pas à le croire. Ça ne pouvait pas être vrai ! C'était impossible !

– Mais Rogue a essayé de me tuer !

– Non, non, non, c'est moi qui ai essayé de vous tuer. Votre amie, Miss Granger m'a bousculé par accident quand elle s'est précipitée pour mettre le feu aux vêtements de Rogue, pendant le match de Quidditch. À cause d'elle, j'ai perdu le contact visuel avec vous. Quelques secondes de plus et j'aurais réussi à vous faire tomber de ce balai. J'y serais même parvenu bien avant si Rogue n'avait pas marmonné des formules magiques pour essayer de vous sauver.

—Rogue essayait de me sauver ?

—Bien sûr, dit Quirrell avec froideur. Pourquoi croyez-vous qu'il ait tenu à arbitrer le match suivant ? Il voulait simplement s'assurer que je ne recommence pas. C'est vraiment drôle… Il n'aurait pas dû se donner cette peine. Dumbledore présent, je ne pouvais rien faire. Tous les autres professeurs pensaient que Rogue voulait empêcher Gryffondor de gagner. Il est vrai qu'il n'attirait guère la sympathie. Mais tout cela n'était que du temps perdu puisque de toute façon, je vais vous tuer cette nuit.

Quirrell claqua des doigts. Aussitôt, des cordes surgirent de nulle part et ligotèrent solidement Harry.

—Vous êtes un peu trop curieux pour vivre bien longtemps, Potter. Quelle idée de vous promener dans les couloirs le soir de Halloween ! Il me semblait que vous m'aviez surpris pendant que j'allais voir ce qui protégeait la Pierre.

—C'est vous qui avez fait entrer le troll ?

—Bien sûr. J'ai un don avec les trolls. Vous avez dû constater ce que j'ai fait à celui qui se trouve dans l'autre salle, là-bas ? Malheureusement, pendant que tout le monde le cherchait partout, Rogue, qui me soupçonnait déjà, est monté directement au troisième étage pour m'empêcher d'entrer dans le fameux couloir. Et non seulement mon troll n'a pas réussi à vous tuer, mais ce chien à trois têtes n'est même pas parvenu à arracher la jambe de Rogue. Et maintenant, laissez-moi tranquille, Potter, je dois examiner cet intéressant miroir.

À ce moment-là seulement, Harry se rendit compte que le Miroir du Riséd se trouvait derrière Quirrell.

—Ce miroir est la clé qui mène à la Pierre, murmura Quirrell en le contournant pour s'y regarder. On peut faire confiance à Dumbledore pour manigancer ce genre de choses… Mais il est à Londres… Et quand il reviendra, je serai loin.

La seule chose que pouvait tenter Harry, c'était de faire parler Quirrell pour l'empêcher de se concentrer sur le miroir.

— Je vous ai vu avec Rogue, dans la forêt, lança-t-il.

— Oui, dit Quirrell d'un ton dégagé en allant examiner le dos du miroir. Il me suivait de près, à ce moment-là. Il voulait savoir où j'en étais. Depuis le début, il me soupçonnait. Il a essayé de me faire peur, comme s'il avait pu y arriver, alors que j'avais Lord Voldemort avec moi…

Quirrell scruta à nouveau le miroir d'un air avide.

— Je vois la Pierre… Je suis en train de l'offrir à mon maître… Mais où est-elle ?

Harry essaya de se débarrasser de ses liens, mais il n'y avait rien à faire. Il fallait absolument qu'il détourne l'attention de Quirrell du miroir.

— Pourtant Rogue avait l'air de me détester, dit-il.

— Oh mais, bien sûr, il vous déteste, répondit Quirrell d'un ton désinvolte. Il était à Poudlard avec votre père, vous ne le saviez pas ? Ils se méprisaient cordialement. Mais il n'a jamais voulu vous tuer pour autant.

— Je vous ai entendu sangloter, il y a quelques jours. Je croyais que Rogue vous menaçait…

Pour la première fois, pendant une fraction de seconde, les traits de Quirrell se convulsèrent dans une expression de peur.

— Parfois, dit-il, j'ai du mal à suivre les instructions de mon maître. Lui, c'est un grand sorcier et moi, je suis faible.

— Vous voulez dire que votre maître était avec vous dans cette salle de classe ? s'exclama Harry avec horreur.

— Il est toujours avec moi, où que j'aille, répondit tranquillement Quirrell. Je l'ai rencontré quand je voyageais autour du monde. J'étais un jeune homme stupide, à l'époque, plein d'idées ridicules sur les notions de bien et de mal. Lord Voldemort m'a montré à quel point j'avais tort. Il n'y a pas de bien ni de mal, il n'y a que le pouvoir, et ceux qui sont trop faibles pour le rechercher... Depuis ce temps-là, je l'ai servi fidèlement, bien que je l'aie laissé tomber à plusieurs reprises. Il a dû sévir, avec moi.

Quirrell fut soudain parcouru d'un frisson.

— Il ne pardonne pas facilement les erreurs. Le jour où je n'ai pas réussi à voler la Pierre, à Gringotts, il était très mécontent. Il m'a puni. Et il a décidé de me surveiller de plus près...

La voix de Quirrell faiblit. Harry se rappela sa journée sur le Chemin de Traverse. Comment avait-il pu être aussi stupide ? Il avait vu Quirrell ce jour-là, il lui avait serré la main au *Chaudron Baveur*.

Quirrell marmonna un juron.

— Je ne comprends pas. Est-ce que la Pierre est à l'intérieur du miroir ? Faut-il que je le casse ?

Harry réfléchissait à toute vitesse. Ce qu'il désirait le plus au monde, en cet instant, c'était de trouver la Pierre avant Quirrell. Par conséquent, s'il se regardait dans le miroir, il se verrait en train de la trouver, il verrait donc du même coup l'endroit où elle était cachée ! Mais comment se regarder dans le miroir sans que Quirrell s'aperçoive de ce qu'il avait en tête ?

Il essaya de se glisser discrètement vers la gauche pour se mettre face au miroir sans que Quirrell le remarque, mais les cordes étaient trop serrées autour de ses chevilles. Il trébucha et tomba. Quirrell ne fit pas attention à lui. Il continuait de se parler à lui-même.

— Comment fonctionne ce miroir ? Quel est son secret ? Aidez-moi, maître !

Harry, horrifié, entendit alors une voix lui répondre et la voix semblait venir de Quirrell lui-même.

— Sers-toi du garçon... Sers-toi du garçon...

Quirrell se tourna vers Harry.

– Bien. Potter, venez ici.

Il frappa dans ses mains et les cordes qui ligotaient Harry tombèrent aussitôt sur le sol. Harry se releva lentement.

– Venez ici, répéta Quirrell. Regardez dans le miroir et dites-moi ce que vous y voyez.

Harry s'approcha de lui.

« Il faut que je lui mente, pensa-t-il. Je vais regarder et mentir en lui racontant ce que je vois. »

Quirrell se tenait derrière Harry, tout près de lui, et celui-ci sentit une étrange odeur qui semblait provenir de son turban. Il ferma les yeux, fit un pas vers le miroir et les rouvrit.

Il vit tout d'abord son reflet, pâle et terrifié. Mais un instant plus tard, le reflet lui sourit. Il se vit alors mettre la main dans sa poche et en retirer une Pierre rouge sang. Son reflet lui adressa un clin d'œil et remit la Pierre dans sa poche. Au même moment, Harry sentit quelque chose de lourd tomber dans sa vraie poche. Il ne savait pas comment, il n'arrivait pas à le croire, mais maintenant, c'était lui qui avait la Pierre !

– Alors ? dit Quirrell avec impatience. Qu'est-ce que vous voyez ?

Harry rassembla tout son courage.

– Je me vois en train de serrer la main de Dumbledore, prétendit-il. J'ai… j'ai fait gagner la coupe à Gryffondor.

Quirrell poussa à nouveau un juron.

– Poussez-vous, dit-il.

En s'éloignant du miroir, Harry sentit la Pierre philosophale contre sa jambe. Allait-il tenter de prendre la fuite ? Mais il avait à peine fait quelques pas qu'une voix aiguë s'exprima alors que Quirrell n'avait pas ouvert la bouche.

– Il ment… Il ment… dit la voix.

– Potter, revenez ici, cria Quirrell. Et dites-moi la vérité ! Qu'est-ce que vous avez vu ?

La voix aiguë s'éleva à nouveau.

– Laisse-moi lui parler face à face.

– Maître, vous n'avez pas assez de forces, dit Quirrell.

– J'en ai assez pour ça...

Harry eut alors l'impression qu'un Filet du Diable le clouait sur place. Il ne parvenait plus à remuer le moindre muscle. Pétrifié, il regarda Quirrell lever les bras et commencer à défaire son turban. Bientôt, le turban tomba et la tête de Quirrell parut soudain étrangement petite. Puis il pivota sur ses talons.

Harry aurait voulu crier, mais il était incapable d'émettre le moindre son.

Derrière la tête de Quirrell, au lieu de son crâne, il y avait un visage, le visage le plus terrifiant que Harry eût jamais vu. Il était d'une blancheur de craie avec des yeux rouges flamboyants et des fentes en guise de narines, comme sur la tête d'un serpent.

– Harry Potter... murmura le visage.

Harry essaya de faire un pas en arrière, mais ses jambes refusaient de lui obéir.

– Tu vois ce que je suis devenu ? dit le visage. Ombre et vapeur... Je ne prends forme qu'en partageant le corps de quelqu'un d'autre... Heureusement, il en reste toujours qui sont prêts à m'accueillir dans leur cœur et leur tête... Le sang de licorne m'a redonné des forces, ces dernières semaines.. Dans la forêt, tu as vu le fidèle Quirrell s'en abreuver pour moi... Et lorsque j'aurai l'élixir de longue vie, je pourrai recréer un corps qui sera bien à moi... Maintenant... Donnemoi cette Pierre qui se trouve dans ta poche.

Il savait donc. Harry sentit soudain ses jambes revenir à la ie. Il fit un pas en arrière.

– Ne sois pas stupide, dit le visage avec colère. Tu ferais mieux de sauver ta vie et de me rejoindre... Ou alors, tu connaîtras le même sort que tes parents... Ils sont morts en me suppliant de leur faire grâce...

– MENTEUR ! s'écria Harry.

Quirrell reculait vers lui pour que Voldemort ne le perde pas de vue. Le visage maléfique souriait, à présent.

–Comme c'est émouvant... siffla-t-il. J'apprécie toujours le courage... Oui, mon garçon, tes parents ont été courageux... J'ai d'abord tué ton père et il m'a résisté avec une grande bravoure... Quant à ta mère, je n'avais pas prévu qu'elle meure... mais elle essayait de te protéger... Alors, donne-moi la Pierre sinon, elle sera morte en vain.

– JAMAIS !

Harry bondit vers la porte enflammée.

–Attrape-le ! cria alors Voldemort.

D'un geste, Quirrell saisit le poignet de Harry. Celui-ci ressentit aussitôt une douleur aiguë à l'endroit de sa cicatrice. Il avait l'impression que sa tête allait se fendre en deux. Il se mit à hurler en se débattant de toutes ses forces et à sa grande surprise, Quirrell le lâcha. Il eut soudain beaucoup moins mal à la tête. Quirrell, en revanche, était plié en deux par la douleur, le regard fixé sur ses doigts qui se couvraient d'ampoules à vue d'œil, comme brûlés par une flamme.

–ATTRAPE-LE ! ATTRAPE-LE ! répéta Voldemort.

À nouveau, Quirrell plongea sur Harry. Il le fit tomber à terre et l'immobilisa en l'écrasant sous lui, les deux mains serrées autour de son cou. La cicatrice devint si douloureuse que Harry en était presque aveuglé. Il parvenait cependant à distinguer le visage de Quirrell qui poussait des hurlements. Il semblait en proie à une effroyable souffrance.

–Maître ! Je n'arrive pas à le tenir, gémit-il. Mes mains... mes mains !

Tout en maintenant Harry par terre avec ses genoux, Quirrell lâcha son cou et contempla d'un air incrédule les paumes de ses mains. Harry voyait qu'elles étaient complètement brûlées, écarlates, la chair à vif.

— Alors, tue-le, imbécile ! Qu'on en finisse ! couina Voldemort de sa voix suraiguë.

Quirrell leva le bras pour lancer un maléfice mortel, mais Harry, d'un geste instinctif, plaqua les mains contre le visage de son ennemi.

— AAAAAAAAAARG !

Quirrell roula sur le sol, le visage également brûlé. Harry se rendit compte que son adversaire ne pouvait pas le toucher sans souffrir de terribles brûlures. Sa seule chance, c'était de saisir Quirrell et de lui infliger une telle douleur qu'il soit incapable de lancer un sort.

Harry se releva d'un bond, attrapa le bras de Quirrell et serra de toutes ses forces. Quirrell poussa un hurlement en essayant de se dégager et Harry sentit à nouveau la douleur de sa cicatrice. Il ne voyait plus rien, il entendait seulement les horribles cris de Quirrell ainsi que les glapissements de Voldemort qui répétait :

— TUE-LE ! TUE-LE ! !

Il entendait aussi, peut-être dans sa propre tête, d'autres voix crier : « Harry ! Harry ! »

Soudain, il sentit le bras de Quirrell s'arracher à son étreinte et il comprit à ce moment que tout était perdu. Il sombra alors dans une longue, longue, longue chute où tout n'était plus que ténèbres.

Un objet doré brillait juste au-dessus de lui. Le Vif d'or ! Il essaya de l'attraper, mais ses bras étaient trop lourds.

Il cligna des yeux. Ce n'était pas du tout un Vif d'or, c'était une paire de lunettes. Étrange.

Il cligna à nouveau des yeux et distingua alors le visage souriant d'Albus Dumbledore.

– Bonjour, Harry, dit-il.

Harry le regarda fixement. Puis il se souvint.

– La Pierre ! s'écria-t-il. C'était Quirrell ! C'est lui qui a volé la Pierre ! Vite !

– Calme-toi, mon garçon, tu es un peu en retard, dit Dumbledore. Quirrell n'a pas volé la Pierre.

– Alors, qui ?

– Du calme, sinon, Madame Pomfresh va me jeter dehors.

Harry regarda autour de lui et se rendit compte qu'il se trouvait à l'infirmerie de Poudlard. Il était couché dans un lit avec des draps de lin blanc et juste à côté, il y avait une table couverte d'une quantité de friandises suffisante pour ouvrir un magasin.

– Quelques cadeaux de la part de tes amis et admirateurs, dit Dumbledore, rayonnant. Ce qui s'est passé dans les soussols du château, entre Quirrell et toi, est un secret absolu, par conséquent, toute l'école est au courant. Je crois que ce sont tes amis Fred et George Weasley qui t'ont envoyé un siège de toilettes en pensant que ça t'amuserait. Mais Madame Pomfresh a trouvé que ce ne serait peut-être pas très hygiénique et elle l'a confisqué.

– Ça fait combien de temps que je suis là ?

– Trois jours. Mr Ronald Weasley et Miss Granger vont être grandement soulagés de voir que tu es revenu à toi. Ils se sont terriblement inquiétés à ton sujet.

– Mais la Pierre…

– Je vois qu'il est inutile d'essayer de te distraire. Très bien. Alors… La Pierre, le professeur Quirrell n'a pas réussi à te la prendre. Je suis arrivé à temps pour l'en empêcher, bien que tu te sois admirablement débrouillé tout seul, je le reconnais.

– Vous étiez là ? Vous avez reçu le hibou d'Hermione ?

– Nous avons dû nous croiser dans les airs. J'étais à peine arrivé à Londres qu'il m'est nettement apparu que ma place

299

était à l'endroit que je venais de quitter. Et je suis revenu juste à temps pour t'arracher à Quirrell…

—C'était vous ?

—J'avais peur qu'il soit trop tard…

—Il était moins une. Je n'aurais pas pu l'empêcher plus longtemps de prendre la Pierre.

—L'important, ce n'est pas la Pierre, c'est toi. L'effort que tu as fait a failli te tuer. Pendant un moment, j'ai craint que ce ne soit le cas. Quant à la Pierre, elle a été détruite.

—Détruite ? répéta Harry d'une voix blanche. Mais votre ami… Nicolas Flamel…

—Ah, tu connais Nicolas ? dit Dumbledore qui avait l'air ravi. Tu as vraiment bien fait les choses. Eh bien, Nicolas et moi, nous avons eu une petite conversation et il nous est apparu que tout était pour le mieux.

—Mais ça signifie que lui et sa femme vont mourir, non ?

—Il leur reste suffisamment d'élixir pour mettre leurs affaires en ordre et ensuite, en effet, ils vont mourir.

Dumbledore sourit en voyant l'air stupéfait de Harry.

—Pour quelqu'un d'aussi jeune que toi, je sais que c'est incroyable, dit-il, mais pour Nicolas et Pernelle, c'est comme d'aller se coucher à la fin d'une très, très longue journée. Après tout, pour un esprit équilibré, la mort n'est qu'une grande aventure de plus. Tu sais, la Pierre n'avait rien de si extraordinaire. Elle donnait autant d'argent et permettait de vivre aussi longtemps qu'on le souhaitait ! Les deux choses que la plupart des humains désirent le plus au monde, l'ennui, c'est que les humains ont un don pour désirer ce qui leur fait le plus de mal.

Harry restait immobile, ne sachant que répondre. Dumbledore chanta un petit air et regarda le plafond en souriant.

—Monsieur ? dit enfin Harry. Je me demande… Même si la Pierre n'existe plus, Vol… Je veux dire, Vous-Savez-Qui…

—Tu peux l'appeler Voldemort, Harry. Nomme toujours les

choses par leur nom. La peur d'un nom ne fait qu'accroître la peur de la chose elle-même.

– Voldemort va chercher d'autres moyens de revenir, n'est-ce pas ? Je veux dire qu'il n'a pas complètement disparu ?

– Non, en effet. Il est toujours là, quelque part, peut-être à la recherche d'un autre corps à partager… Comme il n'est pas vraiment vivant, on ne peut pas le tuer. Il a laissé mourir Quirrell. Il montre aussi peu de pitié pour ses partisans que pour ses ennemis. Tu as sans doute réussi à retarder son retour au pouvoir, Harry, mais il se trouvera bien quelqu'un pour reprendre un combat qui semble perdu… Pourtant, si à chaque fois, on continue à le retarder, alors il est possible qu'il ne reprenne jamais le pouvoir.

Harry hocha la tête, mais il s'interrompit aussitôt car il avait encore mal.

– Il y a d'autres choses que j'aimerais bien savoir, dit-il, si vous pouvez me les dire… J'aimerais bien connaître la vérité sur ces choses-là.

– La vérité, soupira Dumbledore. Elle est toujours belle et terrible, c'est pourquoi il faut l'aborder avec beaucoup de pré-cautions. Mais je veux bien répondre à tes questions, sauf si j'ai de bonnes raisons de ne pas le faire, auquel cas, je te demande de me pardonner. Mais bien sûr, je ne te mentirai pas.

– Alors, voilà : Voldemort a dit qu'il a tué ma mère uni-quement parce qu'elle essayait de me protéger. Mais pourquoi donc voulait-il me tuer ?

Cette fois, Dumbledore poussa un profond soupir.

– Hélas, la première question que tu me poses fait partie de celles auxquelles je ne peux pas répondre. Aujourd'hui, en tout cas. Un jour, tu sauras, mais pour l'instant, chasse cette pensée de ton esprit. Quand tu seras plus grand… Je sais que tu n'aimes pas ce genre de phrase… Disons plutôt que quand tu seras prêt, tu comprendras.

Et Harry savait qu'il était inutile de discuter.

— Et pourquoi Quirrell ne pouvait pas me toucher sans se brûler ?

— Ta mère est morte pour te sauver la vie. S'il y a une chose que Voldemort est incapable de comprendre, c'est l'amour. Il ne s'est jamais rendu compte qu'un amour aussi fort que celui que ta mère avait pour toi laisse sa marque. Pas une cicatrice, ou un signe visible... Avoir été aimé si profondément te donne à jamais une protection contre les autres, même lorsque la personne qui a manifesté cet amour n'est plus là. Cet amour reste présent dans ta chair. Quirrell était plein de haine, de cupidité, d'ambition, il partageait son âme avec Voldemort et c'est pour cela qu'il ne supportait pas de te toucher. Toucher quelqu'un qui a été marqué par quelque chose d'aussi beau ne pouvait susciter en lui que de la souffrance.

Dumbledore manifesta un intérêt soudain pour un oiseau qui venait de se poser sur le rebord de la fenêtre, ce qui donna le temps à Harry de s'essuyer les yeux avec son drap.

— Et la cape d'invisibilité ? demanda Harry, lorsqu'il eut retrouvé sa voix. Vous savez qui me l'a envoyée ?

— Ah... Il se trouve que ton père l'avait laissée en ma possession et j'ai pensé que tu aimerais peut-être l'avoir. C'est parfois utile... Quand il était au collège, ton père s'en servait pour se glisser jusqu'à la cuisine et voler des tas de choses à manger.

— J'ai encore une question...

— Vas-y.

— Quirrell a dit que Rogue...

— Le professeur Rogue.

— C'est ça, lui... Quirrell a dit que s'il me détestait, c'était parce qu'il détestait aussi mon père. C'est vrai ?

— En effet, ils se haïssaient cordialement. Un peu comme toi et Mr Malefoy. Et ton père a fait quelque chose qu'il n'a jamais pu lui pardonner.

-Quoi ?

—Il lui a sauvé la vie.

-Comment ?

—Oui, dit Dumbledore d'un air rêveur. C'est curieux comme les gens réagissent, n'est-ce pas ? Le professeur Rogue ne supportait pas d'avoir une dette envers ton père… Je suis sûr que s'il a fait tant d'efforts pour te protéger, cette année, c'est parce qu'il a pensé qu'ainsi ton père et lui seraient quittes. Alors, il pourrait continuer à haïr son souvenir en paix…

Harry essaya de comprendre ce que Dumbledore venait de lui dire, mais il eut mal à la tête, et il laissa tomber.

—Encore une dernière chose, dit Harry. Comment se fait-il que la Pierre soit passée du miroir dans ma poche ?

—Je suis content que tu m'aies posé cette question. C'était une de mes idées les plus brillantes, ce qui n'est pas peu dire, entre nous… Seul quelqu'un qui désirait trouver la Pierre – la trouver, pas s'en servir – pourrait la prendre, les autres ne verraient que leur reflet fabriquer de l'or et boire l'élixir de longue vie. Mon intelligence me surprend moi-même, parfois… Et maintenant, assez de questions. Si tu entamais ces friandises ? Ah, les Dragées surprises de Bertie Crochue ! Un jour, quand j'étais jeune, j'en ai trouvé une qui avait le goût de vomi. Depuis, j'ai peur d'en manger, mais toi, ne t'en prive surtout pas ! Enfin, je pense que je ne risque rien avec un caramel.

Il sourit et mit la dragée d'un brun doré dans sa bouche. Puis il se mit à tousser.

—Quelle horreur ! De la cire pour les oreilles !

Madame Pomfresh était une femme charmante, mais très stricte.

—Seulement cinq minutes, supplia Harry.

—Il n'en est pas question.

– Vous avez bien laissé entrer le professeur Dumbledore…

– Bien entendu, c'est le directeur. Mais maintenant, tu as besoin de repos.

– Je me repose, regardez, je suis couché. S'il vous plaît, Madame Pomfresh…

– Bon, d'accord, mais pas plus de cinq minutes !

Et elle laissa entrer Ron et Hermione.

– Harry !

Hermione était sur le point de le serrer à nouveau dans ses bras, mais elle se retint. Harry en fut soulagé : il avait encore très mal à la tête.

– Harry, on pensait que tu allais… Dumbledore se faisait tellement de souci…

– Toute l'école ne parle que de ça, dit Ron. Alors, qu'est-ce qui s'est passé, en vrai ?

C'était une de ces rares circonstances où la vérité paraît encore plus étrange et plus passionnante que les rumeurs. Harry leur fit un récit détaillé, sans rien omettre : Quirrell, le miroir, la Pierre, Voldemort. Ron et Hermione, bon public, l'écoutaient en étouffant des exclamations aux bons moments. Et lorsqu'il raconta ce qu'il y avait sous le turban de Quirrell, Hermione poussa un cri.

– Alors, la Pierre n'existe plus ? dit Ron lorsque Harry eut terminé. Et Flamel va mourir ?

– C'est ce que je lui ai dit, mais Dumbledore m'a répondu… Comment c'était, déjà ? Ah oui, « pour un esprit équilibré, la mort n'est qu'une grande aventure de plus ».

– J'ai toujours dit qu'il était cinglé, remarqua Ron qui semblait impressionné de voir à quel point son héros était fou.

– Et vous, qu'est-ce qui vous est arrivé ? demanda Harry.

– Je n'ai eu aucun mal à revenir sur mes pas, dit Hermione. J'ai ranimé Ron – il m'a fallu un bout de temps – et on s'est précipités vers la volière pour envoyer un mot à Dumbledore.

C'est juste à ce moment-là qu'on l'a rencontré dans le hall d'entrée. Il était déjà au courant. Il nous a dit : « Harry est allé le retrouver ? » et il a foncé au troisième étage.

– Tu crois qu'il voulait vraiment que tu y ailles ? demanda Ron. C'est pour ça qu'il t'a envoyé la cape d'invisibilité ?

– Si jamais c'est vrai, c'est terrible ! s'écria Hermione. Tu aurais pu te faire tuer !

– Ce n'est pas tout à fait ça, répondit Harry d'un air songeur. C'est un drôle de personnage, ce Dumbledore. Je crois qu'il a voulu me donner une chance. Il doit savoir à peu près tout ce qui se passe à l'école et je pense qu'il devait se douter de notre projet, mais au lieu d'essayer de nous arrêter, il a cherché à nous aider. Je ne crois pas que ce soit un hasard s'il m'a laissé découvrir comment le miroir fonctionnait. C'est un peu comme s'il me reconnaissait le droit d'affronter Voldemort face à face si je le pouvais…

– Décidément, Dumbledore est vraiment dingue, dit Ron avec fierté. Et maintenant, écoute : il faut absolument que tu sois debout pour le banquet de fin d'année, demain. Le compte des points a été fait et bien entendu, ce sont les Serpentard qui ont gagné la coupe. Tu n'étais pas là pour le dernier match et on s'est fait écraser par les Serdaigle. Mais il y aura de bonnes choses à manger.

À ce moment, Madame Pomfresh fit irruption dans la chambre.

– Ça fait presque un quart d'heure, maintenant. DEHORS ! dit-elle d'un ton sans réplique.

Après une bonne nuit de sommeil, Harry se sentit à peu près dans son état normal.

– Je veux aller au banquet, dit-il à Madame Pomfresh. Je peux, n'est-ce pas ?

– Le professeur Dumbledore a dit que tu avais le droit d'y

assister, dit-elle d'un ton pincé, comme si elle était persuadée que Dumbledore ignorait les risques que peut présenter un festin. Et tu as un autre visiteur.

— Ah, très bien, dit Harry. Qui est-ce ?

Hagrid se glissa alors dans l'encadrement de la porte. Comme d'habitude, il paraissait trop grand par rapport à la pièce. Il s'assit au chevet de Harry et fondit en larmes.

— C'est… c'est ma maudite faute… sanglota-t-il en plongeant son visage dans ses mains. J'ai dit à ce misérable comment faire pour passer devant Touffu ! C'était la dernière chose qu'il ne savait pas et c'est moi qui l'ai dite ! Tu aurais pu en mourir ! Tout ça pour un œuf de dragon ! Je ne boirai plus jamais ! On devrait me chasser et m'envoyer vivre chez les Moldus !

— Hagrid ! s'exclama Harry, désolé de voir des larmes couler le long de sa barbe. Il aurait trouvé, de toute façon ! Il s'agit de Voldemort, ne l'oubliez pas. Même si vous ne lui aviez rien dit…

— Tu aurais pu en mourir, répéta Hagrid, le corps agité de sanglots. Et ne prononce pas ce nom !

— VOLDEMORT ! hurla Harry.

Hagrid parut si choqué qu'il cessa aussitôt de pleurer.

— Je l'ai vu, je peux l'appeler par son nom. Ne soyez pas triste, Hagrid, nous avons sauvé la Pierre et elle est détruite maintenant, il ne peut plus s'en servir. Prenez donc un Chocogrenouille, j'en ai plein.

— Ah, au fait, ça me fait penser que j'ai un cadeau pour toi, dit Hagrid en s'essuyant le nez d'un revers de main.

— J'espère que ça n'est pas un sandwich à l'hermine.

— Mais non, sourit Hagrid, Dumbledore m'a accordé un jour de congé hier pour le préparer. Il aurait plutôt dû me renvoyer. Voilà…

Il lui donna un beau livre à la reliure de cuir. Harry l'ouvrit avec curiosité il était rempli de photos de sorciers. À chaque page, son père et sa mère lui souriaient en lui adressant des signes de la main.

– J'ai envoyé des hiboux à tous les amis d'école de tes parents en leur demandant des photos. Je savais que tu n'en avais pas. Ça te plaît ?

Harry fut incapable de parler et Hagrid le comprit très bien

Ce soir-là, Harry quitta sa chambre, seul, pour assister au banquet. Madame Pomfresh avait insisté pour l'examiner une dernière fois et la Grande Salle était déjà pleine lorsqu'il arriva enfin. Elle était décorée aux couleurs vert et argent des Serpentard pour célébrer leur septième victoire consécutive. Une immense bannière déployée sur le mur, derrière la Grande Table, montrait un serpent, symbole de leur maison.

Lorsque Harry fit son entrée, il y eut un soudain silence, puis les conversations reprirent toutes en même temps. Il s'assit à la table des Gryffondor, entre Ron et Hermione, et fit semblant de ne pas remarquer que tout le monde se levait pour mieux le voir.

Heureusement, Dumbledore arriva à son tour et la rumeur des conversations s'évanouit.

– Une autre année se termine, dit joyeusement Dumbledore, et je vais encore vous importuner avec des bavardages de vieillard avant que nous entamions enfin ce délicieux festin. Quelle année ! Fort heureusement, vos têtes sont un peu plus remplies qu'auparavant… et vous avez tout l'été pour les vider à nouveau en attendant le début de l'année prochaine… Le moment est maintenant venu de décerner la coupe des Quatre Maisons. Le décompte des points nous donne le résultat suivant : en quatrième place, Gryffondor avec trois cent douze points. En troisième, Poufsouffle avec trois cent cinquante-deux points. Serdaigle a obtenu quatre cent vingt-six points et Serpentard quatre cent soixante-douze.

Un tonnerre d'applaudissements, d'acclamations et de trépignements explosa à la table des Serpentard. Harry voyait Malefoy frapper la table avec son gobelet et ce spectacle le rendait malade.

– Oui, oui, très bien, Serpentard, reprit Dumbledore. Il convient cependant de prendre en compte des événements récents.

Il y eut alors un grand silence et les sourires des Serpentard devinrent moins triomphants.

– J'ai quelques points de dernière minute à distribuer, poursuivit Dumbledore. Voyons… Oui, c'est ça… Je commencerai par Mr Ronald Weasley…

Ron devint écarlate. Il avait soudain l'air d'un radis qui aurait pris un coup de soleil.

– Pour la plus belle partie d'échecs qu'on ait jouée à Poudlard depuis de nombreuses années, je donne à Gryffondor cinquante points.

Les acclamations des Gryffondor atteignirent presque le plafond enchanté. Les étoiles au-dessus de leur tête parurent frémir.

– C'est mon frère ! disait Percy aux autres préfets. Mon plus jeune frère ! Il a réussi à traverser l'échiquier géant de McGonagall !

Le silence revint.

– J'en viens maintenant à Miss Hermione Granger… Pour la froide logique dont elle a fait preuve face à des flammes redoutables, j'accorde à Gryffondor cinquante points.

Hermione enfouit sa tête dans ses bras. Harry la soupçonnait d'avoir fondu en larmes. Tout autour de la table, les Gryffondor ne se tenaient plus de joie. Ils avaient cent points de plus.

– Enfin, parlons de Mr Harry Potter, reprit Dumbledore.

Un grand silence se fit dans la salle.

– Pour le sang-froid et le courage exceptionnels qu'il a manifestés, je donne à Gryffondor soixante points.

Le vacarme qui s'ensuivit fut assourdissant. Ceux qui étaient en état de faire des additions tout en s'égosillant savaient que Gryffondor avait à présent quatre cent soixante-douze points – exactement le même nombre que Serpentard. Ils étaient ex aequo. Si seulement Dumbledore avait pu donner à Harry un seul point de plus !

Dumbledore leva la main et le silence revint peu à peu.

– Le courage peut prendre de nombreuses formes, dit-il avec un sourire. Il faut beaucoup de bravoure pour faire face à ses ennemis mais il n'en faut pas moins pour affronter ses amis. Et par conséquent, j'accorde dix points à Mr Neville Londubat.

Quelqu'un qui se serait trouvé à l'extérieur de la Grande Salle aurait pu penser qu'une terrible explosion venait de se produire, tant le vacarme qui s'éleva de la table des Gryffondor était assourdissant. Harry, Ron et Hermione se levèrent pour acclamer Neville qui avait le teint livide et disparut bientôt sous les embrassades. Jusqu'alors, il n'avait pas gagné le moindre point pour les Gryffondor. Harry donna un petit coup de coude à Ron et lui montra Malefoy. Abasourdi et horrifié, il semblait figé sur place comme s'il avait subi le maléfice du Saucisson.

– Ce qui signifie, poursuivit Dumbledore en essayant de couvrir le tonnerre d'applaudissements – car les Serdaigle et les Poufsouffle étaient ravis de la chute des Serpentard –, ce qui signifie que nous allons devoir changer la décoration de cette salle.

Il frappa dans ses mains et en un instant, le vert et argent se transforma en rouge et or, et le grand serpent disparut, remplacé par le lion altier des Gryffondor. Rogue serra la main du professeur McGonagall avec un horrible sourire qui n'avait rien de naturel. Harry croisa son regard et il sut aussitôt que les sentiments de Rogue à son égard n'avaient pas changé Mais il n'en éprouvait aucune contrariété. La vie redeviendrait normale dès l'année prochaine, aussi normale qu'elle pouvait l'être à Poudlard.

Ce fut la plus belle soirée que Harry eût jamais connue. Il était encore plus heureux que le jour où il avait gagné le match de Quidditch, plus heureux que le soir de Noël, plus heureux que lorsqu'ils avaient vaincu le troll. Il garderait à jamais le souvenir de ces précieux instants.

Harry en avait presque oublié le résultat des examens. À leur grande surprise, Ron et lui avaient obtenu de bonnes notes. Hermione, bien entendu, avait été la meilleure et même Neville avait réussi à passer de justesse : sa bonne note en botanique rattrapait celle, catastrophique, qu'il avait obtenue en potions. Ils avaient espéré que Goyle, qui était aussi bête que méchant, serait renvoyé, mais lui aussi était passé. Comme l'avait dit Ron, on ne peut pas tout avoir dans la vie…

Bientôt, leurs armoires se vidèrent, leurs valises furent fin prêtes et le crapaud de Neville s'égara dans un coin des toilettes. On distribua aux élèves des avis qui les prévenaient que l'usage de la magie était interdit pendant les vacances (« Chaque année j'espère qu'ils vont oublier de nous les donner », dit tristement Fred). Hagrid leur fit traverser le lac dans ses barques et ils s'installèrent dans le Poudlard Express qui les ramenait chez les Moldus. Tout le monde parlait et riait tandis que le paysage devenait de plus en plus verdoyant et soigné. On mangeait des Dragées surprises de Bertie Crochue et on enlevait les robes de sorcier pour remettre vestes et blousons. Enfin, ils arrivèrent sur la voie 9 3/4 de la gare de King's Cross.

Ils mirent un certain temps pour quitter le quai. Un vieux gardien ridé les faisait passer par groupes de deux ou trois pour qu'ils n'attirent pas l'attention en surgissant soudain au milieu de la barrière. Inutile d'affoler les Moldus.

– Il faut que vous veniez à la maison, cet été, dit Ron à Harry et Hermione. Je vous enverrai un hibou.

– Merci, dit Harry. J'attends ça avec impatience.

Des voyageurs les bousculaient de tous côtés tandis qu'ils replongeaient dans le monde des Moldus. Harry entendait fuser autour de lui des « Au revoir, Harry, à bientôt, Potter ! »

– Toujours célèbre, fit remarquer Ron avec un sourire.

– Pas là où je vais, je te le garantis !

– Le voilà, M'man, regarde, il est là ! dit une petite voix, alors qu'ils franchissaient le portillon.

C'était Ginny Weasley, la jeune sœur de Ron, mais ce n'était pas Ron qu'elle montrait du doigt.

– Harry Potter ! s'écria-t-elle. Regarde, M'man ! Je le vois !

– Tais-toi un peu Ginny, et ne montre pas du doigt, c'est malpoli.

Mrs Weasley leur adressa un grand sourire.

– Vous avez eu une année chargée ? dit-elle.

– Très, répondit Harry. Merci pour le pull, Mrs Weasley.

– Oh, ce n'était rien.

– Alors, tu es prêt ?

C'était l'oncle Vernon, toujours moustachu, toujours écarlate, toujours furieux que Harry ait l'audace de se promener avec un hibou dans une cage au milieu d'une gare remplie de gens parfaitement normaux. Derrière lui se tenaient la tante Pétunia et Dudley qui eut l'air terrifié dès qu'il vit Harry.

– Vous êtes la famille de Harry ? dit Mrs Weasley.

– Façon de parler, répliqua l'oncle Vernon. Dépêche-toi, mon garçon, nous n'avons pas que ça à faire.

Et il s'éloigna. Harry resta quelques instants avec Ron et Hermione.

— Alors, on se voit cet été ?

— J'espère que tu passeras de... de bonnes vacances, dit Hermione en jetant un drôle de regard à l'oncle Vernon.

Elle n'avait encore jamais vu quelqu'un d'aussi désagréable.

— Oh, sûrement, répondit Harry avec un grand sourire. Eux, ils ne savent pas que l'usage de la magie est interdit à la maison. Je crois que je vais bien m'amuser avec Dudley, cet été...

Table des matières

J. K. Rowling

L'auteur

Joanne Kathleen Rowling est née en 1965 à Chipping Sodbury, dans le Gloucestershire en Angleterre. Elle a suivi des études à l'université d'Exeter et à la Sorbonne à Paris. Elle est diplômée en littérature française et en philologie. Elle a d'abord travaillé à Londres au sein de l'association Amnesty International.

C'est en 1990 que l'idée de Harry Potter et de son école de sorciers germe dans son imagination, lors d'un voyage en train Elle voit alors une galerie de personnages envahir son esprit avec un réalisme saisissant. Cette même année, la mort de sa mère l'affecte profondément. L'année suivante, Joanne part enseigner l'anglais au Portugal. Puis, en 1992, elle épouse un journaliste portugais et donne naissance à une petite fille, Jessica. Après son divorce, quelques mois plus tard, elle s'installe à Édimbourg avec son bébé. Vivant dans une situation précaire, elle se plonge dans l'écriture de la première aventure de Harry et termine la rédaction de ce manuscrit qui l'avait accompagnée de Londres à Porto, jusqu'aux cafés d'Édimbourg. La suite ressemble à un conte de fées. Le premier agent auquel elle envoie son manuscrit le refuse, mais un deuxième le retient et, en 1996, une petite maison d'édition britannique décide de publier l'ouvrage.

Les droits du livre sont ensuite vendus aux enchères aux États-Unis pour la plus grosse avance jamais versée à l'époque à un auteur pour la jeunesse !

Le premier volume de Harry Potter a rencontré dès sa parution, grâce au bouche-à-oreille, un succès grandissant qui est devenu phénoménal, tant en Grande-Bretagne qu'à l'étranger. En

France, il a reçu en 1999 le prix Tam-Tam et le prix Sorcières. Il a été traduit en soixante-sept langues et vingt millions d'exemplaires ont été vendus dans le monde entier en l'espace de dix-huit mois. *Harry Potter à l'école des sorciers* a remporté les prix les plus prestigieux dans tous les pays où il a été publié. Il est longtemps resté en tête des ventes « adultes » et « jeunesse » confondues en Grande-Bretagne et aux États-Unis. Les volumes suivants ne cessent quant à eux de confirmer le succès du premier. La saga de Harry Potter est devenue une des œuvres littéraires les plus lues au monde

C'est le septième et dernier volume qui apporte le dénouement d'une œuvre à laquelle l'auteur aura consacré dix-sept ans de sa vie.

J. K. Rowling s'est remariée en 2001 et a donné à Jessica un petit frère, David, en 2003, et une petite sœur, Mackenzie, en 2005. Elle vit toujours en Écosse, se tenant aussi éloignée que possible des médias et du succès étourdissant de ses livres.

Elle se consacre aujourd'hui à sa famille et à diverses actions caritatives qui lui tiennent à cœur.

Découvrez la suite des aventures
de **Harry Potter**

dans la collection

2. HARRY POTTER ET LA CHAMBRE DES SECRETS

n° 961

Une rentrée fracassante en voiture volante, une étrange malédiction qui s'abat sur les élèves, cette deuxième année à l'école des sorciers ne s'annonce pas de tout repos ! Entre les cours de potions magiques, les matches de Quidditch et les combats de mauvais sorts, Harry Potter trouvera-t-il le temps de percer le mystère de la Chambre des Secrets ?

3. HARRY POTTER ET LE PRISONNIER D'AZKABAN

n° 1006

Sirius Black, le dangereux criminel qui s'est échappé de la forteresse d'Azkaban, recherche Harry Potter. C'est donc sous bonne garde que l'apprenti sorcier fait sa troisième rentrée. Au programme : des cours de divination, la fabrication d'une potion de ratatinage, le dressage des hippogriffes... Mais Harry est-il vraiment à l'abri du danger qui le menace ?

4. HARRY POTTER ET LA COUPE DE FEU

n° 1173

Harry Potter a quatorze ans et entre en quatrième année au collège de Poudlard. Une grande nouvelle attend Harry, Ron et Hermione à leur arrivée : la tenue d'un tournoi de magie exceptionnel entre les plus célèbres écoles de sorcellerie. Déjà, les délégations étrangères font leur entrée. Harry se réjouit… Trop vite, car il va se trouver plongé au cœur des événements les plus dramatiques qu'il ait jamais eu à affronter.

5. HARRY POTTER ET L'ORDRE DU PHÉNIX

n° 1364

À quinze ans, Harry entre en cinquième année à Poudlard, mais il n'a jamais été si anxieux. L'adolescence, la perspective des examens et ces étranges cauchemars… Car Celui-Dont-On-Ne-Doit-Pas-Prononcer-Le-Nom est de retour. Le ministère de la Magie semble ne pas prendre cette menace au sérieux, contrairement à Dumbledore. La résistance s'organise alors autour de Harry qui va devoir compter sur le courage et la fidélité de ses amis de toujours…

6. HARRY POTTER ET LE PRINCE DE SANG-MÊLÉ

n° 1418

Dans un monde de plus en plus inquiétant, Harry se prépare à retrouver Ron et Hermione. Bientôt, ce sera la rentrée à Poudlard, avec les autres étudiants de sixième année. Mais pourquoi Dumbledore vient-il en personne chercher Harry chez les Dursley ? Dans quels extraordinaires voyages au cœur de la mémoire va-t-il l'entraîner ?

7. HARRY POTTER ET LES RELIQUES DE LA MORT

n° 1479

Cette année, Harry a dix-sept ans et ne retourne pas à Poudlard. Avec Ron et Hermione, il se consacre à la dernière mission confiée par Dumbledore. Mais le Seigneur des Ténèbres règne en maître. Traqués, les trois fidèles amis sont contraints à la clandestinité. D'épreuves en révélations, le courage, les choix et les sacrifices de Harry seront déterminants dans la lutte contre les forces du Mal.

Photocomposition : CPI Firmin Didot

Loi n° 49-956 du 16 juillet 1949
sur les publications destinées à la jeunesse
ISBN : 978-2-07-061236-9
Numéro d'édition : 184121
Numéro d'impression : 104704
Premier dépôt légal dans la même collection : septembre 1998
Dépôt légal : avril 2011

Imprimé en France par CPI Firmin Didot